破戰者

下

WARBREAKER

Brandon Sanderson

布蘭登・山德森 ——著

章澤儀 ——譯

書評推薦

「山德森筆下的英雄人物是個個出眾——尤其是法樹，以及這位破戰者與他的魔劍之間毒舌互嘲的關係。在這個故事中，包括死後生命的奧祕、認知與命運、魔法本質等等，都藉由栩栩如生的人物群相而揭開了神祕面紗。山德森不只刻劃出獨具新鮮感的想像世界，還爲我們設計了一樁充滿意外與曲折的城府謀略；用隱約的少許平淡作爲對比，不著痕跡的反諷作爲提點，把一個政治聯姻的故事炒熗得令人耳目一新。任何一個追求新鮮感的奇幻讀者，讀後都會感到欣喜。」

——麥克・摩考克（Michael Moorcock），「永恆戰士」系列作者

「在小說作家中，很少有人能如此深諳領袖精神的運作之道，也鮮少有人了解愛是如何深植於人心。山德森擁有令人驚艷的睿智。」

——歐森・史考特・卡德（Orson Scott Card），《戰爭遊戲》作者

「布蘭登・山德森是個貨眞價實的人物——一個令人興奮的說書人，加上獨特而有力的遠見。」

——大衛・法蘭德（David Farland），「符印傳說」系列作者

「重量級的奇幻史詩小說家山德森再創獨立鉅作，描繪隱晦難測的忠誠、黑暗的陰謀及詭譎危險的魔法……其筆下人物的性格複雜卻貼近真實，在動盪驚奇中以細膩的幽默處世，構成這一篇與眾不同又具高度娛樂性的故事。」

——出版人週刊（*Publishers Weekly*）

「且看山德森端出他的拿手好菜……《破戰者》是一道絕頂上乘的辛辣喜劇，包含了太多令人愛不釋手的食材，任何人嚐過後都會忍不住巴望著再來一盤，卻又無法不感嘆此生已滿足。」

——洋蔥雜誌娛樂報（*The Onion A. V. Club*）

「山德森又一次展現他在處理大型主題和人物塑造上的深厚功力，並且成功地創建出獨樹一格的奇幻舞台。此書必將成爲另一新系列之首，奇幻迷不可錯過。」

——圖書館期刊（*Library Journal*）

「說到刻畫大格局題材、壯闊的世界觀和堅毅的女性人物，山德森絕對是一代大師。書中的魔法系統亦是一絕，襯托了各角色的智謀機巧，也反過來催化了其性格，使他們更臻極致，超越讀者們對於近代奇幻作品的期望。願作者永撰其昌，萬歲萬萬歲。」

——書單雜誌（*Booklist*）

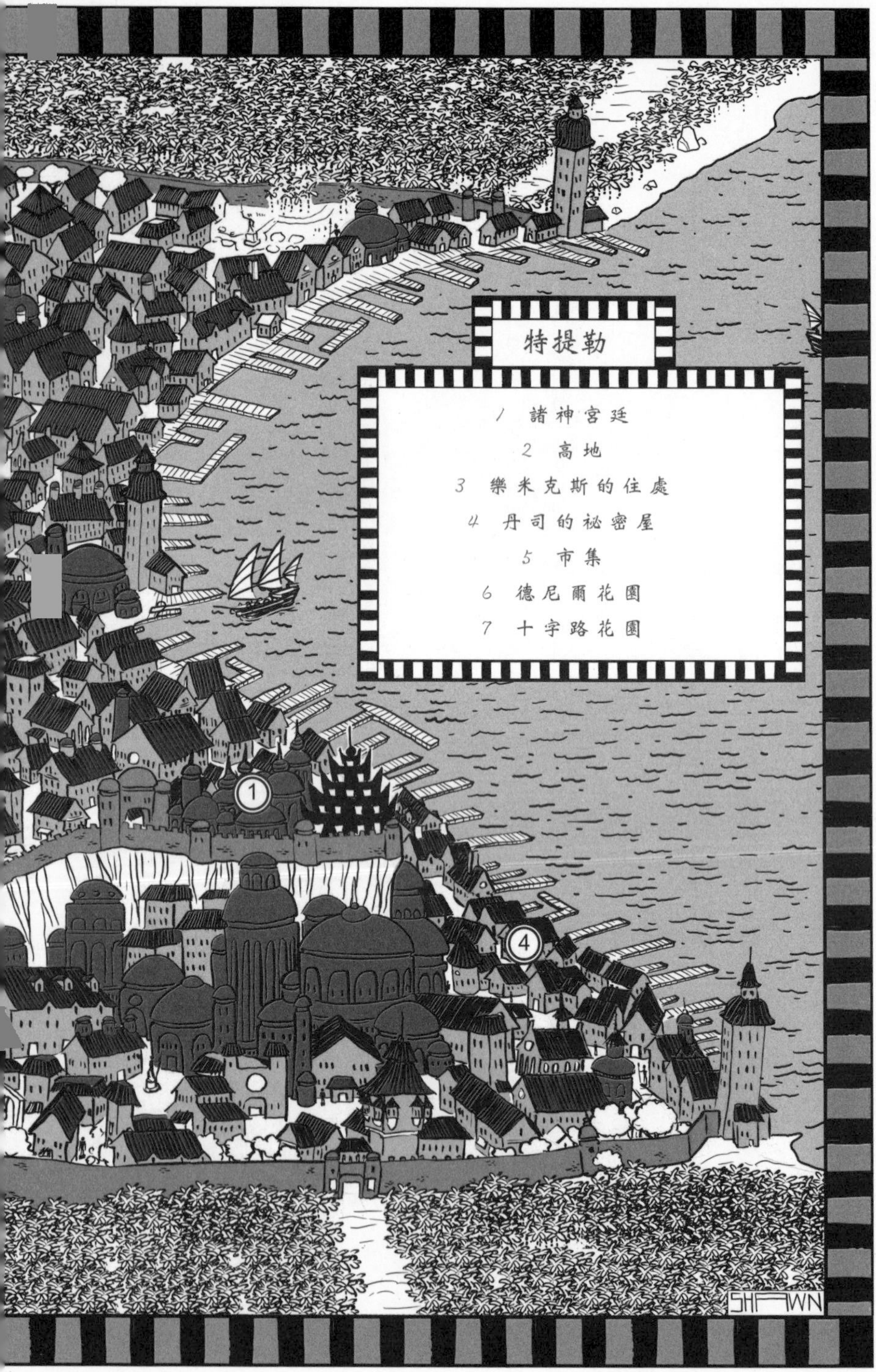
特提勒
1 諸神宮廷
2 高地
3 樂米克斯的住處
4 丹司的祕密屋
5 市集
6 德尼爾花園
7 十字路花園
1
4
SHAWN

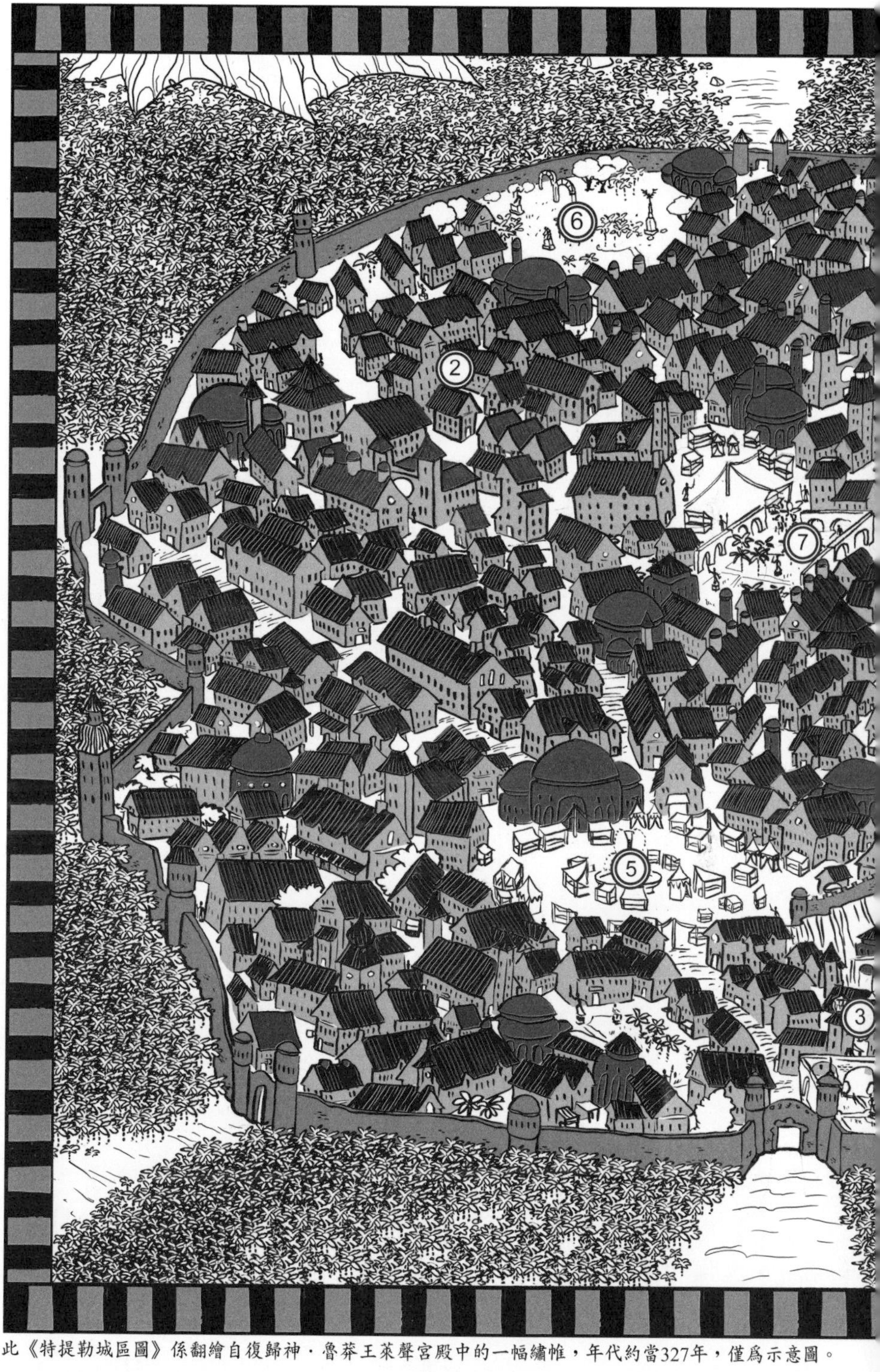

此《特提勒城區圖》係翻繪自復歸神·魯莽王萊聲宮殿中的一幅繡帷，年代約當327年，僅爲示意圖。

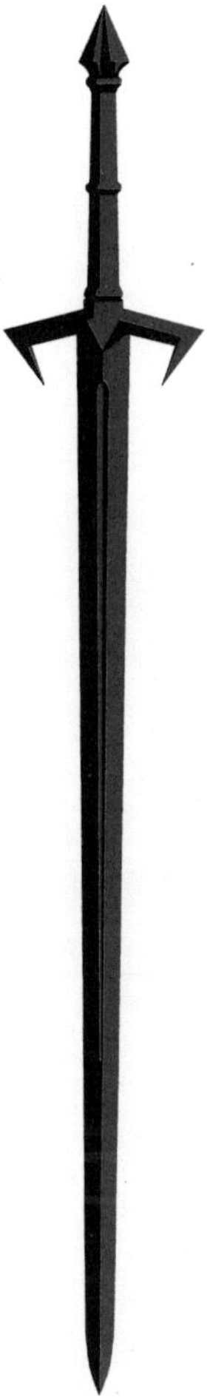

破戰者 (下)

目次

30

ightsong!" Blushweaver said, her hands on her hips. "What in the name of the Iridescent Tones are you doing?"

「萊聲！」薄曦帷紡雙手扠腰地站著大喊：「你這虹譜呆子到底在做什麼？」

萊聲沒理她，只顧著用手摸著面前的一團泥團上，他的僕人和祭司們站成一個大圈，臉上全是困惑的表情，而薄曦帷紡也是。他們都在萊聲的宮殿門廊前，薄曦帷紡則是剛剛才到。

轆轤正在轉動，萊聲扶著平盤上的泥團想讓它立在原處，但泥團只是跟著旋轉。陽光從門廊邊射入，桌子下那片精心修剪過的草地早已被泥水濺得灰褐斑斑，還四處散有歪七扭八的黏土塊。萊聲的雙手都是泥污，而那泥團還在旋轉，不一會兒就整塊甩了出去，啪噠一聲摔向地面。

「唔。」他看著爛泥，悶哼。

「你是瘋了，還是傻了？」薄曦帷紡問道。她今天的穿著最具個人風格，也就是兩側完全裸露，上半身的布料少之又少，而前後襟都只有一點點。她的長髮全結成錯綜複雜的辮子，與絲帶相互編織後高高地盤起，想來是哪位髮藝高手進宮來的獻虔之作。

萊聲輕快地一跳，站起來伸長雙臂，讓兩側的僕人上前來爲他擦洗手掌，其他人也上來拭去那件精美長袍上的泥塊。另一群僕人移走器具和桌檯時，萊聲顯得若有所思。

「怎樣？」薄曦帷紡追問，「怎麼回事？」

「我剛發現我不擅長陶藝，」萊聲說，「事實上，我不只是『不擅長』而已，而是爛到極點。我眞可悲，笨拙得可笑，連讓陶土固定在轉盤上都做不到。」

「不然你想怎樣？」

「我也不知道。」萊聲說道，穿過門廊，走向一張長桌。薄曦帷紡一臉不悅地跟著走，顯然是不樂見自己沒走在前頭。沒來由地，萊聲從桌上抓了五顆檸檬一一拋向空中，演練起雜耍來。

薄曦帷紡看著這一幕，有那麼一刻，她的臉上流露出眞誠的關切。「萊聲？」她出聲問道，「親愛的，你……你還好吧？」

「我從沒玩過雜耍。」他邊耍邊說，「好，請妳幫我拿那顆番石榴。」

她遲疑了一下，依言拿起一顆番石榴。

「丟過來。」萊聲說。

她照辦。萊聲靈巧地接住了番石榴，讓它加入五顆檸檬的拋投行列之中。「我都不知道我會這個耶，」他說，「直到今天才知道。妳會嗎？」

「我……」她歪著頭想。

萊聲大笑起來。「親愛的，這大概是我第一次見妳說不出話來。」

「這也是我頭一次看見神拿著水果玩雜耍。」

「我會的還不只這個。」萊聲說著，兀地放低身形，去接一顆差點兒掉到地上的檸檬。「我今天發現，我知道的航海術語多得驚人，然後我的數學非常好，畫素描的眼力很棒。不過，我對染色工業一無所知，也完全不懂馬兒、園藝或雕刻。我不會講任何外國語言，還有——妳剛才也看見了，我做起陶藝來奇差無比。」

薄曦帷紡無言地盯著他看。

他也看著她，同時閒快手抓住番石榴，但讓檸檬都掉在地上。他將番石榴扔給僕人，僕人隨即爲他削皮。「薄曦帷紡，我在探討我的生前，這些技能都不是我——萊聲——學過的。不論我以前是誰，這個人既會雜耍，又懂航海，還會素描。」

「我們不該想太多自己生前的事。」薄曦帷紡說。

「我可是個神，」萊聲接過一盤已經削皮切片的番石榴，拿了一片給薄曦帷紡，一面說：「所以，去他卡拉德的，我愛怎麼想太多是我的事。」

她愣了一愣，苦笑著接過去。「我才正以爲自己摸清楚你的脾氣呢……」

「妳不可能摸透我的，」他淡淡地說，「我自己都沒摸透，這才是重點。走吧？」

她點點頭，跟上腳步，和他一起走過草地。兩組僕人們各自帶著陽傘來爲他們遮涼時，萊聲開口：「妳可別說妳自己從未想過。」

「親愛的，」她應道，嘴裡含著那片番石榴。「我以前很無聊。」

「妳怎麼知道？」

「因爲我當時是個凡人！我一定……好吧，你見過一般的凡人女子嗎？」

「我知道，她們的身材不像妳這麼好，」他說，「但是不少人長得挺標緻。」

薄曦帷紡打個了哆嗦：「拜託，你爲什麼會想知道你當凡人時過著怎樣的生活？萬一你是個殺人犯或強暴犯怎麼辦？或者更糟，萬一你的服裝品味很差勁呢？」

看見她的眼神，萊聲冷哼了一聲：「妳的反應好膚淺，但我看出妳也有點好奇。妳應該學學我，用這種方式探索生前的自己，因爲那一段人生中必定有某個特別之處，才會讓妳重返陽世。」

「唔。」她應道，笑了起來，上前去走到他的身旁，伸出手指頭沿著他的胸膛輕撫而下，一面說：「哎，你若還想嘗試別的新事物，還有個好選擇……」

萊聲停下腳步：「別想改變話題。」

「我才沒有。」她道，「你不試試怎麼知道？就當是……一場實驗。」

他大笑起來，把她的手推開。「親愛的，恐怕妳會發現我不盡如人意呢。」

「我想你是高估我了。」

「絕無可能。」

她怔了一下，臉色微紅。

「呃……」萊聲說，「唔，我並不是說……」

「哦，討厭，」她說，「你這樣就破壞氣氛啦，我本來想接一句俏皮話的。」

他微微一笑：「妳跟我竟然在同一個下午都犯說話結巴的毛病，我敢說我們對於機智的感觸一定正在流失。」

「我的『觸感』可還是完美無瑕。你要是肯給我機會，我一定證明給你看。」

萊聲沒好氣地翻了一個白眼，邁步繼續走：「妳無可救藥了。」

「說什麼都不管用時，就在話裡挾帶性暗示的諷刺。」她淡然道，跟上腳步。「這樣就能把話題焦點帶回到我身上來，而且屢試不爽。」

「無可救藥。」他又說了一次。「不過我恐怕沒時間再罵妳了，我們到了。」

正義王厚望尋哲，純眞與美麗之神，他那紫羅蘭色和銀色的宮殿就在前方。正門廊下已經設妥三副桌椅和餐點。這是薄曦帷紡和萊聲早就安排的一場會談。

見兩人走近，厚望尋哲起身相迎。他的模樣看起來像是十三歲上下，在諸神之中擁有最年輕的外表。不過，他們不應該將這種差異放在心上，畢竟他復歸時的肉體只有兩歲。萊聲算過，以神的資歷來論，這表示厚望尋哲比他大上六年。在絕大多數活不過二十年、平均壽命在十年左右的諸神世界裡，六年的差距就非常顯著了。

「萊聲、薄曦帷紡，歡迎光臨。」厚望尋哲說。他總是一派刻板而拘謹。

「謝謝你，親愛的。」薄曦帷紡對他甜甜一笑。

厚望尋哲頷首回禮，邀他們入座。三張小圓桌分別設置，間隔恰到好處，讓他們在用餐時可以親密交談，又能保有各自的活動空間。

「你近來好嗎？厚望尋哲。」萊聲坐下時問道。

「很好。」厚望尋哲說。他的嗓音聽起來總是比他的身體年齡要老成，讓人聯想到年輕男孩學父親說話的樣子。「今天早上的請願有個特別棘手的案例，是一個母親帶著因熱病而垂死的孩子。她在一年之內已經失去了三個孩子，丈夫也死了，眞是悲劇。」

「親愛的，」薄曦帷紡語帶關懷地說，「你該不是考慮要……動用你的駐氣了吧？」

厚望尋哲這時才坐下。「我不知道，薄曦帷紡。我老了，我感覺自己年老，也許該是我走的時候了。妳也知道，若按照年紀排行，現在宮廷裡只有四個神比我資深。」

「對，但這時代越來越令人興奮！」

「興奮？」他問道，「怎麼會呢？時代正在趨於平穩。新王妃來了，我安插在宮中的眼線說她克盡職責，積極又有活力，我相信很快就會有喜訊，局勢終將穩定。」

「穩定？」薄曦帷紡說道。僕人在這時端上冷湯。「厚望尋哲，我眞沒想到你的消息如此不靈通。」

「妳認爲義卓司想利用新王妃謀奪王位。」厚望尋哲說，「薄曦帷紡，我知道妳在搞什麼把戲。我不認同。」

「那城裡的謠言呢？」薄曦帷紡說，「義卓司的特務鬧出那麼大的騷動？還說有第二個公主潛伏在城裡？」

萊聲正要把湯匙送進嘴裡，這時卻怔住。現在是在講什麼？

「城裡的義卓司人一天到晚製造危機。」厚望尋哲搖了搖手指頭，表示輕蔑。「半年前的那場動亂，那個在鄉下染料農場起義的叛亂份子，我記得他死在獄中。外國工人很少能安分地待在社會底層，但我可不怕他們。」

「那幫人可從沒聲稱有王室特務在背後替他們撐腰，」薄曦帷紡說，「事態也可能一轉眼就失控。」

「我在城裡投資的事業相當穩當，」厚望尋哲說道，同時比了個手勢，僕人們隨即拿走他的冷湯；他才喝了三口。「妳的呢？」

「我們今天的聚餐就是爲了討論這件事。」薄曦帷紡說。

「抱歉，我打個岔，」萊聲舉起一根手指頭。「我們他彩的到底是在討論什麼東西？」

「城裡的動亂，萊聲。」厚望尋哲說，「有些本地居民被戰爭的風聲弄得惶惶不安。」

「那些動亂很容易就鬧大了，」薄曦帷紡慵懶地攪動面前的冷湯，「我覺得我們應該早做準備。」

「我有。」厚望尋哲說著，用他那張太過稚氣的臉直視著薄曦帷紡。如同所有的稚齡復歸者，包括神君在內，厚望尋哲的肉體持續在成長，直到趨於成熟，也就是剛過常人的青壯期時，他便會停止衰老，然後永遠保持那個模樣，直到他放棄自己的駐氣爲止。

厚望尋哲的舉止太像大人了。萊聲不常與孩童相處，但他的隨從之中有幾個未成年的實習生，所以他知道厚望尋哲和那些青少年有多麼不同。與別的年輕復歸者一樣，他在復歸的第一年發育得特別快，也很快就懂事；他的肉體還只是個兒童時，他已經能夠像個成年人一樣地思考和說話了。

厚望尋哲和薄曦帷紡繼續討論城中的治安，提到近日發生的多起破壞事件，包括戰事計畫失竊、補給站遭人下毒。萊聲只在一旁聽著，暗中觀察，發現厚望尋哲對於薄曦帷紡的美色不為所動。薄曦帷紡這時正在吃水果，吮著鳳梨片的姿態流露出她特有的挑逗氣息；當她把身子傾向前時，豐滿的乳溝一覽無遺，可是厚望尋哲既不注意也不關心。

這個人變了。萊聲暗自做了這樣的結論。厚望尋哲復歸時是個稚兒，言行舉止也曾短暫地像個稚兒，現在他在某些方面已臻成年，其餘方面仍是個小孩。

但這個轉變已經使他更加成熟。比起同年齡的凡人，他的個頭較高，體格也更壯碩，只是還不像完全長成的男神那樣輪廓分明、儀表堂堂。

話說回來，復歸神也並非都長得一個樣，他們還是各自有不同的體態，萊聲邊吃邊想。薄曦帷紡嬌艷欲滴像個妖姬，特別是她的苗條身形；默慈星豐腴婀娜，充滿柔性美；至於其他人，例如奧母，則明顯有老態。

萊聲知道自己不配擁有這強壯的身軀。莫名地，他知道一個人通常要努力鍛鍊才會擁有健美的身材，像他這樣懶散吃喝，本該養出一身肥滿的贅肉才是。

但以前也有神長得肥胖……在過去的某一段時期，人們認為肥胖才是理想體態。萊聲回想著早期復歸神的畫像，心中如此想道。復歸者的外表是否和社會對他們的觀感有關？也許是人們的審美觀使然？那樣的話，薄曦帷紡就十足吻合了。

有些事物可以在轉變中保存下來：語言、技能，還有社交能力。考慮到諸神長年被關在這高台上，他們本該變得比生前還欠缺適應能力，或者變得無知而幼稚，然而大部分的神卻是絕頂聰明的謀略家，心懷城府，而且對宮廷外的一舉一動瞭若指掌。

唯獨記憶無法保存。為什麼？為什麼萊聲會雜耍，明白「船首斜桅」一詞的意義，卻想不起他的父母親是誰？出現在他夢裡的那張臉又是誰？為什麼他的惡夢近來總是被暴風雨占據？前晚他又一次夢見同一頭紅豹，那又是怎麼回事？

「薄曦帷紡，」厚望尋哲舉起一隻手，「夠了。在我們進一步討論之前，我要先說清楚，妳再怎麼明顯地色誘我都不會有成效。」

薄曦帷紡瞥向一旁，神情尷尬。

萊聲立時從沉思中回過神來。「親愛的厚望尋哲，」他說，「她不是刻意要引誘你。你要曉得，薄曦帷紡的魅惑氣質是與生俱來，她毋須刻意也依然如此迷人。」

「無所謂，」他說，「反正我不會被她的美色打動，她那偏執的觀念和恐懼也不能動搖我。」

「我的線民可不認為這只是單純的偏執。」薄曦帷紡說時，水果盤正被撤走，換上一小碟魚片冷盤。

「線民？」厚望尋哲問她：「妳一直提到線民，他們究竟是誰？」

「就是神君宮殿裡的人。」

「誰沒有在神君宮殿裡安插眼線啊？」厚望尋哲說。

「我沒有。」萊聲道，「你們能分一個給我用用嗎？」

薄曦帷紡翻了個白眼。「我的線民可是很有分量的。他確實有所聽聞，戰爭就要來了。」

「我不相信你。」厚望尋哲撥弄著他的餐點，「但那也無所謂，對不對？妳到這兒來並不是想要我相信妳，妳要的只是我的軍隊。」

「是你的號令，」薄曦帷紡說，「死魂兵的安全密語。你要怎樣才肯給我？」

厚望尋哲仍在撥動碟中的魚肉：「薄曦帷紡，妳知道我爲什麼覺得活膩了嗎？」

她搖搖頭：「說眞的，我還是認爲你在誇大其詞。」

「我沒有。」他說：「十一年，十一年的和平。十一年來，我越發唾棄我們的執政體制。我們都乖乖地去參加宮廷合議會，去聽裁決和辯論，但我們大多可有可無；我們用投票表決，可是只有眞正涉入議題領域的人才是藉投票表達他眞正的意見。在戰時，我們這些握有死魂令的神才變得重要，非戰時，我們的意見很少左右時事。」

「妳要我的死魂兵？可以！我這十一年來都沒有機會動用它，我賭接下來的十一年同樣用不到它。薄曦帷紡，我就把我的兵令給妳，條件是換取妳的贊成票！我一向關注社會弊病，而妳在議會裡的一票有實質上的影響力，所以從今以後，直到我們有一方死去爲止，妳對我提出的所有社會議題都要投贊成票。妳能給我這承諾，我就把我的安全密語交給妳。」

門廊下，一片沉默。

「啊，這會兒換妳猶豫了。」厚望尋哲微笑道：「我曾聽妳爲自己的宮廷職務抱怨，說妳覺得自己的一票無足輕重。嘖，要叫妳放手也沒那麼容易，是嘛？這一票是妳唯一的影響力，說大不大，說小卻也不小。表決權——」

「一言爲定。」薄曦帷紡厲聲說。

厚望尋哲兀地閉上了嘴。

「我這一票是你的了。」薄曦帷紡說時，直視著他的雙眼。「這交易我接受。當著你的祭司和我的祭司，甚至是另一個神的面前，我發誓。」

老天顏色啊，萊聲心想，**她眞的是認眞的**。這些日子以來，萊聲有時會認爲薄曦帷紡對於戰爭的表態只是假弄心機，把它當成遊戲，可眼前這個與厚望尋哲眼神交鋒的女子絕不是在玩；她眞心相信哈蘭隼有危險，而她想確保軍力能齊心一致地做好準備。原來她眞的在乎。

這一點卻使萊聲擔心起來。他這是蹚了什麼渾水？萬一眞的打仗了怎麼辦？觀察這兩個神的互動，他發現他們就這麼用哈蘭隼人民的命運來談條件，心中不禁一寒。對厚望尋哲來說，手中控制著哈蘭隼四分之一的兵力，這應該是項神聖的義務，他卻只是因爲厭倦就準備隨時拋棄它。

我又有什麼資格責備他呢？萊聲又想。**我都不相信自己的神性了。**

就在厚望尋哲準備將自己的兵令交給薄曦帷紡時，萊聲彷彿看見了什麼。像是一個記憶的片段，是萊聲不曾見過的夢境。

一個閃亮的房間，反射著熠熠光芒。一間鋼鐵之屋。監獄。

「僕人跟祭司，退下。」厚望尋哲下令道。

眾人遵命，留下三個神和他們未用完的餐點。絲質的篷頂在風中輕輕拍打著門廊。

「我的安全密語是，」厚望尋哲說道，注視著薄曦帷紡。「『一枝指引的明燭』。」

那是一首詩的標題，而那首詩很有名，連萊聲都聽過。薄曦帷紡微微一笑。厚望尋哲麾下的一萬名死魂兵都位於宮廷正下方的地底軍營裡，她只要過去對它們說出這幾個字，就能覆蓋掉現有的指令，完全地控制它們。萊聲懷疑，她很有可能今晚就跑到營房去，改換成只有她和她最親信的少數祭司才知道的新密語。

「好，現在輪到我退下。」厚望尋哲邊說邊起身：「今天下午的議會有一場表決。薄曦帷紡，妳要出席，然後對改革派的意見投下贊成票。」

說完這一句，他頭也不回地走了。

「爲什麼我覺得我們剛剛被人設計了？」萊聲問道。

「親愛的，戰爭沒發生時就叫作設計。要是戰爭發生，那麼我們剛才所做的就是在爲拯救宮廷而做預備——說不定是拯救王國呢。」

「我們還眞是爲眾人利益著想哪。」萊聲道。

「差不多，」薄曦帷紡應道。僕人們這時都走了回來。「太無私了有時很痛苦。不論如何，這下子我們已經控制了兩個神麾下的死魂兵。」

「我和厚望尋哲的嗎？」

「事實上，」她說，「我指的是厚望尋哲和默慈星的。她昨天把她的密語告訴我，還一直跟我說她感到非常安慰，因爲她發現你對她宮殿裡發生的那件事格外關注。對了，你做得非常好。」

聽她好像拐彎抹角在暗示什麼，萊聲笑了。「不，我沒想到那麼做會促使她把兵令交給妳。我只是單純好奇。」

「對一個僕人被殺而好奇？」

「不瞞妳說，沒錯。」萊聲說，「一個侍奉復歸者的僕人之死令我相當不安，尤其是發生在我們自己的宮殿近處。」

薄曦帷紡的眉端微挑。

「我會騙妳嗎？」萊聲道。

「每次你說你不想和我睡的時候，我都覺得你在騙我。」

「又搞性暗示啊，親愛的？」

「才不是，」她說，「是堂而皇之地明示。算了。我問你，你跑去人家宮裡調查，究竟是什麼目的？我知道你沒說眞話。」

萊聲先是一愣，然後嘆息，搖了搖頭，揚手叫僕人送水果上來——他比較愛吃水果。「我也不知道，薄曦帷紡。我說眞的，我這幾天在想，說不定我生前是個警官之類的執法人員。」

她皺起了眉頭。

「妳知道，像是城衛警。我訊問那些僕人的方式眞的非常高明，至少我自己的淺見是如此。」

「可見我們確實有爲他人利益著想的精神。」

「沒錯，」他同意。「這也許可以說明我的確是死得英勇魯莽，所以才得了這個名號。」

薄曦帷紡不以爲然：「我一直想像你是死在一個未成年少女的父親手下，因爲他當場捉到你跟他女兒在床上鬼混呢。比起官兵抓強盜而因公殉職，這個死法才算是大膽魯莽吧？」

「妳的嘲弄劃破了我無私的謙遜。」

「啊，眞的。」

「總之，」萊聲吃著鳳梨，說道：「我生前是個警長或某種探員之類。我敢說，要是手裡有劍，我一定會練成全城一等一的使劍高手。」

她打量了他一會兒。「你是認眞的。」

「認眞得不得了，把松鼠都嚇死了。」

她沒搭腔，滿臉疑惑。

「萊聲式的搞笑啦，」他嘆道，「不過，我相信我的推測沒錯。話說回來，有件事我還是不懂。」

「什麼事？」

「那我扔檸檬爲何會如此順手呢？」

31

feel I have to ask one more time," Denth said. "Must we go through with this?"

「我一定得再問一次，」丹司說，「我們真的非得這麼做不可嗎？」

這時他和維溫娜、童克法、珠兒，以及土塊走在一起，帕凜則依照他的建議走在最後。丹司老是覺得今天的會面有危險，擔心有人跟蹤。

維溫娜邊走邊回答他：「對，一定要。丹司，他們是我的人民。」

「是嗎？」他反問。「公主，傭兵也是我的人，妳看我也沒花那麼多時間跟他們相處。他們都沒什麼水準，個性也不好。」

「還很粗俗。」童克法說。

維溫娜忍不住翻了個白眼。「丹司，我是他們的公主。而且是你自己說他們頗有影響力的。」

「我說的是他們的頭子。」丹司說，「而且妳到中立區域去接見他們就夠讓他們開心了，沒必要進到貧民窟裡頭來……眞的，見這些平凡老百姓一點也不重要啊。」

她看了看他：「這就是哈蘭隼跟義卓司的不同，我們很重視人民。」

後面傳來珠兒的一聲冷笑。

「我不是哈蘭隼人。」丹司只應了這麼一句，就沒再說下去了。他們已經接近貧民窟。維溫娜不得不承認，這個地方確實讓人怕怕的。

這一處的貧民窟和別處格外不同。莫名地，這兒很陰暗，除了破落商店和老舊失修的街道以外，還有種無法言喻的氣息。一小群男子站在街角，用鬼鬼祟祟的眼神看著她。每走一段路，維溫娜就會見到好幾個女子穿著清涼——比哈蘭隼的風格更大膽——在房舍前走來走去，有些人甚至對著丹司和童克法吹口哨。

這是個異邦。維溫娜覺得自己與此地格格不入，那感覺比在特提勒的其他地區更明顯，而且她還感受到排斥、懷疑，甚至恨意。

她打起精神。想到有一群疲憊、過勞且驚恐終日的義卓司人就住在這種地方，她更覺得歉疚。她不知道那些人是否願意幫助她阻止兩國之間的戰爭，但她知道自己是眞心眞意想解救他們。假若她的人民被王權的庇蔭給忽略了，那麼，讓他們重獲王恩就是她責無旁貸的使命。

「看妳那表情，」丹司說，「怎麼了？」

「我在爲我的人民擔心。」她說時微微發抖，因爲他們正從一群街頭黑幫份子的身旁走過。那些人穿著一身黑衣，袖子上纏著紅帶，臉上都是髒污。「我和帕凜找房子時曾到過這一帶，聽說房租便宜，但我一點兒也不想走近。現在想到我的人民竟然受壓迫到不得不住在這種環境裡，我實在不敢相信。」

丹司聽皺眉。「不得不住在這種環境？」

維溫娜點點頭：「跟妓女和黑幫爲鄰，每天都得走在這種地方……」

丹司突然放聲大笑，令她吃了一驚。「公主啊，」他笑著說，「妳的人民就是妓女跟幫派份子。」

維溫娜停下腳步：「什麼？」

丹司回頭看著她。「這兒就是城裡的義卓司集住區啊。拜託，人人都稱這種貧民窟爲高地呢。」

「不可能。」她生氣地說。

「非常有可能。」丹司說道，「我在世界各地的城市都見過這種地方。外來移民群居在一起，劃出一個小地盤，最後就變成那個城市的化外之地。政府要修路造橋，永遠是別的地區先進行；警衛要巡邏時，也傾向避開外國人住的地區。」

「貧民窟裡自成一個小天地。」童克法走到她的身旁說道。

「剛才從妳身邊走過的每個人都是義卓司人，」丹司邊說邊招手要她繼續往前走。「所以妳的同胞在這城裡名聲很差。」

維溫娜隱隱發寒。不，她想，這是不可能的。

不幸的是，她很快就看到證據——許多窗台的角落或門邊，都有刻意弄淡過的奧斯太神徽；刻意穿著灰色和白色衣服的人們，還有最能象徵高原的牧羊人披肩或毛料斗篷。假使這些人眞的來自義卓司，他們必定已經徹底沉淪，因爲色彩玷污了他們的衣著，危險和敵意在他們的眉眼間流露；女性就更不用說了，有哪個義卓司婦女會想到要賣身呢？

「丹司，我不懂。我們是愛好和平的人民，與世無爭地住在山谷中。我們胸懷坦蕩，一向友善啊。」

「那種人格特質在貧民窟裡很快就會消失。」他陪著她走，一面說，「不是改變性格，就是被打擊到活不下去。」

維溫娜渾身打顫，內心對哈蘭隼的恨意更深。她想：我可以原諒哈蘭隼使我的人民貧窮，但這算什麼？他們竟把牧羊人和農夫變成了暴徒和盜賊，良家婦女成了賣春婦，我們的下一代都成了街頭混混。

她知道自己不該任由憤怒主宰，所以只能非常非常用力地咬緊牙關，才能不使已然發紅的髮色爆成火焰色。同時，這些景象喚醒她內心一種不明的情緒，那是她長久以來一直避免去想的念頭。

哈蘭隼，這個國家毀了這些人，就像它毀了我一樣。它擺布我的童年，強迫我推崇加諸在我身上的義務，接受假藉保護國家之名而來的蹂躪和摧殘！

我恨這個城市。

這些都是不恰當的念頭，她承受不起。在許多場合，人們都告訴她不要對哈蘭隼懷抱仇恨，至於原因何在，她最近越發想不起來。

但她還是成功地克制住這股恨意，包括髮色。幾分鐘之後，泰姆出現了，帶領他們繼續往前走。維溫娜聽說今天的會面將在某個大公園進行，這時才發現所謂的「公園」只是個籠統的名詞，那兒實際上是一片荒蕪的空地，到處都是垃圾，四面被房屋包圍。

來到場邊，維溫娜一行人停下了腳步，等待泰姆先走進去。場中的人數確實如泰姆所說，但大多數人的模樣就和她這一路上遇見的路人差不多：男人們穿著顏色暗沉的衣服，神情猥瑣，十足惡棍模樣；婦女們的裝扮如同妓女，另外有一些衣著破舊的老人。

維溫娜勉強露出微笑，卻覺得自己毫無誠意。爲了讓他們看了高興，她將自己的頭髮轉成黃色——那是象徵幸福和興奮的顏色。便見人們開始交頭接耳。

泰姆走了回來，揮手要她往前走。

「等一等，」維溫娜說，「在見領導人之前，我想和百姓們說說話。」

泰姆聳了聳肩。「既然您想……」

維溫娜於是向前走了幾步，對群眾說：「義卓司的人民，我來到這裡，是爲了帶給你們撫慰和希望。」

人群仍在竊竊私語，根本沒幾個人注意她。維溫娜吞了一口口水。「我知道各位的生活困難，但我願向各位保證，國王確實關心你們，也願意幫助你們。我會設法帶各位回家的。」

「回家?」一名男子說,「回到高原?」

維溫娜點點頭。

有些人嗤之以鼻,甚至有人轉身離開。維溫娜憂心地看著那些人說:「等等,你們不想聽我說嗎?我帶來國王的消息。」

人們沒理她。

「那些人大多只是想確定關於您的謠傳屬實,殿下。」泰姆悄聲說。

於是維溫娜回頭,對著仍然留在場中的民眾說:「你們的生活會改善,我會親自確保這點。」

「我們的生活已經改善啦。」有個男人這麼說道,「反而是高原啥也沒有,我在這兒賺的錢是家鄉的兩倍。」只見其他人點頭表示同意。

「那爲什麼還要來見我?」維溫娜低聲說。

「我說過了,公主,」泰姆說,「他們很愛國——他們都堅持做義卓司人,大城市裡的義卓司人。我們團結在一起。您來到這裡,對他們而言就很有意義了,別擔心。他們也許顯得冷漠,但他們願意盡一切努力給哈蘭隼一點顏色瞧瞧。」

奧斯太,色彩之神啊:這些人恐怕已經不能算是義卓司人了。她暗自感嘆,越發感到沮喪。泰姆說這些人都「愛國」,但在她看來,他們只是一群長年被哈蘭隼歧視才湊在一起的弱勢者。

她轉過身,放棄了演說。這些人對於希望或撫慰不感興趣,他們要的只是報復。這點或許可以利用,但這念頭令她感到不齒,甚至光想都覺得卑鄙。泰姆帶著他們走進一條被雜草和垃圾包圍的小路，來到這座「公園」的另一側。那兒有個外形像倉庫的大棚屋，她看見領導人都在裡面等。

領導人一共有三名，每個人都帶著自己的保鏢；維溫娜事前已得知這點。那三人都穿得像特提勒人，衣著豪奢或色彩鮮艷，令她看了隱隱反胃，認定他們根本只是魚肉鄉民的惡霸。此外，三人都至少達到第一級彩息增化，其中一人甚至到了第三級。

珠兒跟土塊在棚屋外各自選了位置，確保維溫娜的逃跑路線無礙。維溫娜走進屋內，坐在唯一空著的椅子上。丹司和童克法站在她的後方，擺出護衛態勢。

維溫娜打量著這幾個地痞。坐在最左邊的人與那一身華服最相襯，應該就是人稱「義卓司紳士」的派克森，他的錢都是開妓院賺來的；坐在右邊的看起來很需要去理個頭髮，大概就是專門搞搏擊擂台和地下賭盤藉以斂財的阿修；中間的人就是泰姆的老闆利拉，身材微胖，模樣也略顯邋遢，卻有張英俊的娃娃臉，因此反倒流露出爽朗和不拘小節的氣息。

她提醒自己，不可用外表評論這些人。無論模樣如何，他們都是危險人物。

場中一片沉默。

終於，維溫娜決定主動開口：「我不知道要對你們說什麼。本來我以爲人民還會在乎自己的傳承，結果卻不是那麼一回事。」

利拉將身體向前傾，這個動作令他那一身寬鬆的衣衫成爲全場最不合時宜的服裝。「妳是我們的公主，」他說，「是國王的女兒，我們在乎的是這個。」

「算是啦。」派克森。

「眞的，公主。」利拉又說，「能與妳見面，我們都感到榮幸，也對妳來到本城的動機感到好奇。妳在我們城裡引起了不少騷動。」

維溫娜嚴肅地看著他們一會兒，然後嘆道：「你們都知道戰爭在即。」

利拉點點頭，阿修卻是搖頭說：「我不相信會有戰爭，我還沒見到跡象。」

「戰爭一定會發生的，」維溫娜嚴正地說，「我能肯定。因此，我來到這裡的動機就是確保義卓司在這場戰爭中儘可能地占上風。」

「然後呢？」阿修問道，「讓王室回來統治哈蘭隼？」

這是她要的嗎？「我只是想讓我們的國民生存下去。」她答道。

「立場薄弱又不夠明確。」派克森邊說邊撫弄著手杖頂端。「殿下，打仗就是爲了要獲勝。哈蘭隼有死魂兵，打倒一批，他們會製造更多。如果妳想讓我們的祖國獲得自由，我認爲非常有必要派一支義卓司部隊進城來。」

維溫娜皺起眉頭。

「妳打算造反？」阿修又問，「妳這樣做，我們能得到什麼好處？」

「等等。」派克森說，「造反？我們還要再和那些麻煩事扯上關係嗎？瓦爾的失敗怎麼說？我們都賠掉大筆的錢啊。」

「瓦爾是從龐卡來的，」阿修說，「他跟我們這兒的任一個人都不相干。假如這一次有眞正的王室參與，我願意再冒一次險。」

「我沒說要推翻這城市，我只是想帶給人民一些希望。」維溫娜說道。或者至少，我的確動過這個念頭……

「希望？」派克森又問，「誰在乎希望啊？我要的是承諾。政權會不會移轉？要是義卓司贏了，誰會拿到貿易合約？」

「妳有個妹妹，」利拉說，「排行老三，未婚。她有婚約嗎？與王室結親，我就支持妳的戰爭。」

維溫娜的胃一陣翻攪。「各位先生，」她以社交口吻說道，「這不是爲個人謀私利，這是爲了愛國。」

「當然，當然。」利拉說，「不過愛國的人應該得到回報，不是嗎？」

三人都看著她，眼神中有期待。

維溫娜站起來，說道：「我要走了。」

丹司顯得驚訝。他將一隻手放在她肩上，同時問：「妳確定？這場會面花了好一番工夫安排呢。」

「丹司，跟盜賊劫匪合作，我都願意配合，」她平靜地說，「可是看到這些人，將他們視爲我的人民，對我而言實在太痛苦了。」

「妳就這麼草率地評判我們啊，公主？」利拉在她的背後邊說邊笑：「妳可別說妳之前沒料到這一步？」

「料想歸料想，親眼見到卻是另一回事，利拉。我料想過你們三位是如何，但我沒想到會看見百姓們過著這種生活。」

「那五大願景呢？」利拉問，「妳說來就來，然後貶低我們，拍拍屁股就走？這可不是我們的國風哦。」

她轉過身去，看見長髮的阿修已經起身，召集保鑣們準備離開，嘴裡還咕噥著「浪費時間」。

「你又懂得多少國風？」她厲聲說道，「你全身上下還有哪個地方是服從奧斯太戒律的？」

便見利拉把手伸進他的襯衫底下，拿出一個小小的白色碟子，上頭刻有他父母親的名字——那是個標準的奧斯群皈依戒信。接著他說：「公主，我父親帶著我從高原來到這裡，他工作時死在埃橘里田裡，我就靠我的一雙手拉拔自己長大，流血流汗。為了讓同胞過更好的日子，我很努力；瓦爾說要革命時，我出錢供他的支持者吃飽。」

「你收買駐氣，」維溫娜說，「而且你讓主婦們成了妓女。」

「我過日子，」利拉說，「我也讓每個人都有飯吃。你們能做得更好嗎？」

「我……」

維溫娜皺起了眉頭，欲言又止。就在這時，她聽見了慘叫聲。

她的生命感應猛然驚動，警告她正有大隊人馬接近。就在同時，那三個地痞頭子咒罵著也跳了起來。維溫娜望向窗外，遠遠地，她看見一群彪形大漢正奔過公園，它們穿著紫黃相間的制服，臉孔都是灰色的。

那是死魂兵，特提勒城的守衛。

在這支死魂衛隊的前頭，有好幾個穿著城衛警制服的活人領軍衝鋒。百姓尖叫逃竄。丹司大罵一聲，長劍倏地出鞘，同時把維溫娜猛然推開。「快跑！」他喊道。

「可是——」

童克法抓了她的手臂就往棚屋外衝，丹司則在這時衝上前迎戰守衛。地痞們和其餘人馬四處亂竄，但衛隊很快就阻攔了他們的去路。

維溫娜被童克法拉進公園對面的一條小巷道中。童克法一直罵著髒話。

「怎麼回事？」她問道，心跳如雷。

「突擊臨檢。」童克法說，「應該不會太危險，除非……」

刀劍聲中，她聽見好幾聲帶著絕望的哀嚎。她回頭往後望，瞥見那幫流氓已經無處可逃，只能向死魂兵發動攻擊。維溫娜驚恐地看著灰臉的死魂兵走在刀光劍影中，無懼於身上的傷口，拿出武器還擊，流氓們一個接一個地大叫、倒下，血流滿地。

這時，丹司且戰且走地出現在他們藏身的巷口。珠兒不見蹤影。

「卡拉德陰魂作祟了！」童克法見狀立刻撤退，一面推維溫娜讓她先走。「這些傻瓜竟然抵抗，這下子我們有麻煩了。」

「他們是怎麼找到我們的？」

「不知道。」他說，「不管啦！可能是跟蹤妳，也可能衝著那些人來。我寧可不知道，繼續走！」

維溫娜依言在黑暗的小巷中向前跑，還要小心不被自己的長裙絆倒，這使得她跑起來非常不順。童克法不時催促她，一面緊張地向後看。從巷口傳來廝殺的叫罵聲和回音，她知道那是丹司在奮力防守。

她與童克法衝出了小巷子，卻見到一隊五名死魂兵在那兒等著。維溫娜嚇得停下腳步。童克法又罵了一句粗話。

死魂兵站得直挺挺，在漸暗的天色中，它們的表情異常冷峻。童克法朝身後一瞥，顯然是認定丹司無法及時趕到，便拋下了手中的劍，無可奈何地舉起雙手。「我一個人打不過五個，公主。」他對她低聲說，「我是說五個死魂兵，我們只好束手就擒。」

於是維溫娜也慢慢地舉起雙手。

死魂兵卻拔出武器來。

「呃……」童克法對它們說，「我們投降囉？」

怪物攻向他們。

「快跑！」童克法大喝一聲，同時伸手撿起地上的劍。

維溫娜跌跌撞撞地往旁邊逃，盡可能地加快腳步。童克法想跟上，卻不得不停下來防禦。她放慢腳步，回頭時正好望見他的刀鋒劃過一個死魂兵的頸項。

那怪物噴出某種液體，卻不是鮮血。三個死魂兵圍向童克法，後者努力向旁邊揮出一劍，劈中其中一個的腿部。那個死魂兵跌在石地上。

兩個死魂兵跑向她。

看見它們跑來，維溫娜腦中一片空白。她該不該留下來？去幫助……

*怎麼幫呀？*她聽見心底某處響起一聲原始而本能的尖叫：*跑！*

她拔腿狂奔，完完全全地被恐懼驅使，一遇到橫巷就轉進去，繼續朝巷子的另一頭跑。匆忙間，她被裙子絆倒了。

她重重地跌在地上，一下子叫了出來。聽見身後有腳步聲，她呼喊著求救，然後不顧手肘上的瘀傷，她飛快地扯掉長裙，只剩下裡面的半丈褲，然後踉蹌地站起來，再次喊叫。

前方的巷口多了一道身影，令巷道內的光線暗了下來。那是個有著灰色皮膚的壯漢。維溫娜停了下來，轉回身去，卻看見她跑進來的巷口已經被另一個死魂兵擋住。她背靠著牆，覺得渾身發冷，幾乎無法思考。

*奧斯太，色彩之神啊。*她顫抖著心想：*求求您……*

三個死魂兵都向她走來，各自拿出了武器。她低下頭，看見剛剛被她丟棄的綠色裙片旁有一段繩子，雖已磨損，但還可以用。

一如維溫娜對所有物體的感知，繩子也在向她呼喚，彷彿知道自己可以藉由她重獲生命。她感覺不到死魂兵的逼近，諷刺的是，她卻能感應到那段繩索的存在，甚至能在意念中揣摩它去纏住怪物的腿，綁住它們的樣子。

丹司曾說她所擁有的駐氣是種工具，還說那如同無價之寶，非常強大……

她轉頭看死魂兵，還有它們那非人性的雙眼，同時越發感覺到自己的心臟在胸腔裡跳得猛烈。死魂兵漸漸逼近，冰冷的眼神投射著她的死亡。

臉上掛著淚水，她膝蓋一軟，跪了下去，絕望地抓住那段繩子，手在發抖。家庭教師講解過識喚術的運作方式，維溫娜知道她得觸摸那件裙子，汲取它的顏色。

「活起來。」她對著繩索哀求道。

什麼也沒發生。

顯然只知道基礎不夠。她終於忍不住啜泣，淚水模糊了視野。「求求你，」她又說，「拜託，救救我。」

隻身走進巷內的那個死魂兵跑得很快，已經先來到她身旁。她屈起身子，偎著骯髒的牆角。那怪物卻從她的身上躍過。

錯愕地，維溫娜看著它撲向從巷子另一頭逼近的兩個死魂兵，手上的武器重重朝它們擲去。她眨了眨眼睛，這時才認出它來。

不是丹司，也不是童克法，而是皮膚像其他死魂兵一般黑的生物，因此她一開始沒認出來。土塊。

土塊揮舞著厚刃劍，一擊就砍掉了第一個對手的頭。那個死魂兵往後仰倒，斷頸噴出大量的液體，摔在地上後就一動也不動，顯然是死了。

就在土塊擋下另一個死魂兵的攻擊時，後方的巷口又跑進來兩個死魂兵，形成前後夾攻之勢。土塊邁開步伐，沉穩地跨站在維溫娜的面前，橫劍在前，透明的液體從劍上滴落。

落單的死魂兵停下了動作，等待隊友們趕到，這時的維溫娜兀自發抖，完全擠不出力氣來逃跑，只能抬眼往上看。她看見土塊舉起了劍準備要防禦，而它的眼中竟有一種近似人性的光芒——這是她第一次在死魂僕的身上見到情感；雖然，這也可能只是她的想像。

那是決心。

三個死魂衛士發動了攻擊。還在義卓司時，出於可笑的無知，維溫娜本以爲死魂兵的外型就像骷髏或腐爛的屍體，而它們的攻擊招式都是死板板的，缺乏技巧，徒有蠻力。

原來她錯了。這些怪物擁有無異於活人的精練度和協調性，只差不會說話，也不會在攻擊時吼叫而已。土塊躲開一人的攻擊，用手肘去撞另一人的臉，動作極其流暢，足可與丹司在小餐館拔劍殺人時的敏捷性相比——而這整個過程都在默默無語中進行。

土塊揮劍劈斷第三個死魂兵的腿時，另一名死魂兵也一劍刺進它的腹部，透明液體立刻噴濺在維溫娜身上，但見土塊哼也沒哼一聲，一反手便削去了那名死魂兵的頭顱。

無頭的死魂衛士摔在地上，它的劍還插在土塊的肚子裡。斷了腳的那人搖晃著退走，也流出大量透明血液，最終倒地不起。土塊俐落地轉過身去，面對著剩下的最後一名死魂兵，但見後者沒有撤退，態勢卻是明顯地轉攻爲守。

轉爲守勢也沒用，土塊還是三兩下就解決了那衛士；它先是出其不意地衝向對方，斬斷後者拿劍的手，緊接著朝對方的肚子打一拳，令它倒在地上，最後割斷頸子，沒讓那衛士手中的小刀刺中維溫娜。

巷內頓時寂靜。土塊轉過身看著維溫娜，眼神中並沒有情感，方下巴和那張闊臉也依舊沒有表情。然後它開始抽搐，把頭搖一搖，彷彿想讓自己看清楚點。這時候，從它腹部流出的透明液體已經多得嚇人，只見它伸出手扶著牆壁，隨即跪倒。

維溫娜遲疑著伸出手去，碰到它的手臂。那皮膚是冷的。

巷口又出現人影。她驚惶地抬起頭來。

「噢，他彩的。」童克法邊說邊跑過來，頭上跟身上也被那種液體弄濕了。「丹司！她在這兒！」他朝著巷口大喊，並且在維溫娜身旁蹲下：「妳沒事吧？」

她茫然地點點頭，勉強知道自己還抓著她的裙子——這表示她的雙腿都露在外頭讓人看見了。但她發現自己沒法兒在乎這一點，也顧不了自己的髮色已經嚇白了。她只是盯著土塊看，見它跪在她面前，垂著頭像在敬拜什麼。它的厚刃劍滑落到地上，發出清脆的響聲，而它的眼睛依然睜著，卻變得像玻璃珠一樣。

順著她的目光，童克法看著土塊。「對啊，」他說，「珠兒要生氣了。來吧，我們得離開這裡。」

32

e was always gone when Siri awoke.

希麗醒來時，他總是已離去。

躺在蓬鬆柔軟的床上，她看著陽光從窗戶流瀉進來。白天變得越來越暖，只蓋著薄被單都覺得太熱。扯掉被單，她平躺著望向天花板。

從光線判斷，她知道現在已近正午。她和修茲波朗總是聊到深夜。這樣也許不壞，因爲別人見她晚起，可能會歸因於夜間活動的疲勞。

她伸了個懶腰。與神君交談，起初感覺很怪，日子一久就漸漸自然了。她發現他在用字遣詞上頗惹人憐愛——怯生生、不熟練的措詞，解釋著他心中許多有趣的想法。倘若他會說話，她相信那聲音會十分和善。他是那樣地溫柔，這是她從沒料想過的。

她微微笑，把頭挪回枕上，茫然地希望他可以在她醒來時依舊在身旁。想到他，她覺得快樂，而這也是她來到哈蘭隼之後不曾預期的。她仍思念高原，走不出這座宮廷也令她沮喪，特別是想到這宮中的政治權謀。

話說回來，這兒也有快樂。令人目不暇給的人事物、繽紛燦爛的色彩、表演藝術家，都是特提勒城才有的獨特絢麗體驗——再加上每晚可以跟修茲波朗說話。而且在故鄉，全家人都以她的莽撞無禮為恥，結果修茲波朗竟然偏愛這種特質，甚至覺得它吸引人。

她又笑了笑，任由自己作起白日夢，可惜現實生活的思緒追了上來。修茲波朗身處危險之中，這危險真實而嚴峻。他不肯相信自己的祭司會加害於他，雖是這一份天真使她願意親近他，卻也同時令他身處險境。

但她能怎麼辦呢？沒有人明白修茲波朗的困境。他身邊只有一個人能幫助他，不幸的是，那人能力不足；希麗疏於學業，毫無準備地就被丟來面對這樣的命運。

*那又如何？*她心底有個聲音低語。

希麗瞪著天花板。想起自己的逃課，她以前總是習慣性地覺得羞恥，這會兒竟不覺得了。她領悟到過去的都過去了，一再為同樣錯誤而懊惱或悶悶不樂只是浪費時間，反而會犯下另一個錯誤。

*好吧。*她告訴自己。*別再找藉口了。我也許是不盡責又準備不足，但我既然已經在這兒，就得要做點事情。*

因為不會有別人來做。

她爬下床，用指頭順一順髮絲。修茲波朗喜歡長髮，見到她的長髮，他的反應就像那幫侍女一樣；幸好有那些侍女幫忙梳理，否則這種長度可就麻煩了。希麗扠起雙臂，穿著襯衣在房中踱步，想到這宮殿裡的閒雜人等，恐怕自己得跟他們玩玩心機。她眞不喜歡用這種方式想事情，一來是因爲心機總不是什麼光明正大的事，二來是這個「玩」字。事關神君性命，那可不是好玩的。

她在記憶中搜尋，努力地回想以前上過的課。政治是一門交換的學問，拿你有的——或你假稱自己擁有的，去換取更大的好處。就像商人持有貨物，一年過後便希望它能增值，或者是轉換成別種更有價值的好貨。

*除非妳已經準備好要出招，否則別太過打草驚蛇。*萊聲曾這麼告誡。*所以不可表現得太天眞，也不能表現得太機伶。要平庸。*

她在床邊停下，拉起床單捲一捲，拿到壁爐去燒。這是她每天必做的例行事務。*交換。*她看著被褥燃起火苗，心裡一面想：*我有什麼可以拿去和人交換的？不太多。非換不可。*

走到房門邊，她拉開房門，外面如常地早有一班侍女等候。固定服侍希麗的幾個侍女帶著服裝上前，另外一組則動手收拾房間，其中有幾個穿著褐衣。

在讓侍女們梳妝打扮時，希麗盯著其中一名褐衣女孩看，然後找了個適當的機會，快步走過去輕拍她的肩。

「妳是從龐卡來的。」希麗悄聲對她說。

那女孩點點頭，一臉訝異。

「我有話要妳轉達給藍指頭，」希麗壓低了聲音：「告訴他我有他想知道的重要消息。我要交換，這對他的計畫會有極大幫助。」

女孩的臉色發白，但再次點了點頭，於是希麗又溜回去繼續梳妝。她知道有幾個侍女聽見她說的話，不過，這些來侍奉神的人都守著宗教上的神聖戒律，那就是不可將自己偷聽到的事情轉述出去。但願這些人都能遵守這戒律；話說回來，縱使有人犯戒，她也顧不了這麼多了。

接下來，她只要想好這所謂的「重要消息」是什麼，還有藍指頭為何會在乎，一切就等著瞧了。

□

「我親愛的王妃殿下！」一見希麗走進他的包廂，萊聲就熱情地喊道，大老遠跑上來擁抱她。

希麗笑著接受他的迎接，讓他招呼著走到他安排的躺椅去，極其小心翼翼地就坐，因爲她今天穿著哈蘭隼式的精緻禮袍，移動時要很有技巧，否則會笨拙得可笑。她一坐下，萊聲立刻叫人送上水果。

「你待我太親切啦。」希麗說。

「胡說，」萊聲道，「妳是王妃啊！而且妳讓我想到一個我曾經非常喜歡的人。」

「是誰呢？」

「老實說，我不知道。」萊聲接過一盤鮮葡萄片，將它遞給希麗。「我只依稀記得她的輪廓而已。要嗎？」

希麗頗不以爲然，但知道最好不要追根究柢。「告訴我，」她用一根小木籤去插葡萄片來吃，問道：「爲什麼大家都叫你魯莽王？」

「答案很簡單，」他邊說邊往後仰，「因爲在諸神之中，只有我魯莽到敢於裝成不折不扣的白痴。」

希麗挑起半邊眉。

「我的立場需要絕對的勇氣，」他繼續說：「妳瞧，我通常是個相當沉悶且無趣的人。到了晚上，我最大的希望就是坐下來編寫那寫不完的預言稿，好讓祭司們去朗讀給我的追隨者聽。可是哎呀，我做不到，所以每晚跑出去跟別的神消磨時光，用眞誠的勇氣拋開那囉哩叭嗦的宗教理論。」

「那麼做爲何需要勇氣？」

他看著她。「大小姐，妳知不知道那些鬼玩意兒繁瑣到嚇死人啊？」

希麗笑了起來。「不知道。」她說，「所以你的名號到底是從哪裡來的？」

「我只能說這是不折不扣的用詞失當了。」萊聲說，「顯然，妳夠聰明，看得出這一點。我們的名字和稱號都是由一隻琴酒喝太多的小猴兒隨機指派。」

「你現在根本只是在耍蠢。」

「現在？」萊聲故作忿然，卻拿起酒杯向她敬酒。「親愛的，不只現在，我一天到晚在耍蠢啊。拜託妳行行好，收回這句話吧！」

希麗只能搖頭。照這氣氛看來，萊聲今天下午似乎特別瘋癲。這下可好，她心想，我丈夫正處於無法預料的性命危險中，但我僅有的盟友卻是成天躲著我的文書官和一個滿口胡說八道的神。

「一定與死亡有關。」萊聲沒來由地冒出這一句話。這時，祭司們正魚貫走進合議場，準備進行今天的演辯。

希麗望向他。

「人都會死，」萊聲說，「不過，有些人的死亡會彰顯出某種特定的價值觀或情感，比其他人來得更偉大、更耀眼。聽說那就是把我們帶回陽間的力量。」

說完，他靜默下來。

「這麼說，你在死時彰顯了英勇？」希麗問道。

「看樣子應該是，」他說，「我自己也不確定。我今天作的夢好像暗示我曾經侮辱過一隻很大的豹，聽起來還滿英勇的，妳不覺得嗎？」

「你不知道你是怎麼死的？」

他搖搖頭：「我們都忘記了。醒來時，我們都沒有記憶。我甚至不知道自己以前是做什麼維生。」

希麗笑道：「我猜你以前是外交官，或是銷售員之類的吧，你得要能言善道，卻也要言之無物！」

「對，」萊聲淡然道，雙眼怔怔地看著台下的祭司，神情一反常態。「對，一定是那樣沒錯……」但見他搖搖頭，向希麗一笑：「無所謂。親愛的王妃殿下，我今天爲妳準備了一個驚喜！」

我要接受萊聲的驚喜嗎？希麗緊張地東張西望。

他大笑起來。「別怕，」他說，「我的意外很少造成人身的傷害，更不會傷到美麗的后妃們。」他招招手，便見一名白鬍子老翁走了過來。

希麗皺眉不解。

「這位是說書高手霍德。」萊聲介紹道：「我記得妳有些問題想要問……」

她鬆了一口氣，大笑起來，這才想起自己曾經向萊聲提出的要求。她朝看台下的祭司瞥了一眼，說道：「呃，我們不是要聽他們的演說嗎？」

萊聲滿不在乎地揮著手：「聽什麼聽？荒謬！那跟我們該管的事八竿子打不著關係。我們可是神啊，去他顏色的。哦，呃，我是啦。妳也很接近了，神的姻親？可以這麼說吧。總之，妳該不會眞的想聽一幫臭臉祭司討論污水處理的事？」

希麗做了個嫌棄的鬼臉。

「我想也是。況且我們兩個對這個議題都沒有投票權，還不如妥善利用時間。誰知道它幾時會耗盡！」

「時間嗎？」希麗反問，「你長生不死，時間又用不完！」

「不是時間，」萊聲托起他的盤子，「是葡萄，我聽故事時最恨沒有葡萄可吃。」

希麗忍不住翻了一個白眼，但也跟著繼續吃起葡萄來。說書人守分地等在一旁，她仔細觀察了一下，卻發現那人其實不像他給人的第一印象那樣老。超長的白鬍鬚八成是他的專業標記，看起來不像是假鬍子，但有可能是漂白的。這個說書人遠比他想呈現的歲數還要年輕。

話又說回來，她不認為萊聲會隨便找個差勁的說書人來敷衍了事，所以此人想必有兩把刷子才是。於是她換了個舒服的坐姿——往後一靠才發現，這長椅是依照她的身材尺寸另製的。

然後她想：*我發問時可要謹慎，在關於神君之死的事情上不能問得太直接，意圖太明顯*。

「說書人，」她開口要求，「你對哈蘭隼的歷史知道多少？」

說書人向她低頭致敬，然後說：「王妃殿下，我知道得不少。」

「說說義卓司和哈蘭隼分裂之前的事。」

「啊，」男子說著，從衣袋裡掏出一把黃沙，用手指頭搓取，讓沙粒緩緩流瀉，隨風微揚。「殿下想聽的是眾多久遠故事中的一個，那是悠久的過往。是否要追溯到歷史的巨輪開始轉動之前？」

「我希望能了解哈蘭隼神君的淵源。」

「那麼，我們就從遠方的薄霧說起。」說書人道，又掏出一把黑色的細沙輕撒，使它和剛才的黃沙混在一起，就在眾人的注視下，黑沙竟然變成了白色。希麗側著頭，不由得微笑，對這段開場白的戲法感到驚奇。

「哈蘭隼的第一任神君，遠古的始祖；」霍德說，「是的，他比王國和城市都要古老，比王權和信仰都要古老。唯有群山勝過他，因爲群山早就立於塵世，如同沉睡的大地巨人骨節起伏，形成低谷，讓虎豹和花草皆以爲家。」

「我們就先說說這一處低谷吧，從它還沒有名字的那時說起。當時，雀德許人還是這世界的主宰，他們航越內海，從東方來，發現這陌生的土地。他們的著作極少，帝國盛世籠隱在沙塵中，但是人們的回憶長存。您或許能想像他們初次抵達這塊土地時的驚喜？果物豐饒、奇異的樹林，傍著一彎細緻而優美的沙灘。」

霍德從衣袋中掏出另一種東西，拿到面前，鬆手撒落；那像是從蕨類植物摘下的細小綠葉。

「他們稱這塊土地爲樂園，」霍德的聲音轉柔：「一處隱於山間的樂園，雨澤宜人而常年溫暖，大地自動生長出多汁的食物。」說時，他將另一把碎葉輕拋向空中，朝中間吹了一口氣，便見那兒爆出一團七彩的霧，深紅與各種藍色交織飄蕩，在他的身旁拂動。這景象彷彿是一場迷你的焰火秀，只是沒有火光。

「這是色彩的大地，」他接著說：「因爲埃橘里之淚，這令人驚艷的聰明花兒，使得任何衣料都能夠牢牢地吸附染劑。」

哈蘭隼人是如何看待來自內海彼岸的人，希麗從沒眞正思考過。她聽過流浪旅人說的故事，那些人會提到更遙遠的地方，那兒不外乎草原、山丘和乾漠，但都沒有叢林，唯獨哈蘭隼與眾不同。

「第一個復歸者就在這段時期誕生，」霍德說道，撒出一把銀色亮粉。「於一艘航向海岸的船上。今日，世界各地都有復歸者的身影，但當時僅有他一人。您等稱此人爲禹，我等則僅以他的身分稱呼。就在這獨一無二的海灣中，他甦生了。他揭示了五大願景，在一個星期之後死去。」

「與他同船的人們在海灣畔建立起一個王國，當時稱爲哈瑙德。早在這批人到達之前，叢林中已有龎卡族的聚落，他們捕魚維生，四處建村但不足以立國。」

亮粉撒完，霍德從另一個衣袋抓出一把褐色細沙。「現在，您也許要問，爲何我要追溯得那樣久遠。我是否應該講述眾國大戰，講述王國的分崩離析，講述五學者，講述篡亂王卡拉德和潛伏在叢林中、伺機而動的陰魂大軍呢？」

「那些都是今人關注的焦點，也是吾等最爲耳熟能詳的歷史。然而，若要講述那些故事，就不能不提到那之前的三百年，否則這來龍去脈將被忽略。試問，倘若沒有復歸者的知識，眾國大戰何以爆發？一個復歸者預言了戰爭，激發敕亂樂福的野心，促使他翻山越嶺，攻擊別的王國。」

「敕亂樂福？」希麗插嘴問道。

「是的，殿下。」霍德答道，同時撒出一小撮黑沙。「敕亂樂福，篡亂王卡拉德的別名。」

「聽起來像是復歸者特有的名號。」

霍德點點頭：「確實如此。卡拉德是復歸者，後來推翻他並建立哈蘭隼王國的和平王也是復歸者。但我將稍後再講述這一段。先讓我們回到哈瑙德，由第一個復歸者的船員所建立的草創國度。船員們推舉第一個復歸者的妻子爲女王，之後用埃橘里之淚創造出神奇的染劑，在全世界賺取了數不清的財富，令他們的國家迅速成爲繁華的貿易重鎮。」

這時，霍伊拿出一把花瓣，同樣在面前撒落：「埃橋里之淚，哈蘭隼的財富起源。如此嬌小，生長在此地是如此容易，可在別的土壤中卻是難上加難。在這世界的其他地區，染料極不易製造，因而格外昂貴。有些學者說眾國大戰是因這些花瓣而起，說庫茨和胡茨王國被那小小的彩滴所毀滅。」

花瓣飄飄地落在地上。

「只是『有些』學者那樣說嗎，說書人？」萊聲在這時問道。希麗轉過頭去，差點兒忘了他也一起在聽。「其他學者怎麼說呢？他們認爲眾國大戰是在爭什麼？」

說書人沉默了一會兒，接著掏出兩把彩沙，同時撒開來。「是駐氣，閣下。其他學者一致認爲，眾國大戰爲的不只是從花朵搾取染料，而是爲了更高的價値——從人民身上搾取利益。」

「也許您明白，對於駐氣可使物體活動之事，當時的王室日益熱衷。也就是在那段時期，這項技術被命名爲識喚。在當時，那是項新技法，鮮少人了解箇中巧妙，甚至直到今天，人們對它仍有諸多不解。短短四個世紀之前，人們才發現靈魂有驅動之力，能令死者復活。四個世紀對諸神的歲月而言，如同只是片刻。」

「我在宮廷裡可不這麼覺得。」萊聲看著場中演辯的祭司們，喃喃自語道：「以我的感覺而言，宮廷裡的日子簡直就像永恆。」

說書人沒有因爲他的打岔而中斷。「駐氣，」他繼續述說：「那段歲月，在局勢演化成眾國大戰之前，人們持續鑽研，遂有五學者以及許多識喚令的現世。對某些人而言，那是知識啓發的年代，但也有另一些人稱之爲黑暗時期，因爲它後來肇致了人們的自相剝奪、壓搾。」

說時，又有兩把細沙撒下：一是明黃色，另一是黑色。希麗看著有趣，一面猜想霍德知道她是義卓司人，所以在敘述上用了一點兒心思，以避免冒犯。但她自問：關於駐氣，她懂什麼？她甚至在諸神宮廷裡也沒見過幾個識喚術士，縱使見到，她也不怎麼介意。修道士們都說識喚云云是忌諱，不過，得了吧，對當時的她來說，修道士說話就跟老師們一樣無趣。

「五學者中的一人，締造了大發現；」霍德撒出一把白色的碎紙，紙屑上依稀有筆跡。「命令語。方法論。以單單一道駐氣，創造一個沒有生命的活物。」

「在今日聽來，或許此事不足爲奇，但您得著眼於這個王國的過去和它的奠基歷程。哈蘭隼，起始於一群獻身服侍復歸者的人，蓬勃於商機的拓展；繼北方要道的發現，伴隨著航旅技術的演進之下，它統治這得天獨厚的富饒之地，成了舉世矚目的明珠。」

他說到這裡，略頓一下，伸出另一隻手，撒下許多細小的金屬末。它們落在石板地上，叮叮噹噹地碎響起來。「而後戰爭來臨，」霍德重開演述：「五學者起了內鬨，加入不同的陣營。有些王國得以使用死魂之力，有些不能，只能羨慕別國的武力。」

「勇者之神，回答您剛才的問題，同時也是我的故事所傳述的大戰起因，那就是：廉價地創造死魂偶的能力。在單一駐氣的命令法尚未問世之前，創造一具死魂偶需要五十道駐氣，若想使軍隊的兵員增加，則是每五十名士兵可增額一員；然而，當一具死魂偶只需要一道駐氣時，兵員數便可以倍增，而且這支大軍有半數人員可以不吃不喝。」

金屬的碎響聲停止。

「死魂偶並不比活人更強壯，兩者相當。」霍德道，「死魂偶也不比活人更靈活，同樣是兩者相當。可是不須飲食呢？那就非常占優勢了。再加上死魂偶不怕痛、絕不恐懼……如此鑄成了無堅不摧、無人能敵的勁旅。在卡拉德的手中，這一項技術更加精進，據說他創造了一種更新式、更強力的死魂偶，獲致了更駭人的優勢。」

「那是什麼樣的死魂偶？」希麗好奇地問。

「無人記得，殿下。」霍德解釋道，「當時的紀錄都佚失了，有人說是刻意被燒燬的。無論卡拉德的陰魂有何本質，那駭人且可怖的力量依然，甚至不會隨著時光而流逝，還能繼續活在吾等的傳說和詈罵聲中。」

「它們眞的還在嗎？」希麗問道，微微發抖，瞥向看不見的叢林。「像故事裡說的？一支隱藏的大軍，等待著卡拉德回來領導它們？」

「可嘆，」霍德說，「我只能說故事。如我所說，隨光陰流轉，許多過往都已經不可考了。」

「但人們都還記得王室的事，」希麗說，「王室逃走，因爲他們不同意卡拉德的所作所爲，是吧？他們認爲使用死魂之力有道德問題？」

說書人沒有立刻應答，過一會兒才說：「噢，當然。」說時，他微微一笑。「是的，的確是。殿下。」

希麗聽出了一絲異樣。

「噓，」萊聲靠過來對她說：「他在騙妳。」

「閣下，」說書人說著，深深一鞠躬。「請您見諒。這其中有許多分歧的說法，而我身爲說書人，我述說的故事必定包括各種版本。」

「那麼別的版本是怎麼說呢？」希麗問道。

「它們全都不一致，殿下。」霍德說，「您的同胞論及宗教紛爭和卡拉德的謀篡，龐卡人則論及王室對識喚和死魂之力的沉迷，最終卻遭到反撲；至於哈蘭隼，人們說王室與卡拉德聲氣相通，令他統率軍隊，嗜血求戰，罔顧百姓的意願。」

他抬起頭來，用兩把焦黑的炭末畫出軌跡。「不過，時光已逝，只留下灰燼和回憶。回憶在人與人之間傳遞，如今從我的嘴裡說出。所有的這一切，亦眞亦謊言，縱有人說王室曾企圖創造死魂偶，那又如何？您仍可保有您的信念。」

「反正都是復歸者掌握了哈蘭隼。」她說。

「是的，」霍德說，「之後，他們也爲這國度起了新名稱，從舊的名稱變化而來。但在此同時，也有人對王室的離去感到遺憾，因爲第一個復歸者的血統從此深藏於高原。」

希麗吃驚皺眉：「第一個復歸者的血統？」

「是的。」霍德說，「他的妻子原本就懷有身孕，而她後來成爲這片土地的第一任女王。您就是他的後裔。」

她向後一坐。

萊聲轉過頭來，一臉好奇：「妳不知道？」問這話時，他的語調不像平常那樣輕佻。

希麗搖搖頭：「就算我的同胞知道這件事，也絕不會有人提起。」

萊聲似乎覺得很有趣。看台下，祭司們辯論的主題已經從污水衛生換成了城市治安，有人在提議加強巡邏貧民窟。

她微微一笑，想到該如何帶出她眞正要問的問題。「這麼說，哈蘭隼的神君和第一個復歸者沒有血緣關係。」

「對，殿下。」霍德說時，將一塊泥土拿到面前，揉碎成粉塵。

「那麼，神君一共有幾任？」

「有五任。」他答道：「這五任包括當今的永生神君——偉大的修茲波朗陛下，而和平王不在其中。」

「五任國王，」她說，「在這三百年之中？」

「是的，殿下。」霍德說道，掬起一把金色的細沙，拿到面前撒落。「眾國大戰結束之後，哈蘭隼王朝建立。和平王驅逐了卡拉德的陰魂，爲這世界帶來和平之後，將他的駐氣及生命交給第一任君王。從那一天起，每一任神君都會生下一個死胎之子，那孩子復歸之後，便接下王位。」

希麗俯身向前：「等等。和平王如何創造出新的神君？」

「啊，」霍德改用左手撒沙，一面說道：「這又是另一個遺失在時光中的故事了。事情眞相究竟如何？駐氣可以在人與人之間傳遞，但無論多少駐氣都不能使一個凡人成爲神。傳說中，和平王死於獻出他的駐氣。畢竟，如今我們知道，當一個神要賜福予另一個神時，豈能不放棄他自己的生命？」

「依我看，那肯定不會是在精神狀態穩定的狀態下。」萊聲說時，招手要人再送葡萄上來。「說書人，你可沒鼓勵我們的前輩這麼做吧？此外，就算神要放棄他的駐氣，接受那駐氣的人也不會因此變得有神性。」

「我只負責說故事，閣下。」霍德又說了一次，「故事也許是眞，也許是虛構。我所知的只是故事本身，而我必須忠實傳述。」

這可要相當的天分呢。希麗心想，一面看著他又從衣袋中掏出一把帶著土的青草，慢條斯理地邊扯邊撒。

「再說回建國之時，」霍德說，「和平王是個超凡的復歸者，因爲他致力制止死魂兵的暴動。的確，他趕走了卡拉德的陰魂，那在當時是哈蘭隼軍力的主幹；當然，此舉也令他自己的人民陷於沒有軍力的處境，不過他的付出完全是爲了締造和平。可惜庫茨和胡茨當時已然滅國，無力挽回，但是別的王國——諸如龐卡、泰得瑞多、吉司，以及哈蘭隼本身，都因此而脫離了戰亂。」

「這個諸神之神有如此偉大的貢獻，我們對他的想像豈止於此？當然不。也許他還有其他貢獻，如同祭司們所聲稱，在哈蘭隼的神君身上播下了種子，允許他們能將自身的力量和神性傳承給下一代，父於子，子於孫。」

這樣的傳承就是主張統治權的好藉口。希麗心想，茫然地吃下一片葡萄，同時又想：有這樣一個令人驚異的神做他們的祖靈，他們才會變成神君；而唯一能夠威脅他們的就只有……

義卓司的王室，也就是第一個復歸者的正統血脈，等同於另一個神聖的傳承，夠資格挑戰哈蘭隼神君的統治權。

這一點沒有說明歷任神君是如何死去，也沒有解釋爲何某些神——比如第一個復歸者禹——可以生育，但其他神祇就不行。

「他們都是長生不老的，對嗎？」希麗問道。

霍德點了點頭，慢慢撒完手中的青草和土，又拿出一把純白色的粉末，然後說道：「確實如此，殿下。如同所有的復歸者，神君不會衰老。任何一個達到第五級彩息增化的人都享有這份贈禮，那就是駐齡。」

「但是，爲什麼會有五任神君？」她又問，「第一任爲什麼會死？」

「那麼殿下，爲何世上不斷有復歸者辭世？」霍德反問她。

「因爲他們都瘋了。」萊聲逕答。

說書人微笑道：「因爲他們會厭倦。諸神與凡人不同，他們是爲了我們而重返陽世，不是爲他們自身，當他們再也無法承擔生命時，就會辭世。神君只活到足以誕下子嗣爲止。」

希麗一驚，脫口問道：「這是人人皆知的事嗎？」話才說完，她不由得縮頭，怕這句話使她的意圖太明顯。

「當然是的，殿下。」說書人道：「至少在說書人和學者之中，這是人盡皆知。每位神君都在子嗣和繼承人出生不久後離開塵世，也是理所當然。一旦子嗣誕下，神君會頻頻受擾，不得安寧，因為人人都巴望著他使用駐氣來為國家謀福利，因此……」

他揚起手臂，打響指頭，隨即有一道小小的噴泉憑空出現，並且瞬間化成薄霧。

「他們就撒手人寰。」他說，「將祝福遺賜給他們的人民，將子嗣留給這個國家。」

空間中一片沉寂，薄霧在霍德的面前蒸發。

「說書人，這故事不大適合講給新婚妻子聽。」萊聲自己做了如此註解。「你這是說，等她一懷了孩子，她的丈夫就會開始厭倦生命？」

「我並不加油添醋，閣下。」霍德邊說邊鞠躬。在他的腳邊，各色塵土、礫粒都散混在一起。

「我只負責說故事。這個故事是最為人知的，也是我認為王妃殿下會最想知道的。」

「謝謝，」希麗溫和地說，「我很高興由你來講給我聽。告訴我，你是從哪裡學來如此……特別的說書方法？」

霍德抬起頭來，微微一笑。「殿下，很多很多年前，我從一個不知道自己是誰的人哪兒學到這些。那是在兩塊大陸相接而眾神已死的遙遠地方，不過那不重要。」

聽到這樣的回答，希麗認為霍德只是故弄玄虛，為他自己營造神祕和傳奇色彩。比較起來，她覺得他對於神君之死的解說更耐人尋味。

原來的確有官方說法，她這麼想著，隱隱覺得胃中翻攪。如此一來，歷任神君總在適任的繼承

人出生之後離開人世，就合情合理了。

不過，當神君沒有舌頭時，要如何將和平王的資產，也就是他擁有的駐氣代代相傳下去？同時，假使神君們也像修茲波朗那樣爲生活而感到興奮時，他們還會厭倦生命嗎？

對於一個不了解神君個性的人，這樣的官方故事才有說服力，但對希麗而言，反而有些無趣。修茲波朗才不會做出那種事，至少現在不會。

可是……當她爲他生了孩子，他會不會改變？修茲波朗會不會就那樣輕易地厭倦了她？

「也許我們應該巴望著老修茲波朗快點辭世，王妃殿下。」萊聲懶懶地撥弄著葡萄。「依我推測，妳是被逼來嫁給他的。要是修茲波朗死了，妳也許就能回到家鄉。該死的死一死，全民康復，新的繼承人穩坐王位，皆大歡喜。」

場中的祭司們還在辯論。霍德深深一鞠躬，等著下場。

皆大歡喜……？她越想越不舒服。「對不起，」她邊說邊起身，「我想去走一走。謝謝你帶來的故事，霍德。」

丟下這一句，她急急走出了篷傘外，暗暗希望萊聲沒有看到她的淚水。

33

ewels worked quietly, ignoring Vivenna as she pulled another stitch tight.

珠兒靜靜地幹活兒，沒理會維溫娜。土塊的腸子和內臟之類的東西就擺在旁邊地上，珠兒正仔細地將它們一一放進它的腹腔，調整位置，小心地縫合。維溫娜沒打算看清那些內臟長什麼樣子，只是觀察珠兒的動作。珠兒拿著彎鉤狀的針正在處理土塊的腸，粗線穿過土塊的皮肉後再拉緊。這種景象陰森又可怕，卻沒怎麼影響維溫娜此刻的心情，因爲她還沒有從剛才的震驚中恢復過來。他們此刻都在祕密屋裡。童克法出發到住處去看看帕凜的情況，丹司則在樓下不知拿什麼東西。

維溫娜坐在地上，將雙膝抱在胸前。她已換上一件剛才在半路上買的長連衣裙，因爲她原本的裙子全是泥污。珠兒也坐在地上，底下鋪著墊子，繼續她手上的工作，一面忿忿嘟囔著：「蠢斃了，」她的聲音輕又低，但繼續當維溫娜不存在，「不敢相信我們竟讓你受到這樣的傷害，就只爲了保護她。」

受傷害。對一個像土塊這樣的怪物而言，受傷有任何意義嗎？它醒著，她看到它的眼睛是睜開的。何必縫合它的內臟呢？縫了就會治好它嗎？它根本不必進食，要腸胃做什麼？維溫娜打了個寒顫，轉頭看著別處。不知怎地，她覺得自己的五臟六腑也被扯了出來，彷彿要供全世界的人觀賞。

維溫娜閉上眼睛。事件發生已過了數小時，她還在爲了恐懼而發抖。小巷中的夾擊讓她以爲自己死劫難逃，那一刻的狼狽又讓她學到了些教訓。原來端莊是沒有意義的；長裙子絆腳時不如親手扯掉它。再來，她的頭髮也沒有意義；當危機降臨，髮色立刻成了這世上最不重要的事。最後，她的信仰顯然也沒有意義；要不是她不懂得使用駐氣，她早就破戒了。

「我想走了，」珠兒喃喃道，「就你跟我，走得遠遠的。」

土塊抖了抖身子。維溫娜睜開眼睛，看見它試圖站起來，但它的內臟都還垂懸在外。

便聽得珠兒罵道：「躺回去，你這渾球。」她的聲音非常輕，幾乎聽不見。「太陽的咆哮。停止活動。太陽的咆哮。」

便見土塊慢慢躺平，不再活動。維溫娜心想：**這種東西果然會服從命令，卻不是很機伶；它剛剛是想走出去，因爲珠兒說要「走得遠遠的」**。然後珠兒說了太陽什麼的？那是丹司曾提到的安全密語嗎？

通往地下室的樓梯傳來腳步聲，然後門打開了，丹司走了出來。他關上門，走過來將一個貌似紅酒袋的東西交給珠兒，珠兒接過去，回頭又繼續忙她的。

丹司走到維溫娜身旁，坐了下來。

「聽人家說，一個人要在第一次面對死亡時才會了解自己。」丹司說話時的口氣像在話家常：「我也不太懂。在我看來，臨死前的妳是誰倒還無所謂，認清妳在剩餘的人生中要扮演什麼角色才更重要。要死也不過就那一下子，但下半輩子可長久了，兩者怎麼能相比呢？」

維溫娜沒應聲。

「人人都會害怕的，公主。即使是勇士，初次上戰場時也可能會逃跑。所以軍隊裡才會有那麼多訓練跟操演，待得下去的人不是特別勇敢，而是訓練有素。我們都有求生的本能，跟其他動物一樣，有時候本能會主宰我們。沒什麼。」

維溫娜繼續看珠兒做事情。她小心地將腸子放回土塊的肚子，並拉出一小團物體，清除一些看似肉條的東西。

「其實妳做得不錯，」丹司又說，「妳沒有嚇得失去理智，也沒有嚇呆。妳找到最快的逃生路徑。我保護過一些人，他們只會傻傻地站在原地讓人砍，害我得死推活拉地叫他們逃命。」

「我要你教我識喚術。」維溫娜低聲說。

他吃了一驚，瞄她一眼。「妳……妳確定嗎？」

「我想過了。」她仍舊抱著雙膝，將下巴擱在上頭。「我以爲自己夠堅強，也以爲我寧死也不要動用駐氣，全都是瞎話。在那一刻，我願不計一切代價，只求活下去。」

丹司微微一笑。「妳會是個好傭兵。」

「雖然是錯的事，」她怔視著前方說，「可是我不能再說自己有多純潔了。我也該看清現實，明白自己的本領，去活用它。要是那麼做會遭天譴，那就讓我遭天譴吧，起碼可以讓我活到摧毀哈蘭隼爲止。」

丹司揚了揚眉毛：「妳這會兒要摧毀他們啦？不只是簡單的阻撓跟暗中破壞了？」

她搖搖頭。「我要這個王國垮台。」她悄悄地說，「像那些地痞頭子說的。這個國家會腐化那些窮人，甚至使我墮落。我恨它。」

「我——」

「不，丹司，」維溫娜說時，髮絲完全是血一般的深紅色，但這一次她不管了。「我眞的很恨它。我一直恨這些人。他們奪走我的童年，害我必須學習並準備，就爲了當他們的王妃、嫁給他們的神君。人人都說那神君是邪惡的異端，但他們本來要叫我去跟他上床！」

「我恨這整個城市，包括它的彩色跟諸神！我恨它偷走我的人生，逼我拋下我所愛的一切！我恨這些繁忙的街道、撫慰人心的花園、商業活動跟這悶死人的天氣。」

「我最恨他們的傲慢。想到他們二十年前逼得我父親簽下那一紙協議，想到他們竟然能控制、主宰我的生命；他們能毀掉我，現在又扣住我妹妹。」

她咬牙切齒地講完，才深吸一口氣。

「妳會成功復仇的，公主。」丹司輕聲地說。

她看著他說：「我要他們受到傷害，丹司。今天發生的這件事絕不僅僅是鎮壓叛亂份子，哈蘭隼是派人來殺戮的。他們要殺死自己製造出來的窮人，而我們要阻止類似的事情，不計代價。我已經厭倦做一個漂亮和氣的低調公主了，我要有所作為。」

丹司慎重地點頭。「好吧。那我們就改變方向，開始幹些狠一點的事情吧。」

「很好。」她說完又閉上眼睛，因為自己無法驅散這麼多的負面情緒而滿心沮喪。這些念頭在心中藏了太久，而她又不夠堅強，這才是問題。

「所以，妳來到這兒，根本就不是為了妳的妹妹，」丹司問，「對吧？」

她搖了搖頭，眼睛仍然閉著。

「那是為了什麼？」

「我這一生都在受訓，」她低聲說，「我是個願意犧牲自己的人。希麗被迫去取代我之後，我就一無所有了。我只好到這兒拿回來。」

「但妳剛才說妳一直都痛恨哈蘭隼。」他的語氣充滿困惑。

「我的確是。現在還是，所以我才非來不可。」

他沉默了片刻。「我猜，這對一個傭兵而言太複雜了。」

她睜開眼睛，其實也不確定自己是否明瞭這一切。以往，她總是將仇恨之情關得好好的，頂多用輕蔑來表現；如今她面對了這股情緒，正視它，卻莫名地發現哈蘭隼同時也有誘人的一面，就像……她知道自己非得要來這兒走一趟，親眼見識過，否則她不會眞正了解，也想像不出究竟是什麼毀掉自己的人生。

現在就不同了，要是她的駐氣能派上用場，她會拿來用，就像樂米克斯和那些地痞頭子一樣。她並沒有比他們崇高，從來都沒有。丹司未必能體會這一點。

維溫娜朝珠兒抬了抬下巴，問道：「她在做什麼？」

丹司也看過去。「裝一副新的肌肉。」他答道，「側面有一條被割斷了。肌肉不能單用縫合的，稍有割斷，就得整副換新。」

「用螺絲釘去固定？」

丹司點點頭：「釘在骨頭上，這樣就堪用。不算完美，但是堪用。死魂僕的傷口都不能完美地修復，有些可以癒合就是了；把傷口縫起來，灌滿靈醇就行。要是修復太多次，它的身體會沒法正常運作，到時只能花費一道駐氣才能讓它們保持活動力，可是萬一眞弄成那樣，人們會乾脆買具新屍體。」

被一個怪物所救，也許是維溫娜決定動用駐氣的原因。她本來差點兒要死了，結果土塊救了她——死魂僕不該存在於這世間，她卻欠上了一條命。更糟的是，在她的內心最深處，竟然有絲不該出現的同情和感激。考慮到這些情感，她認爲自己已受到詛咒，所以就算動用駐氣也沒差別了。

「它的戰技很不錯，」她輕聲說，「比城衛警用的死魂兵還厲害。」

丹司朝土塊的方向瞥了一眼。「它們不全是一樣的。大部分的死魂兵只是隨便拿具屍體來做成，可是死魂僕不同，要是你捨得花錢，可以買一個生活技能非常熟練的死人。」

維溫娜想起土塊在保護她時所流露的剎那人性，不由得生起了一陣寒意。要是一個不死的怪物都能做英雄，那麼一個虔誠的公主也可能做出褻瀆之事了。還是說，她只是以此來使自己的行爲正當化？

「技能，」她問道，「到死後都保持著？」

丹司點頭。「對，至少看起來還有那麼一回事。以我們買下這傢伙所花的錢看來，它生前一定是個老練的士兵。這也是我們寧可花錢、花時間也要費心去修復它的原因。再買新的死魂僕也未必划算。」

他們對待它的態度很有那麼一回事。維溫娜心想。她覺得自己也該這麼做。同時，她也漸漸把土塊想成是人，而不是物品。這一次，土塊是她的救命恩人，不是丹司或童克法。搞不好他們都應該對它更尊重一些。

珠兒把肌肉裝妥了，開始用粗線縫合表皮。

「它會稍微癒合，」丹司說，「但修復時還是盡量用強韌一點的材質，免得傷口再次裂開。」

維溫娜點點頭。「還有……髓汁。」

「就是靈醇。」丹司說，「由五學者發現。是個神奇的東西，讓死魂僕動得很順暢。」

「那是眾國大戰發生的原因嗎？」她喃喃地問，「爲了它的配方？」

「那是一部分。除了靈醇之外，也爲了新的命令語——也是由五學者的其中一人發現，但我忘了是誰。公主，如果妳眞的想當個識喚術士，妳就是要去學那玩意兒——命令語。」

她又點頭。「教我。」

這時的珠兒拿出了一只小幫浦，將軟管接在土塊脖子上的一個小活門，開始灌注靈醇。她按壓得極慢，大概怕血管爆開。

「呃，」丹司說，「識喚命令很多。假設妳想讓一條繩索動起來——好比剛才妳在巷子裡想做的事，那麼妳可以說『纏住東西』。說出命令的時候，咬字要清楚，聲音要響亮，驅使妳的駐氣去活動。假設妳做對了，那麼繩子就會去纏住離它最近的物體。『保護我』也是個很好的命令語，但妳要明確的想像出某個狀態，否則它有時會曲解成很奇怪的意思。」

「想像？」維溫娜問。

「就是在腦中形成命令，不光只是說出口而已。妳釋出的駐氣等於生命的一部分；照你們義卓司的說法，就是靈魂的一部分。當妳識喚物體時，等於讓它變成妳的一部分，所以妳若是技術好、夠熟練，它就會完全照著妳的期望去做事情。要把它們當成妳的一部分，就像手腳一樣。」

「好，那我開始練習。」她說。

丹司點頭道：「妳應該會學得相當快。妳的腦筋好，又有很多道駐氣。」

「那樣會有差別嗎？」

他又點了點頭，卻變得有些心不在焉，彷彿分心去想別的事情：「駐氣的數量越多，越容易識喚物體。就像……我也不太會講。駐氣和宿主的關係很緊密，它是妳的一部分，或者說妳是它的一部分。」

她往後坐，思考了一會兒，然後才說：「謝謝。」

「謝啥？解釋識喚術給妳聽嗎？街上有大半的小孩都講得出來。」

「不是的。」她說，「當然，我很感激你解釋給我聽。但我是謝你沒有譴責我的虛僞，也謝你願意冒險改變計畫，還有保護了我。」

「我最近查過，那些都是好員工該做的事。至少是個受雇的傭兵該做的。」

她搖搖頭：「不光是那樣。你是個好人，丹司。」

當他投來目光時，她在他的眼中看見某種無法形容的情緒。再一次地，她想起他慣戴的面具——一個愛笑、愛胡鬧的傭兵。此刻她直視著那雙眼睛，彷彿可以看到僞裝外表下的他。

「好人啊，」說時，他轉開了視線。「有的時候，我希望我還是個好人。我已經好幾年沒做過好人了。」

正當維溫娜張嘴想答腔時，她瞥見窗外閃過一個人影，便閉上了嘴。不一會兒，童克法走進屋子，丹司也站起身來。

「怎樣？」他向童克法問道。

「看起來還安全。」童克法邊說邊瞟了土塊一眼。「死傢伙如何？」

「剛弄完。」珠兒應道。她俯下身去，用極輕柔的語調對土塊說了幾句話，便見土塊開始動了，坐直身子，左右張望。維溫娜看見它的眼光瀏覽過自己，像是不認識她的樣子，臉上呈現往常的呆滯和漠然。

它畢竟是個死魂僕。維溫娜邊想邊起立。珠兒對它說話之後，它才重新活動，而那些話或許跟剛才讓它停止活動時一樣。那個奇怪的句子……

太陽的咆哮。維溫娜決定不再多想，跟著他們走出了屋子。

□

沒過多久，他們回到家。帕凜從房間奔出來迎接，顯然很是擔心。他先迎向珠兒，但珠兒沒理睬他。維溫娜進屋時，他走向她並問道：「維溫娜？發生什麼事了？」

她沒說話，只是搖頭。

「我聽說你們遇上戰鬥。」他邊說邊跟著她走上樓。

「城衛警攻擊那個地方，」維溫娜疲憊地說，「他們帶了一隊死魂兵，一到場就殺人。」

「色彩之神啊！」帕凜說，「珠兒還好嗎？」

維溫娜覺得臉上一熱。站在樓梯頂端，她回過身去看著站在下階的他。「你問起她做什麼？」

帕凜聳了聳肩。「我覺得她不錯。」

「你該講這種話嗎？」維溫娜說時，約略注意到自己的髮色又轉紅了。「你跟我不是有婚約嗎？」

他皺起了眉頭：「維溫娜，妳是跟神君有婚約啊。」

「但你知道我們雙方的父親是怎麼想的。」她雙手扠腰。

「我知道。」帕凜說，「不過，哎，我們都離開義卓司了，妳和我都會被逐出家門，這種猜謎遊戲也沒必要再繼續下去。」

猜謎遊戲？

「我的意思是，不如打開天窗說亮話吧，維溫娜。」他微微笑，「說真的，妳從來也沒對我多好過。我知道妳覺得我笨，我也覺得妳可能是對的；話說回來，如果妳真的在乎我，我想妳不至於讓我有那種感覺，就是覺得自己笨。珠兒罵我，但她也會被我逗笑，妳就從來不會。」

「可是……」她發現自己竟然語塞：「那你為什麼跟著我來哈蘭隼？」

便見他眨了眨眼睛：「噢，當然是為了希麗啊，我們不是為了救她才來的嗎？」他又聳了聳肩，咧嘴笑得天真。「晚安，維溫娜。」說完，他走下樓梯，嘴裡喊著珠兒，要知道她是否安好。

維溫娜看著他走掉。

他的胸懷比我更高尚，但我現在什麼都不在乎了。懷著羞愧，維溫娜邊思考邊走進自己的房間。她身邊的每件事都被奪走，是啊，帕凜當然也不例外。她對哈蘭隼的恨意越來越深。

算了，我只要睡個覺。她想，**睡醒之後，也許我就能想出我在這天殺的城市裡到底在幹什麼。**

唯一可以確定的是，她還是要學習識喚術。她已經明白，過去自己目空一切，視駐氣為罪惡，在這特提勒城裡沒有立足之地。而且，真正的維溫娜並不是為了救妹妹才來到哈蘭隼；她來，是因為她受不了自己變得不再重要。

她已然明瞭，那就是對她的懲罰。

輕輕關上房門之後，她鎖上門閂，再到窗邊拉起布簾。

窗外的陽台上有個人影。那男人站在欄杆邊，臉上有好幾天沒刮的鬍碴，一身破破爛爛的深色衣褲，身旁有把黑色大劍。

維溫娜驚跳起來，眼睛睜大。

「妳，」他的口氣帶點兒怒意，「惹出一大堆麻煩。」

她張開嘴呼救，窗簾布卻擁上來纏住她的頸子，堵住她的嘴。它們用力地推擠，令她無法呼吸，不久就包住她整個人，彷彿將她縛緊了。

她想道：*不！我熬過了死魂兵的攻擊，難道卻要死在自己的房裡？*

她掙扎著，希望有人聽到這兒的動靜後趕來救她。遺憾的是，在她失去意識之前，都沒有人聽見。

34

ightsong watched the young queen dart away from his pavilion and felt an odd sense of guilt.

看著年輕的王妃匆匆走遠，萊聲的心中生起一絲古怪的歉疚。他一面覺得這樣子不像自己，一面飲下葡萄酒。吃完眞正的葡萄之後，酒味嚐起來有點兒酸。

也許這酸味與酒無關。他剛才用那種方式與希麗談神君之死，原本只是他一貫地輕浮。在他認爲，眞相的公開應該要直白——假使可能的話，也要詼諧。

可是他卻沒想到王妃會有那樣的反應。她怎會在乎神君呢？她是被派來嫁他的，也許根本就違背她的意願，這會兒聽到別人說起丈夫的死，她竟然悲傷得逃走？沒錯，悲傷。萊聲瞥見了她離去時的表情。

裹在金色和藍色的禮服中，她是那樣地嬌小，那樣地年輕——**年輕？萊聲忍不住自嘲：她的人**

生經歷可比我長久多了。

萊聲還保留著某些生前的感受，好比對自己年齡的認知。他不覺得自己只有五歲，倒覺得應該年長得多。倘若如此，那麼他應該懂得自我節制，不該對一個年輕的新娘開守寡的玩笑才是。話又說回來，難不成這女孩眞的對神君動了情？

她到這城市來才不過幾個月，他聽聞過，也想得出她在此間過著怎樣的生活，知道她被迫對一個不准交談而無從了解的男人履行妻子的義務，而這個男人的存在與象徵意義根本就只是在褻瀆她的文化背景。這其中有太多矛盾，萊聲只好換個角度揣想：也許她是在爲自己擔心，怕丈夫死後自己就會失勢。就一個王妃來說，這種憂慮很是合理。

如此想定之後，萊聲把注意力轉移到祭司們的辯論上。污水及巡邏保安議題已經討論完，他們正在進行另一個議題。「我們一定要爲戰爭做好準備。」一名祭司力陳：「近期的意外事件明白告訴我們，我們和義卓司人確實無法和平共處。就算我們全力防止，類似的衝突還是會不斷發生。」

萊聲坐在那兒聽，手指在椅子扶手上敲啊敲。

五年了，我一直都在毫無意義地混日子。合議會裡的重要議題，我沒有投過任何一票；死魂令在我的手中只是徒然。我塑造了一無是處的神聖形象。

台下辯論的聲調比方才更加激昂。令萊聲擔心的不是這幫祭司們的情緒，而是在場中領頭主戰的人；尊貴王靜諦符的大祭司南若瓦，之前一直都是反戰陣營的意見中心。萊聲以往懶得注意這些事，但見到如此反常的變化，令他也不得不納悶。

是什麼使這個人改變了主意？

恰在這時，他遠遠地看見薄曦帷紡朝著他的包廂走來。他的味覺剛剛適應了葡萄酒，而他正在沉思中品味芳醇。看台下，反戰的聲浪聽來溫和而稀落。

薄曦帷紡坐在他身旁，衣裙沙沙作響，香水的芬芳飄來。萊聲沒招呼她，甚至連看也沒看一眼。

「妳是怎麼搞到南若瓦的？」他終於開口。

「我可沒有。」薄曦帷紡說，「我也不知道他怎麼會改變想法。我倒希望他不要這麼貿然倒戈，免得人們誤以為是我操縱了他。不論如何，我給他拍拍手。」

「妳就這麼渴望戰爭？」

「我渴望全民都有危機意識。」薄曦帷紡說，「你以為我樂見戰火嗎？你以為我想讓百姓們去殺人送死嗎？」

萊聲與她四目相交，心中估量著她的誠意。忖思她總是大大方方地展露自己的肉體之美，恐怕很少人會注意到其實她有雙美麗動人的眼睛。「不，」他說，「我不認為妳樂見戰爭。」

她斷然點頭。她今天的服裝比較奢華，剪裁時髦，特別襯托她的上圍，將雙峰推擠得高聳而挺立，極度引人注目。萊聲將視線別開。

「你今天好無趣。」薄曦帷紡說。

「我有心事。」

「我們應該高興點，」她又說，「祭司們幾乎都站到我們這邊來了。不久就會召開中心合議會，表決是否發動攻擊。」

萊聲點點頭。中心合議會只在最緊急的事態或情勢下才會召開，屆時出席的諸神全都必須投票。假使這一次的中心合議會表決開戰，那麼，擁有死魂令的神，像是萊聲——將會被派去督軍並領導戰爭。

「妳已經把厚望尋哲的死魂令改掉了嗎？」萊聲問。

她點頭道：「那一萬名死魂兵已經是我的了，默慈星的也是。」

去他顏色的，他心想。兩個坐在這裡的人竟然掌握了王國四分之三的兵權。看在虹譜的份上，我到底是蹚了什麼渾水？

薄曦帷紡往後坐了坐，瞥了希麗剛才坐過的那張小椅子一眼。「不過我現在心情不好，被奧母氣的。」

「是因爲她比妳漂亮，還是因爲她比妳聰明？」

薄曦帷紡惡狠狠地瞪了他一眼，未發一語。

「只是想緩解我的無趣啊，親愛的。」他說。

「奧母手上有最後一批死魂兵。」薄曦帷紡說。

「這人選莫名其妙，妳不覺得嗎？」萊聲道，「我的意思是，假定妳不了解我的話——選我還說得上合邏輯，因爲我照理應該是個勇猛大膽的人。厚望尋哲代表著正義公理，用來號召士兵也十分得宜。就算是默慈星，她代表仁厚與慈愛精神，讓她掌兵也合情合理。可是奧母？婦德與家庭之神？讓她來掌握一萬個死魂兵，倒讓我覺得我的醉猴理論不無道理了。」

「幫復歸者取名字選稱號的那個理論？」

「沒錯。」萊聲說，「其實我已想好了要如何延伸這個理論。我要提出一個假設，那就是神——或者宇宙、時間，任何你認爲可掌握天地萬物的未知之力——其實都只是一隻醉猴子。」

她俯身向前，收攏雙臂，差點兒把她的胸脯完全擠出禮服之外。「這麼說，你覺得我的稱號也是隨便選的嗎？誠實和人際關係之神，聽起來不合襯嗎？」

他想了一下，微笑道：「親愛的，妳是不是想用乳溝來證明神的存在？」

她也笑了。「保證你想不到，這兩塊肉可好用的。」

「唔，親愛的，我倒沒思考過妳的雙峰也有神學力量。妳可以爲它們成立教派，那我也許就此變成有神論者了。先不提這個，妳剛才說奧母惹妳生氣？」

「她不肯把她的死魂令讓給我。」

「不意外，」萊聲說。「我是妳朋友，我都不怎麼信任妳了。」

「我們需要她的安全密語呀，萊聲。」

「爲什麼？」他問，「我們已經拿到了四分之三，那可是半數以上。」

「我們承擔不起一丁點內訌或分裂，」薄曦帷紡說，「要是她的兵倒戈相向，我們可以以眾擊寡，卻會大傷元氣。」

他聽了皺眉頭：「她才不會那麼做。」

「不怕一萬，只怕萬一。」

萊聲嘆息：「好吧，那我去跟她談。」

「這主意恐怕不妥。」

他不以爲然地看著她。

「她不太喜歡你。」

「對，我知道。」他說，「可見她的品味卓然出眾，不像我認識的某人。」

她沒好氣地瞪來：「要我抖奶讓你再看一次嗎？」

「不了，拜託不要。我怕我撐不到接下來的神學辯論。」

「好吧。」她說著往後坐，看著台下依然激辯的祭司們。

*這些人肯定還要辯上好久。*他一面想，一面望向看台另一側，見到希麗呆站在那兒看著場中。

她把雙臂擱在石欄杆上；那欄杆對她來說太高了些。

*也許不是因爲想到她的丈夫會死，而是因爲這麼多主戰的言論。*萊聲思忖。對她的同胞來說，那將是場沒有勝算的戰爭，而這點也可以解釋衝突和動亂日益白熱化的原因。就像霍德暗示的，當某一方擁有無人能敵的優勢時，戰爭就成必然。哈蘭隼的死魂大軍已成軍數百年，規模越來越龐大，開戰的損失相形益減。他應該早點想到這個，而不是假設新王妃一來就會炸翻全世界。

薄曦帷紡在旁邊忿忿地呼了一口氣，萊聲才注意到她發現他一直盯著希麗看。她此刻也正看著王妃，臉上有明顯的不悅。

萊聲趕緊改變話題：「妳知不知道諸神宮廷的地底下有一片隧道？」

薄曦帷紡轉過頭來，對他聳了聳肩：「當然知道。有些宮殿的正下方就有，用來當地窖之類的。」

「妳去過嗎？」

「拜託，我幹嘛去鑽那個？我會知道是因為我的大祭司提過。她剛來侍奉我時，問我要不要把宮殿下的地道和主隧道打通。我說我不要。」

「因為妳不想讓別人碰妳的宮殿？」

「不是，」她又轉回去看台下的祭司：「因為不想忍受施工時的噪音。麻煩再來杯葡萄酒好嗎？」

□

站在看台邊，希麗觀看了好一會兒。想到萊聲說他對宮廷議事毫無決定權，她覺得自己也有點像。聽著場中的議論，只讓她越來越沮喪，但她還是想要了解。就某方面而言，祭司們的辯論是她與外在世界之間唯一的連結。

然而，她聽見的消息卻無法讓她的心情好轉。時間過去，太陽已即將西沉。看台的走道上點起了明亮的火炬。希麗發現自己的心情更加沉重。在接下來的一年之內，她的丈夫要不是被殺就是被鼓吹去自殺，而她的祖國又將被她丈夫所統治的這個王國侵略——他卻無法阻止，因爲他不能與人溝通。

再來是罪惡感。面對這許多考驗和困難，她竟然覺得有一點點充實。在家鄉時，她非得要處處叛逆才會覺得日子過得有意思，在這兒卻只須束手站著，事情就會接踵而來。眼下的問題如排山倒海而來，但她卻發現自己有點沉浸在其中帶來的快感。一方面覺得自己被壓得喘不過氣，一方面卻按捺不住置身其中的戰慄。

她暗暗對自己說：**笨蛋。妳所愛的人都陷於危險了，妳還有心情想著刺激？**

她得想個辦法救修茲波朗。這麼做也許會是一舉兩得之計，既能使他脫離祭司們的擺布，又能幫到她的祖國。希麗如是想著，幾乎忘我，差點就漏聽了場中的一段辯詞：

「難道你們還沒聽說？義卓司的密探一直在城中從事破壞工作！」發言的祭司是個激進的主戰派。「義卓司人正在爲開戰做準備！他們知道衝突不可避免，所以已經開始對抗我們了！」

希麗心中一驚。**城裡的義卓司密探？**

「呸，」另一個祭司說：「你所謂的『密探滲透』，指的是所謂的王室公主吧？那顯然是販夫走卒編出來的故事。一個公主爲什麼要偷偷潛進特提勒城來？那些故事眞是荒謬又無憑據。」

希麗皺了皺鼻子。沒錯，擺明了是胡謅的。「義卓司的密探」？她的姊姊們才不是那塊料。想像那說話溫吞的修道士二姊，或者大姊維溫娜穿著她保守的服裝，頂著那張嚴肅的面孔，祕密來到特提勒，令她為之莞薾。希麗又想到，維溫娜曾經積極地想做修茲波朗的新娘，這讓現在的她有點兒難以置信。刻板的維溫娜要來應付這充滿異國風情的宮廷和狂野的服飾？

維溫娜的性情堅忍而嚴峻，她絕對無法哄勸修茲波朗脫下他莊嚴的帝王面具；當她對這裡的事物表露出不認同時，也必定會製造出隔閡，使得像萊聲這樣的神與她保持距離。要維溫娜穿戴華服，她一定會痛恨，而且絕不會用欣賞的眼光來看待這座城市的繽紛與多樣化。要擔任這項職責，希麗也許不是個理想人選，她卻也約略意識到，其實維溫娜同樣地不適任。

就在這時，有一群人沿著步道走來。希麗還陷在自己的思緒中，沒有注意到。

「他們談的是妳的親戚嗎？」一個聲音問道。

希麗嚇了一跳，這才轉頭去看，發現一個黑髮女神站在她的後面。這個女神穿著銀色和綠色相間的長禮服，款式華麗卻暴露。一如大多數的復歸神，她站著比凡人足足高出一個頭，所以她此刻是俯視著希麗，而且揚起了半邊眉毛。

「呃……閣下？」希麗應道，暗自困惑。

「他們在討論有名的祕密公主，」女神揮了揮手說道。「如果她眞的有魔髮，那一定是妳的親戚了。」

希麗望回場中的祭司：「他們一定搞錯了，我是這兒唯一的公主。」

「關於她的故事可是流傳甚廣。」

希麗無話可答。

「我的萊聲最近對妳很有好感，公主。」女神又說道，同時扠起了雙臂。

「他待我非常和善。」希麗小心措詞，試圖表現出應有的形象——原原本本的她，但是少一些威脅性；不過，她還是感到困惑。「閣下，敢問您是哪位女神？」

「我是薄曦帷紡。」女神說。

「很高興見到妳。」

「不，妳才不。」薄曦帷紡說完，瞇起了眼睛走近希麗。「我不喜歡妳在這兒搞出來的事。」

「什麼？」

薄曦帷紡揚起一根手指：「他比我們所有人都好，公主。不准教壞他，把他當成妳自己的棋子。」

「我聽不懂妳在說什麼。」

「妳的假天真騙不了我，」薄曦帷紡說，「萊聲是個好人——是我們宮廷裡所剩無幾的好人。妳要是敢玷污他，我會毀了妳。聽懂了嗎？」

見希麗錯愕地點了點頭，薄曦帷紡轉身就走，臨走前還喃喃罵道：「要偷就偷別的男人去，妳這個小賤人。」

希麗看著她離去，滿心震驚。好不容易鎮定下來之後，她倏地漲紅了臉，飛也似地離開現場。

□

回到宮殿時，希麗只想好好洗個澡。她走進浴室，讓侍女們爲她脫衣，然後她們帶著衣服退下，離開房間去準備晚禮服。每到這個時候，希麗身邊的僕從就會少一些，因爲只有負責爲她擦洗的人會留在浴室裡。

眾人開始忙擦洗時，希麗放鬆下來，往後靠，長嘆一聲。一組穿著制服、站在水池中的侍女將她的頭髮鬆開、拉直後剪掉。希麗叫她們每晚都這麼做。

沒過多久，她讓自己忘掉同胞和丈夫所受到的威脅，也忘掉薄曦帷紡和她那粗鄙的誤解，專心享受熱水浴的芳香和飄浮感。

「王妃殿下，您要跟我說話？」某個人問道。

希麗嚇了一大跳，慌忙地將身體藏到水面下，因此濺起許多水花。「藍指頭，」她生氣地說，「我來的第一天不就跟你講過這個了嗎？」

他站在浴缸的邊緣，指頭依舊染著藍墨漬，兜圈子走路的樣子顯然很焦慮。「噢，拜託，」他說，「我的女兒們年紀都比您大一倍了。您傳話來說要跟我談談，呃，我就在這兒跟您談，隔牆之耳少一些。」

說時，他向幾個侍女點頭示意，她們便開始攪動池水，輕聲說話，製造出一點點噪音。希麗紅著臉，剪短了的頭髮也呈現深紅色。被剪掉的幾綹髮絲漂在池水中，還是淡金色的。

「您還沒有克服怕羞的問題嗎？」藍指頭問，「您到哈蘭隼來已經好幾個月了。」

希麗瞅了他一眼，還是不敢讓身體露出水面之外，只讓侍女們繼續為她洗頭洗澡。「讓她們弄出這麼多噪音，難道不會引人起疑嗎？」她反問。

藍指頭搖搖手：「反正她們在這宮殿中早就被當成是次等僕役了。」

聽他這麼說，希麗立刻明白他的意思。不同於平日的正規侍女，這些女子都穿著褐衣，表示她們全是從龐卡來的。

「您之前傳來一個口信，」藍指頭說，「說您得到關於我計畫的消息？」

希麗咬了咬嘴唇，把她曾經想到的幾十個主意在腦中排列整理過，然後通通丟掉。她知道什麼？她要如何讓藍指頭願意跟她交易？

她想著，**他暗示我，想嚇唬我別跟神君上床。但他沒有理由要幫我。他對我的了解不多，可見一定有別的動機，令他不希望我們生下子嗣。**

「新神君即位時會怎樣？」她謹慎地問。

他看了她一眼。「這麼說，您已經想到了？」

想到什麼？「當然。」她拉高聲調。

便見他緊張地絞起手來。「當然，當然。那您就知道我為何這麼緊張了吧？我們費了九牛二虎之力才讓我有今天這個地位。在這個政教合一的國家中，一個龐卡男人要爬到我這麼高的地位可不容易，而我一站穩地位就費心安排，為我的同胞在這兒找工作。這些來服侍您入浴的龐卡姑娘如今都能過好日子，比在染料田工作要好太多了。到時這一切都會失去。我們又不信他們的神，爲什麼要照他們的信仰規矩走呢？」

「我還是不懂爲什麼非要那麼做不可。」希麗說得模稜兩可。

他神經質地踱來踱去兼攞手：「當然不用，可是傳統改變不了。哈蘭隼人什麼都隨便，就是對宗教吹毛求疵。新神君一旦選定，他身邊的僕從就會全部換掉。眾國大戰以前還有殉葬這回事，現在當然不至於，但我們還是會被遣散。新的君王代表新的開始。」

他停下腳步，看著希麗。她在水中當然是一絲不掛，只好笨拙地遮遮掩掩。「但是，」他說，「我想我的工作保障並不是當務之急。」

希麗哼了一聲：「你可別說你把我的安危看得比你在宮中的地位還重要。」

「我當然不會這麼說，」他跑到浴缸旁蹲跪下來，壓低了聲音說：「可是神君的性命……哎，的確讓我擔心。」

「所以，」希麗說，「我還沒得到結論。他們到底是一有了繼承人就自願放棄生命呢，還是有人會脅迫他們那麼做？」

「我也不確定，」藍指頭承認：「我聽同胞們講過一些故事，和上一任神君之死有關，說是他治好了瘟疫——算了，『治癒』發生時，他甚至根本就不在城裡。老實說，我懷疑是他們逼他把駐氣轉到兒子身上，就是這回事害死了他。」

原來他不知道修茲波朗是個啞巴。希麗心念一轉，索性問道：「你貼身服侍神君到什麼程度？」

便見他聳了聳肩，說：「以僕役而言幾乎是有罪了。我不准觸碰他或跟他說話，可是公主，我侍奉他一輩子了。他不是我的神，但他比神更好。我覺得這幫祭司只不過把他當成神主牌位，不見得在乎是誰坐那個位子。我呢？我這一生都在服侍陛下。我還是個年輕小伙子時就被雇進宮來，我還記得修茲波朗的童年往事，我打掃過他的住房。他不是我的神，但是我的君主，結果這幫祭司現在想殺掉他。」

說完這些，他又回去踱步和絞手。「偏偏誰都束手無策。」

「方法是有的。」她說。

他搖手道：「我給您警告，您不理會。我知道您一直都在履行妻子的義務。也許我們再想些方法確保您懷孕不足月就好。」

希麗覺得血氣上沖：「我絕不會做出那種事！奧斯太神禁止那種事！」

「縱使是爲了挽救神君的性命？不過……當然，他在您的心目中算什麼，他是俘虜您又監禁您的人。對，我的警告都是徒勞。」

「我關心他，藍指頭。」她嚴正說道，「我的想法是，繼承人的問題可以晚點再擔心，我們要先阻止祭司的陰謀。我已經跟神君說過了。」

藍指頭大爲驚恐，轉過頭來直視她：「什麼？」

「我一直都在跟他講話，」希麗坦承：「你可能以爲他沒有感情，其實不然。我不認爲這事情非得要以他的死、你的同胞失勢作爲收場不可。」

藍指頭打量著她，細細端詳，直到她又害羞起來，潛得更深。

「我看，您已經找到了能施力的立足點。」他說。

或者，至少是個看起來能施力的立足點。她難過地想。「假如事態的演變符合我的期望，我會確保你的同胞都受到照顧。」

「那我要付出的交換條件是？」

「萬一事情沒照我的期望走，」她深吸口氣，感覺心臟在狂跳。「我要你把我和修茲波朗弄出宮去。」

無語。

「成交。」他說，「但我們還是先確保事情不會那樣糟吧，神君知道這危險來自他的祭司嗎？」

「他知道。」希麗說謊：「事實上，他早就知道了。就是他叫我找你的。」

「眞的？」藍指頭的眉頭微皺。

「對。」希麗說：「至於要如何讓事情依照我們的期望走，我們隨時保持聯絡。好了，下次見吧，我想先把澡洗完。」

藍指頭緩緩地點了點頭，恭敬地退出了浴室。希麗這廂仍兀自緊張。她不確定剛才這場交易是否處理得當，感覺上好像有所收穫就是了。接下來，她得好好思考該怎麼運用它。

35

ivenna awoke sore, tired, and terrified. She tried struggling, but her hands and legs were tied.

維溫娜醒來時全身痠痛，疲倦又驚恐。她試著掙扎，但手腳都被綑綁，結果只能翻轉成一個不太舒服的姿勢。

她在一個很暗的房間裡，嘴裡有東西堵著，臉頰貼著粗糙的木地板。她的裙子，就是被丹司嫌太貴的那件異國風衣服，還穿在身上。她的雙手被反綁在後。

她感覺到房裡另有一個人，而那人擁有大量駐氣，於是她又扭動身子，仰翻過來，便看見不遠處有一個人影，站在星空下的露台上。

是他。

這時候他也轉過身來。面對著未點燈的房間，他的臉暗得看不清。維溫娜心中恐慌，腦中湧現許多可怕的想像，不知道這個男人想對她做什麼。

男子踏著重重的腳步向她走來，木地板為之震動。他以單膝及地，扯著頭髮抓起她的頭說：

「我還在考慮要不要殺了妳，公主。奉勸妳不要反抗我，就連想都別想。」

他的聲音低沉而渾厚，有種特別的腔調，她不知道是哪個地方的口音。被他這麼一抓，她嚇得僵住，髮絲瞬間變白。只見那人眼中映著星光，朝她端詳起來，不一會兒鬆開了手，她的頭又落回地面。

那人點亮油燈後，關上露台的門，然後從腰際抽出一把獵刀。維溫娜發出一聲含糊不清的嗚咽，恐懼鋒利地劃過她的心頭，看著那人又走向她，卻是來割她手上的繩索。

繩子割斷後，他反手朝旁邊一揮，那獵刀倏地射進木牆，發出一陣悶響。接著，他把手伸向床沿，取來他那把黑柄大劍。

雙手已然自由，維溫娜倉皇爬開，死命扯著嘴裡的口銜想要放聲尖叫，但被那人用帶鞘的劍一指，又嚇得不敢動彈。

「妳要保持安靜。」他嚴厲地說。

她縮回角落，在驚駭中心想：這種事怎麼會發生在我身上？她為什麼沒有早早逃回義卓司？打從丹司在餐館裡出劍殺人那時起，她就已經惶然不安，就應知道自己面對的是極其險惡的情勢，正和一群殺人不眨眼的凶神惡煞打交道。

她一直是個驕傲的傻瓜，自以為能在這座城市裡為所欲為。如妖魔般可怕的這城市，張牙舞爪，足以吞噬人；而她什麼也不是，只是個鄉巴佬，卻要來與這幫人的心機和陰謀牽扯不休？

如今，這個叫法樹的男人走上前來，維溫娜看著他拿那一把深黑色的大劍，解開了劍鞘的釦鎖。她突然覺得有些反胃。在此同時，一縷黑煙從鞘中冒出，沿著劍鋒升起。

背對著燈光，法樹繼續走近，劍鞘末端在他身後的地板上拖行。一路來到維溫娜的面前，他把大劍往地上一丟，命令她：「撿起來。」

她不解地抬起頭看他，同時感覺到自己的臉頰上有淚水。

「撿起這把劍，公主。」

她沒學過武術，但也許……她將手伸過去，卻覺得反胃的感覺更強烈了。呻吟著，她碰觸到那把劍，手掌不由得抽搐。

收回手，她不想去碰。

「撿起來！」法樹低聲吼道。

她絕望地嗚咽，再把手伸出去，哪知一抓到劍，立刻有一股嚴重的噁心沿著手臂直竄進她的胃裡。下意識地，她死命去挖嘴裡的口銜。

哈囉。有個聲音在她的腦袋裡說，**妳今天想不想毀滅一點邪惡？**

她鬆手扔開那可厭的武器，趴在地上乾嘔，雖然沒吐出什麼，一時卻停不下來。好不容易停了，她蜷縮著爬回牆角不敢動，任憑膽汁和唾沫掛在嘴邊不伸手抹掉，也不敢出聲叫。無聲的淚水又淌下來。

睜著淚眼，她看見法榭平靜地在原地站了一會兒，然後悶哼了一聲——好像帶點兒驚訝之情——把黑劍收回鞘內重新扣好，接著將一條毛巾扔在她的嘔吐物上。

「我們現在在一處貧民窟裡，」他說：「妳想叫就叫，但沒人會理。除了我，妳會吵到我。」他又朝她一瞥，「我警告妳，我一向脾氣不好。」

維溫娜渾身抖個不停，仍然隱隱反胃。這個人擁有的駐氣比她多很多，可是回想在房裡被綁架的那一刻，她一點兒也沒感應到另一個人的存在。他是如何隱藏氣息的？

還有，那個聲音是什麼？

考慮到眼前的處境，想這些事似乎只是愚蠢的分心。然而，她只能藉此來逃避，否則她會忍不住思考他下一步可能如何加害她——

他又走過來了。見他拾起口銜，表情陰沉，維溫娜終於忍不住尖叫，狼狽地想爬走。他咒罵一聲，一腳踩住她的背，使她面朝下，再次反綁她的雙手，並且塞入口銜，然後粗魯地把她翻過來扛在肩上，站起身走出房外。維溫娜大聲叫喊，但聲音模糊。

「去他顏色的貧民窟，」他咕噥道，「一群窮光蛋，地窖都蓋不起。」

來到另一個小房間，他將她推進去，令她坐在門邊，然後重新把她的雙手綁在門把上，接著往後站，一臉不滿地朝她打量，接著蹲到她身旁恐嚇道：「我現在有事要做，」他那張鬍碴臉靠得很近，氣息粗鄙。「就是妳害我不得不去做那些事。妳別逃跑。假如妳逃了，我會找到妳，殺了妳。明白嗎？」

她軟弱地點頭。

便見他走回剛才那房間，拿了劍之後快步下樓。樓下的大門砰地一聲關上後，屋裡就只剩下她一個人，孤單又無助。

□

大約一個鐘頭之後，維溫娜覺得眼淚都哭乾了。她頹然坐著，雙手懸在比頭還高的門把上，茫然地巴望著有人會發現她。丹司、童克法、珠兒；他們都是此道高手，有本事來救她。

可是他們都沒出現。在暈眩和疲累，以及殘餘的一絲反胃感中，她想起丹司對這個法榭的忌憚——此人在數月前殺死了他們的伙伴，他的身手就連丹司都不敢小看。

那麼，現在這情況是怎麼演變來的？她認爲這一切不像是巧合。也許法榭跟蹤丹司來到城裡，用這種方式來與他們作對。

他們一定會找到我，救我回去。

可是在心底另一角，她知道，假使法榭像他們形容的那樣高強，他們大概救不了她，因爲法榭一定知道如何避開丹司追蹤。她只能自救。想到這裡，她不由得戰慄，莫名憶起老師從前的指導。

每個公主都該牢記，當遭到綁架時應該如何面對。待在特提勒城的這段日子，她總覺得自己以前在王宮裡學習到的知識都沒有用，想不到這會兒竟然能派上用場。

假如有個人綁架了妳，妳要盡量在第一時間內逃脫，因爲那個時候妳還有力氣。綁匪必定讓妳捱餓、毆打妳，很快就會令妳虛弱得無法動彈。不要指望別人來救。朋友當然會努力設法救妳，但他們未必會成功。絕不要以爲付了贖金就會獲釋，大多數的綁架案都是以撕票收場。

對妳的國家來說，最好的情況就是趕快逃走。萬一妳沒成功，綁匪或許會殺死妳。相較於繼續做個俘虜，妳寧可被殺。而且，要是妳死了，綁匪手中也就不再有人質，不能再要脅妳的祖國。

這樣的課程嚴酷而殘忍，不過她上過的課程很多都是這樣：寧死也不要被俘，被俘則會淪爲綁匪脅迫國家的工具。維溫娜記得老師在那一堂課曾對她警告，她嫁到哈蘭隼可能也會演變出類似的後果，那麼她就要有心理準備，因爲父王恐怕不得不派人暗殺她。

現在她不用擔心這個問題，然而綁架時的危機應變還是有用。思考這些事令她再度感到害怕，想要縮在原地等人來救，或者希望法樹改變了主意願意放她走等等。不過，想著想著，她知道自己一定要堅強起來。

這個綁匪的確對她極爲凶暴。他就是想嚇唬她，讓她不敢逃跑。他咒罵這兒沒有地窖，因爲他打算祕密地將她關進去，等他回來之後再把她移到更隱密的地點。老師說的沒錯，她唯一能逃脫的機會就是現在。

如今雙手被縛緊，她扯了幾次都沒能將繩子拉鬆。法樹的繩結打得很牢，以致於她在扭動時一直磨破皮膚，那痛楚令她驚顫。她的手腕開始淌血，繩索有些濕滑，卻仍不足以讓她掙脫。疼痛和受挫令她又哭了起來。

硬扯是不可能了，不過……她或許能令繩子自己解開？

爲什麼我沒早點讓丹司教我使用駐氣？

這時想來，她的頑固和自以爲是變得格外差勁。動用駐氣當然比被殺死要好多了，特別是被法榭這樣的人給殺死。她終於明白，樂米克斯收集這麼多的駐氣其實是爲了活命。於是她試著說出命令語，但有口銜堵著，沒法兒說得清楚。

這樣不行，她知道識喚術的命令必須要發音清楚才會生效。她開始扭動下巴，用舌頭拚命把口銜向外推。幸好口銜箝得不像手腕上的繩索那樣緊，再加上唾液和淚水的潤滑，以及牙齒和嘴唇並用下，它滑脫了出去，掉到她的頷下。

沒想到竟能成功，她在驚訝中舔舔嘴唇，活動一下牙顎。**再來呢？**她變得緊張起來。現在她眞的非得逃走不可了，因爲法榭若回來發現她弄掉了口銜，勢必不會再讓她有下一次的機會，搞不好還會爲了她想偷跑而處罰她。

「繩索，」她說，「自己鬆綁。」

什麼也沒發生。

她咬咬牙，試著想起丹司曾經提過的例子。當時他說「纏住東西」和「保護我」，這兩個顯然都不適合現在使用，因爲她的目的是要解開繩結。她繼續回想，丹司還提到在腦中想像想要的狀態之類的，於是她試著在腦中想像繩索自動鬆綁的情景。

「自己鬆綁。」她清楚地說。

同樣地，什麼也沒發生。

維溫娜沮喪地往後靠。識喚術的規則和限制看似單純，想不到卻是如此一門含糊而難以掌握的藝術。她想，也許這玩意兒本來就很複雜。

她閉上眼睛，暗暗下定決心：我一定要度過這一關，我一定要弄懂這個。要是不弄懂，我就只有死路一條。

她睜開眼睛，專心盯著手腕上的繩索，並且再次摹想它們鬆綁的樣子，卻覺得有些不對勁。這樣有點像小孩子坐著盯住一片葉子，以爲自己夠專注就能讓它移動。

她的新感官恐怕不是這樣運作的。既然它們是她的一部分，可見她不必太刻意。她放鬆下來，試著讓思緒停止，有點兒像她控制髮色時的那樣子。

「鬆綁。」她發令。

駐氣從她的身上逸出，像氣泡從水面下浮起，將某種東西汲出她的體外，送進了繩索中，令它就此成爲她的一部分，有點兒類似指甲或髮絲，她只能稍稍地控制——要說控制，也不全然是那麼回事，說是感應它的存在似乎更爲貼切。當駐氣脫離時，她感覺到眼前的景色變得稍微暗淡了些，宛如輕微的褪色，而空氣的流動不再像之前那樣明晰，甚至這個城市之中的動靜都變得有一點疏離。就在這時，她手腕上的繩索猛然滑動，帶來一陣灼熱的痛覺。

結頭解開了，繩索落在地板上。她的雙臂恢復了自由。

維溫娜坐在那兒，驚愕地看著自己的手腕，不知道該感覺驚喜還是羞恥。

奧斯太，色彩之神啊，我辦到了。

不論如何，她得趕快走。維溫娜急忙爲腳踝鬆綁。打開房門往外跑時，她發現門把周圍的木頭有一片完全褪色的圓形痕跡，當下只是一愣，也沒想太多，抓起了繩索就往樓下衝。打開大門，她向外探頭，但外面很暗，她沒法兒看得很清楚。

深吸一口氣，她奔進夜色中。

□

她沒有方向感，只想要儘可能遠離法樹的巢穴。她知道自己應該找個地方躲起來，卻又害怕這一身昂貴的衣服會讓人家識破她的身分。她現在只巴望著能快點走出貧民窟，進到城區，這樣她才認得出回家的路。

剛才的繩索被她塞進衣服的口袋裡收著。她知道自己體內的駐氣有一部分轉移到這條繩子上，這使得她對周遭事物的感應力略微下降，而她竟然覺得好不習慣，彷彿四肢五體缺少了什麼似的。老師們曾經教過，識喚術士可以取回施術時所動用的駐氣，可惜她不知道要用什麼命令語來執行。所以她保留著那一段繩索，希望丹司可以教她如何把駐氣收回來。

她低著頭快步走，本想找塊破布或舊斗篷之類的來遮住身上的華服，但都沒有找到。幸運的是，此刻實在太晚，大概連地痞混混都回家去睡覺了。偶爾，她在路邊瞥見人影，走過時不由得心臟狂跳。

*眞希望太陽趕快出來！*她想著。天色雖然已經微明，卻還不足以讓她認出回家的方向，而貧民窟裡的巷弄錯綜複雜，她眞怕自己迷了路在兜圈子。四周都是高樓，遮蔽了天空，但從建築物上的浮雕和半褪的色彩依稀能看出這一區曾經繁華，只是如今都已破敗。她左側的街道盡頭有座廣場，廣場上有一尊半毀的騎兵雕像；也許是噴泉的一部分，或者——

維溫娜停下了腳步。那一尊毀壞的騎兵雕像看起來爲何那樣眼熟？

她想起來，丹司曾經對帕凜說明如何從祕密屋走到某餐館去。那已是幾個星期前的事情，如今回想起來都有些記憶不清，但她還記得這路口，以及自己當時曾擔心帕凜會迷路。

幾個小時以來，這是她第一次感覺到一絲希望。丹司指引的方向並不複雜，她記得住嗎？帶著幾分直覺，她一步一步地摸索著方位，不久就發現街景變得熟悉起來了。貧民窟的街上在夜晚並不點燈，但黎明前的微光已足夠辨認。

環顧四周，她更加確定自己走對了。果然，那間祕密屋就在對街兩棟較大的房子中間。*讚美神！*她欣慰地想著，急急奔過馬路，推開門就往裡頭跑。見一樓沒人，她於是匆匆打開通往地下室的門，只想先找個地方躲。

她用指尖摸索著，果然在樓梯邊摸到了油燈和打火石，這才關上門。雖然她無法從這一側將門上鎖，但門板比想像的還堅固，還是令她倍感安全。然後她彎下腰，點亮油燈。

一道往下的舊木梯在她面前。維溫娜又想起丹司曾提醒說這樓梯很破爛，她便格外小心地踏步，一面聽著木板在腳下發出響聲，一面心驚。木梯果然破爛，但她還是平安地走了下去。地窖裡有股刺鼻的霉味，不過牆上掛著幾具小型獵物的屍體，看得出最近才有人來過。這是個好現象。

她繞過樓梯。地窖的主體就在主屋的正下方。她預備在這兒待幾個小時，如果丹司到那時還沒來，她打算冒險走出去，然後——

她突然嚇到，反射性地往後跳，手中的油燈因心驚而搖晃。映著晃動的光，她看見一個人坐在前面，頭頸低垂而雙臂反綁在後，雙腳則被綁在椅腳上。

「帕凜？」維溫娜錯愕地輕呼，隨即跑過去。放下油燈，她又是一驚，因爲地上都是血。

「帕凜！」她喊叫了出來，急忙扶起他的頭，卻見他整張臉都被劃得血淋淋，而她的生命感應完全感覺不到他；他還是睜著眼睛，但那已是死人的眼神。

維溫娜的手止不住地狂抖，她不由自主地後退，腳步踉蹌，心中滿是驚懼。「噢，天啊，」她聽見自己喃喃自語，「天啊，天啊，天啊……」

有隻手搭在她的肩膀上，她嚇得尖叫，猛然扭頭去看，便見一個高大的人影就站在她身後，半掩在樓梯的暗影中。

「哈囉，公主。」童克法說道。臉上掛著微笑。

維溫娜嚇得往後跌，差點撞上帕凜的屍體。她捂著胸喘氣，卻在這時注意到牆上的那些小小屍骸。

那些不是獵物。映著微弱的燈光，她才看清楚，原以爲是野雞的那具屍體，其實是隻死鸚鵡；

鸚鵡的旁邊掛著一隻猴子，屍身上都是深深淺淺的刀痕。最新近的則是隻大蜥蜴，那屍骸也是慘不忍睹。

「噢，奧斯太神啊。」她囁嚅。

童克法向前一跨，伸手要來抓她。震驚之餘，維溫娜反射性地閃開，縮躲著繞過這個壯漢，想要跑向樓梯，跑不了幾步卻撞到另一人的胸膛。

她抬起頭，眨了眨眼。

「公主，妳知道我最討厭當傭兵的哪一點嗎？」丹司的語調沉穩，從容地抓住了她的手臂。「就是滿足別人的刻板印象，每個人都假定我們不堪信任。事實上，的確是如此。」

「我們看錢辦事。」童克法說著，走到她的身後。

「稱不上是最理想的工作，不過，」丹司將她抓得死緊，「報酬倒是挺好的。我本來以爲不必走到這一步，因爲每件事都進行得很順利。妳是怎麼啦？爲什麼要跑走啊？」

他將她往前推，但是沒有太用力。這時，珠兒和土塊也下來了。那道木樓梯被他們壓得軋軋作響。

「你們從頭到尾都在騙我？」她喃喃低語，淚水不自覺地滑落而下，心跳猛烈得隱隱作痛。

「爲什麼？」

「綁架這工作很吃力。」丹司。

「爛生意。」童克法附和。

「最好讓你的肉票根本不知道自己被綁架了。」

所以他們總是會派人看著我，在我身旁不讓我遠離。「那麼樂米克斯……」

「他是個不聽話的死硬派，」丹司道，「下毒算是太便宜他了。公主，妳早該想到才對，擁有這麼多駐氣的人……」

奧斯太神！樂米克斯根本就不可能因病而死。維溫娜這時才恍然大悟，腦中卻變得一片麻木。她瞥向帕凜。**他死了，帕凜死了。他們殺了他。**

「別看他。」丹司說著，溫柔地將她的臉扳回來。「那只是個意外。公主，聽我說，妳不會有事的，只要告訴我妳為何要逃走，我們不會傷害妳。帕凜堅稱不知道妳跑哪兒去了，但我們知道在妳失蹤前才跟他在樓上房裡說過話。妳眞的沒跟他說一聲就走了嗎？為什麼？是哪一點讓妳懷疑我們？是不是妳父親的密探聯絡上妳了？我以為我們早抓光全城的密探，一個都沒放過才是。」

她搖搖頭，說不出話來。

「這很重要，公主。」丹司平靜地說：「我非得知道才行。妳和誰聯絡了？妳怎麼跟那些地痞頭子講我？」他說這話時，抓著她的那隻手略略施勁。

「我們本來也不想打破這一層關係，」童克法說道，「你們義卓司人就是會壞事。」

這是他們一貫輕快的戲謔，此刻聽來，卻變得可怖而無情。童克法在她的右邊，人高馬大地籠罩在油燈照不到的陰影中；丹司在她的面前，那身形看起來更加細瘦。她想起他神速的劍法，想起他在餐館裡殺死那些保鑣的樣子。

連同他們搗毀欒米克斯的家的方式，他們拿死亡來開玩笑的輕浮態度；幽默與詼諧，就是他們掩飾這一切的障眼法。在丹司帶來的另一盞提燈照明下，她看見樓梯下方塞了好幾個大布袋，其中一個露出了半截人腿，靴子的側面有個紋飾，就是義卓司軍的標誌。

父王果然派人來找過她。丹司搶先一步，在他們達成使命之前先逮到了他們。有多少人死在他手下？屍體在地窖內不可能擺太久，這些一定都是最近才死的，他們還沒有拿到別處去處理掉。

「為什麼？」她勉強擠出了聲音，又問一次。「你們都像我的朋友一樣。」

「我們是啊，」丹司說，「我欣賞妳，公主。」說這話時，他的臉上帶著真誠的微笑，不像童克法的笑容中有猙獰。「但是抱歉，那並不代表什麼。帕凜本來不該死的，就是出了一點小意外。不過算了，工作就是工作，我們拿錢辦事。這一點，我跟妳說過很多次，相信妳一定記得。」

「我從來沒當真……」她喃喃道。

「人們就是不肯當真。」童克法說。

維溫娜眨了幾下眼睛。**快點脫身，趁妳還有力氣的時候。**

她已經逃脫過一次，難道還不夠嗎？老天為什麼不放過她？

快點！

她反手一扭，將手掌貼在童克法的外衣上。「抓——」

然而丹司的動作更快。他猛然將她拉回，另一手捂上她的嘴，然後用力反扭她的手臂，並且抓得更緊。童克法吃驚地站在那兒，看著維溫娜的衣服迅速褪成灰色，少量彩息從丹司的指縫間逸出並且流進了童克法的外衣。不過，維溫娜沒把命令句說完，以致駐氣無法發揮作用，就這麼白白消耗掉了。這時候，維溫娜覺得周遭的景物又變得更暗沉。

丹司放開她的嘴之後，在童克法的後腦勺拍了一下。

「喂。」童克法應了一聲，摸著頭。

「小心點。」丹司說完，斜眼向維溫娜一瞥，依舊緊抓著她的手臂。

鮮血從她手腕上的傷口滲了出來，流到他的手上。丹司的臉色一變，顯然這時才發現她受了傷；地窖太暗，他一直沒有看清楚。他愕然地抬起頭來，直視她的雙眼：「啊，糟了，」他咒罵道，「妳並不是逃走的，對不對？」

「啥？」童克法問道。

維溫娜只是木然。

「發生了什麼事？」丹司問，「是不是**他**？」

她沒回應。

丹司的表情猙獰起來，更用力地扭她的手臂，逼她痛得叫出了聲音。「好吧，這下子逼得我不得不這麼做了。我們就先處理妳的駐氣，再來聊聊妳究竟遇上了什麼事——當作是朋友聊天吧。」

土塊走到丹司身旁，灰色的眼珠子俯視著她，那雙眼睛一如往常地無神，除了……她是不是在那雙眼睛裡看見了什麼？是她在幻想嗎？她的情緒繃緊了這麼久，這會兒已不敢再相信自己的感覺。可是土塊好像在跟她對望？

「現在，」這時，丹司的表情更凶了：「重覆我說的話。我的生命為你所有，我的駐氣歸你所有。」

維溫娜仰起頭，迎向他的注視。「太陽的咆哮。」她低聲地說。

丹司皺起了眉頭：「什麼？」

「攻擊丹司。太陽的咆哮。」

「我——」丹司才開口，土塊的拳頭已落到了他臉上。

這一拳打得他直往旁邊飛了出去，童克法大叫一聲，被丹司撞倒在地。維溫娜擺脫了丹司的箝制，立刻箭步從土塊身旁衝過去——差點兒被裙角絆倒——並且順勢用肩膀朝驚呆了的珠兒猛撞。

珠兒被她撞倒。維溫娜連滾帶爬地跑上樓梯。

「妳居然讓她聽見安全密語？」丹司吼叫著，聽起來正在和土塊扭打。

珠兒爬起來追維溫娜，但她踩破了一段階梯，一隻腳卡在洞裡。維溫娜沒命地往樓上逃，然後把門用力關上，閂住。

困不了他們太久的，她無助地想。*他們會來追殺我，就像法榭。色彩之神啊，我要怎麼辦？*

她往屋外跑，衝進一條小巷內，一個勁兒地只管跑。清晨的陽光已經照臨在這座城市。這一次，她只想找到最小、最骯髒、最暗的巷弄去躲。

36

will not leave you, Susebron wrote, sitting on the floor beside the bed, his back propped up by pillows. I promise.

我不會離開妳的。修茲波朗寫道：我保證。他正坐在床旁邊的地板上，背後墊著幾個枕頭。

「你怎麼知道？」希麗坐在床上問他：「等你有了繼承人，也許就厭倦了生命，然後就把駐氣放掉了。」

首先，我連如何生個繼承人都還不知道。他寫著。妳不肯講給我聽，又不回答我的問題。

「因爲我會難爲情！」她說著，感覺自己的短髮發紅。她馬上將它變回黃色。

其次，他又寫，我無法釋出駐氣，除非我對生體色度的了解錯誤。關於駐氣的運作方式，難道妳認為他們連這個也騙我嗎？

他寫出來的句子越來越完整而有條理了。看著他擦去字跡，希麗不由得這麼想。這樣一個人竟一輩子關在宮殿裡，真是糟蹋。

「我了解的也不多，」她說，「在義卓司，我們不太重視生體色度這回事。我所知的可能有一半是謠言和誇大。比方說，我們以前都以爲你在宮廷這裡把活人抓到祭壇去獻祭——我起碼聽過十幾次，都是不同的人告訴我的。」

他怔了一下，接著寫道：無所謂，荒謬的事情本來就會有爭議。我不會變的，我不會突然決定自殺。妳不用擔心。

她嘆氣。

希麗，他又寫。我這五十年來過著沒有外界消息、沒有知識，只能勉強與人溝通的日子。妳真認為現在的我還會想放棄生命嗎？在我發現寫字的樂趣之後？在我發現談心的話伴之後？在我發現了妳之後？

她揚起了嘴角。「好吧，我相信你。但我還是覺得應該要提防你的祭司們。」

他沒回應，還移開了視線。

爲什麼他偏要這樣該死地信任他們呢？她想。

終於，他回頭過來看她。妳願意把頭髮變長嗎？

挑著半邊眉毛，她問：「那你要我變什麼顏色？」

紅色。他寫道。

「你們哈蘭隼人就喜歡俗氣的顏色，」她大搖其頭：「你知不知道我的同胞認爲紅色最招搖？」

他又是一怔。對不起。他寫道，我不是有意要冒犯妳。我——

她探身去按住他的手臂，打斷了他的書寫。「不，」她說，「別誤會，我不是在吵架。我那樣只是在嬌嗔。對不起。」

嬌嗔？他寫道，我的故事書裡沒用過這個詞。

「我知道，」希麗說，「那本書裡滿滿都是小孩被大樹和妖怪吃掉的故事。」

那些故事都是譬喻，要教導——

「行，我知道。」她說道，又打斷他寫字。

好，那嬌嗔是什麼？

「是……」他顏色的！我怎麼會把自己搞到要向他解釋這東西？「就是當一個女孩想讓男人多注意她時，她故意表現得不知所措的樣子，有的時候也可能是故意發憨發傻。」

為什麼那樣就會讓男人注意她？

「好吧，我示範一次好了。」她注視著他，把身子更探前去。「你想要我把頭髮變長？」

是。

「你真的想看？」

當然。

「那我只好恭敬不如從命。」說時，她決定讓髮絲變成深赤色，於是甩了甩頭。就在甩頭的當兒，赤紅即在她原本明黃的髮絲上倏地漫開，宛如血色的墨滴在一泓清池中擴散時的景象。接著，她再使髮絲增長；這種能力比較像是反射性的直覺，而不是有意識的控制。希麗最近開始覺得，假使這道理跟使用肌肉一樣，那麼頭髮也可以算是她最近常用的「肌肉」之一了——希麗每晚都叫人把她的頭髮剪短，因爲她懶得花時間讓侍女爲她梳頭。

髮絲長過了臉頰，繼續往肩膀伸去，頭頸間的溫重感也隨之愈增。在增長完畢時，希麗再次輕輕甩頭，但是動作稍大一些，好讓微鬈的長髮自然披落在肩頭和背後，表現出一種柔順的輕盈感。修茲波朗看得目不轉睛，眼睛也睜得好大。她迎上他的視線，然後試著拋出誘人的媚眼。結果自己都覺得這舉動太滑稽，以致於忍不住笑了出來。她笑得倒回床上，剛長出的長髮在身旁攤成一片火紅。

修茲波朗拍了拍她的腿。她抬起頭望去，見他起身坐到床邊，舉起寫字板給她看。

妳很奇怪。他說。

她還是想笑：「我知道。我天生不會勾引人，我沒法兒一直擺正經臉孔。」

勾引。他寫道，我知道這個詞。故事裡有個壞王后想誘騙年輕的王子去做事情，就是用這個詞。但我不知道她要他做什麼。

她笑而不答。

我想她一定是打算騙他吃東西。

「對啦，」希麗說，「這樣解讀就對啦，大聖人。完全正確。」

他狐疑了。其實跟食物無關，對吧？

希麗又是笑而不答。

他的面頰漲紅起來。我覺得我這樣好像白痴。這麼多道理，大家都是本能地就懂了，我卻只有一本給兒童看的故事書可以參考。我一再反覆看這些故事，以致於我的思想都還停留在第一次看這本書的年紀。

他寫完就擦掉，動作中帶著怒意。希麗坐了起來，默默地輕撫他的手臂。

我知道自己缺少了某些東西。他寫道：包括那些令妳難為情的事，我都有很多猜測。我不笨，可是我感覺好失敗。妳剛才嬌嗔和揶揄時說的話，我知道那都不是妳真正要表達的感覺，但我卻想不出答案。我害怕自己永遠也無法了解妳。

他垂頭喪氣地看著寫字板，左手拿著擦拭布，右手拿著炭塊。壁爐裡發出輕微劈啪聲，跳動的火光映照在那張剃淨了鬍子的臉上。

「對不起。」她說著，挪近去摟他的手肘，並且把頭靠在他的上臂。這些日子的相處，她已看慣了他的體格，不再覺得他異常高大了。以前在義卓司，她也見過長得特別高的男人，站起來就有六呎半，而修茲波朗也只不過比他們高個幾吋罷了。況且，他的身材比例完美，並不顯得細瘦或不自然，也就是說，他就是個個頭高大的普通人罷了。

她把頭靠過去，閉上眼睛，感覺到修茲波朗也將目光落在她的臉上。「我認為你把自己的表現想得太糟了，其實你做得很好。在我的故鄉，大多數人對我的了解還不及你所了解的一半。」

他開始寫字，因此她睜開眼睛去看。

我覺得不太可能。

「是眞的。」她說，「大家一天到晚叫我不要做我自己。」

那要做誰？

「我大姊，」她說時輕嘆：「就是你本來要娶的女人。一個國王的女兒應有什麼條件，她全都具備：自制、說話輕聲細語、恭順又有教養。」

聽起來很無趣。他邊寫邊苦笑。

「維溫娜是個美好又神奇的人，」希麗又道：「她待我總是非常親切，只是……哎，恐怕就連她也認爲我應該更含蓄一點吧。」

那我就不懂了。他寫道，妳才是美好又神奇，如此充滿雀躍和生命力。宮殿裡的祭司和僕人都穿著彩色的衣服，他們的內心卻沒有色彩。他們只是盡忠職守，眼睛往下看，表情嚴肅。妳的內心有色彩，而且是很多，多得會爆出來，還把妳身邊的一切都染上色彩。

她微笑起來：「聽起來就像生體色度。」

妳比生體色度更真誠。他寫道。我的駐氣會使東西變亮，但那不是我自己的，而是被賦與給我的。妳的則是只屬於妳自己的。

希麗感覺到髮絲正從深紅轉爲金黃。帶著滿足感，她輕輕地嘆了一口氣，然後更往他挨近了些。

妳是怎麼辦到的？他寫道。

「什麼？」

改變妳的髮色。

「剛才那一次是無意識的，」她說，「當我感到快樂或滿足時，它就會自己變成金黃色。」

這麼說，妳現在快樂囉？他寫著，跟我在一起？

「當然了。」

可是，當妳講到群山時，妳的語氣聽起來好嚮往。

「我想念那些山，」她說，「但我若離開這裡，我也會想念你。有的時候，兩個願望會彼此矛盾，只能選一個。」

他們靜默了一會兒，修茲波朗便放下他的寫字板，試探地伸出一隻手去摟抱她，然後向後靠在床頭板上。一抹羞怯的紅彩悄悄潛進她的髮絲，她這才意識到他們都坐在床上，而她依偎著他，身上只穿了件襯裙。

不過，哎，我們是夫妻。

這一刻的好氣氛，就被她肚子的一陣咕嚕聲響給破壞了。幾分鐘之後，那聲音又響了，修茲波朗於是伸手去拿寫字板。

妳餓了？他寫道。

「不，」她說，「我的胃是個滋事份子，一裝滿就鬼叫。」

他愣了愣。諷刺？

「一個很差勁的諷刺。」她道，「沒關係——我可以忍。」

妳來我房間之前沒吃東西嗎？

「我有，」她說，「可是長那麼多頭髮出來要消耗很多營養，我每次都會餓。」

妳每天晚上都捱餓？他寫得飛快，而妳都不跟我說？

希麗做了個無所謂的動作。

我叫人送吃的來。

「不要，萬一被發現怎麼辦？」

怕什麼？他寫道，我是神君，想什麼時候吃東西都可以。我以前也曾在晚上叫他們弄餐點。今天這樣子並不奇怪。寫完，他起身下床，走向門口。

「等等！」她喊住他。

他回頭望她。

「你不能就那樣子出去，修茲波朗。」她盡量把聲音放輕，以免隔牆依然有耳。「你還穿得好好的。」

他低頭看了看自己，面露不解之色。

「至少把衣服、頭髮弄亂一點。」希麗說著，一面快手藏起他的寫字板。

於是修茲波朗解開領口的釦子，脫掉黑色外袍並丟到一旁，露出白色襯袍；如同所有白色物品，那件襯袍也因爲他而綻放出彩虹般的七色光輝。接著，他又把自己的黑髮抓亂，然後轉身去看著希麗，用眼神問她。

「可以了。」她答道，隨即將被單拉高到頸子，把全身都蓋起來，然後好奇地看著修茲波朗用指節去敲門。

房門立刻打開了。希麗心想：**他太重要，重要得甚至不能開自己的房門。**

他命人送食物來的方式就是將一隻手掌放在肚子上，然後再指向旁邊。希麗約略看見僕人們一接獲命令就匆匆跑走。然後房門關上，修茲波朗走回來，爬到床上坐在她旁邊等。

幾分鐘之後，僕人們帶著一張餐桌和一張椅子進來，外加大量的食物，從烤魚、醃菜到清蒸貝類等等，應有盡有。

希麗滿懷驚奇地看著，心中一面想：**這麼多餐點不可能這麼快就張羅出來，一定是讓廚房全天候待命，以免他們的神突然發餓。**

送來這麼多菜，其實還挺浪費，但也令人感到奇妙。這是義卓司人無法想像的生活方式，也訴說著這個世界的不平衡；有的人三餐不繼，有的人則富裕得足可享受現成的佳餚珍饈。

僕人們將一碟又一碟的餐點端上桌，很快就將桌子擺滿。他們顯然不知道神君想吃什麼，索性每樣都準備了一點。等僕人弄好，修茲波朗大手一指，他們便全數退下。

就希麗目前的空腹狀態而言，這香味誘人得過分了。她巴巴地等著房門關上，然後掀了被單就往那兒衝去。宮裡爲她備膳也總是豐盛過度，但這頓大餐可比預期中還要豪華許多。修茲波朗對她比著椅子。

「你不吃嗎？」她問。

他聳了聳肩。

她回到床邊，拉起一條毯子鋪在石板地上，然後又走回餐桌旁。「你覺得哪個好？」她問。

他先指著一碟貝類，再指指幾種麵包。希麗拿走那幾碟端到毯子上去擺，外加一碗看起來不是魚的菜——大概是異國水果，但浸在某種濃稠的白醬汁裡。接著她坐到毯子上，就這麼吃了起來。

修茲波朗也走過來坐下，仔細地調整自己的坐姿。縱使只穿著襯袍，他也盡量使自己看起來不失尊貴。希麗伸長了手，把寫字板拿給他。

這樣怪怪的。他說。

「什麼？」她問。「在地上吃東西嗎？」

他點了點頭，同時寫道：我用膳是一大工程。我選一碟來吃幾口，僕人就把它撤走，替我擦嘴，然後再端一碟上來。就算我特別愛吃某道菜，也從來不曾把它整碟吃光過。

希麗哼道：「他們沒拿湯匙餵你吃，倒是讓我意外。」

小時候有。修茲波朗紅著臉寫道，後來我好不容易叫他們讓我自己吃飯。費了好一番工夫，因為我都不能講話。

「我能想像。」希麗說時滿嘴都是食物。不經意地，她發現修茲波朗的吃相非常斯文，當下一陣慚愧，因爲她吃得極快。不過，她決定不去在乎。放下了水果盤，她又從餐桌上拿來幾塊不同口味的甜餅。

看見她一塊接一塊地吃著甜餅，修茲波朗寫道：那是龐卡的丁方餅，只能小口地吃，每吃完一個就要吃一點麵包，以便把嘴裡的味道清掉。這種精緻的——

他突然停筆，因爲他看見希麗將一整塊餅全塞進嘴巴裡。她對著他微微一笑，繼續大嚼。

目瞪口呆了好一會兒，修茲波朗又在板子上寫：妳知道故事裡的小孩子狼吞虎嚥就會被丟下懸崖嗎？

這時希麗又在嘴裡塞了另一塊薄餅，弄得手指頭和臉上都沾了糖粉，兩頰則鼓鼓的。

修茲波朗盯著她看，接著自己伸手去拿了一塊，端詳半天之後，也將它整個兒塞進嘴巴。

希麗大笑起來，差點沒把嘴裡的餅渣噴到毯子上。「這麼一來，我帶壞神君的偉大工程將持續進行。」終於可以講話時，她這麼說道。

他笑了起來。這說法耐人尋味。他寫著，又拿了塊薄餅來吃。接著又一塊，再一塊。

希麗見狀，揚眉對他說：「別人會以爲你身爲神君，至少能隨心所欲地吃甜品呢。」

我得遵守許多別人不必遵守的規則。他邊嚼邊寫，童話故事裡有解釋過這一點。做國王或王子要具備很多條件，我倒寧願生為農民。

知道這是他的幻想，希麗半感訝異，心裡卻覺得要是他有機會經歷到飢餓、貧困或甚至只是小小的身體不適，他大概會嚇一跳。希麗不打算點醒他，畢竟她自己也沒有立場出言責備。

明明是妳肚子餓。他寫道，卻是我拚命在吃！

「他們顯然沒把你餵飽。」希麗說著，拿起一片麵包試嚐。

他聳聳肩，繼續吃。看著他這副模樣，她不禁好奇一個沒有舌頭的人在進食時是否感覺不同；再者，味覺是否受影響。不過，就眼前看來，他相當喜愛甜食。想到他被人割去舌頭的這個事實，希麗的心思又嚴肅起來：我們不可能一直這樣下去，每晚玩鬧，假裝這世界與我們無關。現實遲早要落到我們的頭上來。

「修茲波朗，」她喚他，「我認爲我們得找個方式，把祭司們對你做的一切說出去。」

他抬起眼來，然後寫：妳是指？

「我的意思是，我們應該讓你試著和一般百姓交談。」她說，「或者，和別的諸神交談也可以。祭司們因爲替你傳旨而得到特權，要是你選擇跟別人溝通，就能推翻他們的地位。」

有必要那麼做嗎？

「就當是陪我想像一下嘛。」她說。

沒問題。他寫道，可是，我要如何做到呢？我不可能真的站出去跟人家大呼小叫。

「不知道，寫紙條？」

他莞薾。我的書裡有個故事就講到紙條。有個公主被關在高塔裡，她寫紙條丟出塔外。紙條掉進海裡，結果被魚王發現。

「我想那魚王不會在乎我們的處境。」希麗沒好氣地說。

我是拿魚王來比喻寫紙條的不切合實際。我要成功把紙條傳出去，紙條又要被正確地解讀。妳想想，我若是把紙條扔出窗外，有誰見了會認為那是神君寫的？

「那如果交給僕人代傳呢？」

他皺眉想了一下。假設妳說的對，也就是我的祭司們預謀加害我，那麼僕人都是他們找來的，信任僕人豈不是更糟？

「也許吧，要不試試龐卡僕人？」

因為我是神君，所以我的貼身僕人裡沒有任何龐卡人。他寫道，除此之外，如果我們真的拉攏到一、兩個，那又如何？祭司不會發現嗎？何況龐卡僕人從來不會跟祭司作對，大家都知道。

她搖搖頭，又問：「不然你試著當眾吵鬧一下，開溜或讓旁人分神之類的？」

在宮殿之外，我身邊的隨從永遠是數以百計：識喚術士、士兵、護衛、祭司、還有死魂戰士。妳真的以為我有辦法抓到機會跟別人溝通嗎？我一鬧事就會被送回宮了。

「嗯，」她也同意，「但我們總得設法擺脫這個局面！一定有辦法的。」

我想不出辦法來。我們應該與祭司合作，而不是跟他們作對。他們或許對歷任神君之死了解得更多，我可以用藝匠書法要求他們告訴我。

「不，」希麗說，「先不要，我先想一想。」

沒問題。他寫道，又拿一塊甜餅來吃。

「修茲波朗……」她期期艾艾地開口，「你會考慮和我一起遠走高飛嗎？回義卓司？」

他的表情凝重起來。也許會。他在思考後寫道：聽起來滿極端。

「假如我能證明祭司們在預謀殺你呢？假如我有辦法逃出去——找到人把我們偷偷送出城呢？」

這個想法顯然令他困擾。如果只剩下這個辦法，他寫道：那我願意跟妳走。但我不相信事情會走到那一步。

「我也希望你是對的。」她嘴上說著，心中卻想：可是，萬一事情不是你想的那樣，那麼無論戰爭是否發生，我們都要冒險逃走，回去投靠我的家人。

37

n the slums it could seem like night even in the full light of day.

置身貧民窟中，即使是大白天，感覺也像在夜裡。

維溫娜漫無目的地遊蕩，腳下的泥土混雜著五顏六色的垃圾。她應該要找個地方躲起來，可是腦子變得一點也不管用。她沒法兒思考下一步了。

帕凜死了。他是和她從小一起長大的好朋友。她說服他跟著來，如今成了最蠢的要求。是自己害死了他。

丹司和手下的背叛已成事實。不，不對。他們從一開始就不是爲她工作的。此時回顧，她才察覺出端倪，包括他們如何在餐館裡發現她，如何利用她取得樂米克斯的駐氣，又是如何地哄騙她、令她自以爲掌握大局。打從一開始都是他們在操弄。

她成了禁臠卻毫不自知。

要說背叛，更甚者來自於友情般的信任，她把他們當朋友看，也以爲他們有同樣的心態。其實警訊早就出現，只是她沒有發覺。童克法那粗魯殘酷的玩笑話，丹司總是說傭兵沒有忠誠心，甚至直指珠兒會爲了工作而和她所信仰的神作對。與那些相比，背叛一個朋友算得了什麼？

步履蹣跚地走進另一條窄巷，維溫娜扶著身旁的磚牆，看見自己的十指沾滿了沙土和髒污，髮絲全白。她的髮色一直沒有恢復。

在貧民窟遭遇的突襲仍然令她害怕，被法榭抓走的感覺也依舊驚恐。但是看見帕凜被綁在椅子上，滿臉淌血，雙頰被削裂到甚至看得見牙齒……

她無法忘掉那景象。心底彷彿有個東西破裂了——是她在乎、關心的能力。現在的她，只覺得麻木。

走到了巷子底，她茫然地抬頭，這才看到面前有堵牆。這是條死巷，她轉過身往回走。

「妳……」一個聲音喊道。

維溫娜扭頭去看，爲自己的反應之快而驚訝。她的思緒還沒有從震驚中恢復，身體的防禦本能卻還警醒著。

這是條狹窄的巷道，她今天一整天都在這種小巷中亂走。維溫娜不敢走到鬧區的大街上，因爲猜想丹司會料準她只敢往那兒跑。他太清楚她的脾氣了。依照現狀，她覺得待在凌亂、死寂的貧民窟裡似乎要好一點。

有個男人坐在她後方的小箱堆上，晃著兩條腿，個子不高，黑髮，一身貧民窟裡典型的穿著——幾件舊衣服疊穿，每件都破破爛爛。

「妳倒是引起不小的轟動啊。」男子說道。

她不發一語。

「穿著美麗白衣的女人在貧民窟遊蕩，黑眼珠、白頭髮、面容憔悴。要不是大家一窩蜂去報復前天的突襲臨檢，妳早在幾個鐘頭前就被人發現了。」

這個人依稀有點兒眼熟。「你是義卓司人，」她的聲音極輕：「我去見地痞頭子時，你也在人群裡。」

男子聳了聳肩。

「那表示你知道我是誰。」她說。

「我什麼都不知道，」他說，「特別是會害我惹上麻煩的事。」

「拜託你，」她說著，往前走了一步。「你一定要幫幫我。」

他跳下箱子，手中亮出一把小刀。「幫妳？」他反問，「我那時看到妳的眼神，妳瞧不起我們，和哈蘭隼人一個德性。」

她收回了腳步，往後退。

「很多人都看見妳像個幽魂似地到處晃蕩，」他又說，「可是卻又沒人知道究竟該去哪裡找妳。外頭找妳可找得緊了。」

是丹司，她想。我能這麼久沒被逮到還眞是奇蹟。我得做點什麼，別再亂走了，找個地方躲。

「我猜妳早晚會被發現的，」男子說，「所以我要先下手。」

「求求你。」她的聲音微弱。

他舉起了小刀：「我不會把妳交出去，算是看妳的面子。況且，我也不想惹人注意，不過我要那件衣服。雖然破成那樣，但賣了它應該可以養活我一家老小幾個禮拜。」

她遲疑了一下。

「妳敢叫就吃刀子，」他面不改色地說：「我可不是嚇唬妳而已。衣服拿來，公主。別穿它反而比較好，這身白衣會讓人人都注意到妳。」

這一刻，她想到要動用駐氣，但萬一它不管用呢？她現在根本無法集中精神，也隱約覺得自己不可能使命令語生效。她還在猶豫，但逼近的刀鋒更有說服力。於是，茫然地望著前方，她只好假裝她不是自己，伸手去解開釦子。

「別扔到地上，」男子說，「那衣服已經夠髒了。」

脫掉連身裙，她瑟瑟發抖，身上只剩下貼身長襪和未及膝的連身襯裙。男子撿起連身裙，翻開口袋伸手去掏，皺了皺眉頭，扔出那條繩索。「沒錢？」

她遲鈍地搖頭。

「襪子也要。那是絲綢的，對吧？」

彎下腰，她胡亂地脫掉襪子，交到那人手上，卻看見他眼中閃過一道貪婪——甚或是想要更多的賊光。

「襯裙。」他說著，晃了晃刀子。

「不。」她靜靜地說。

他向前踏了一步。

她的心中有個東西撕裂開來。

「不要！」她發了瘋似地大吼：「不要、不要、不要！你要城市就拿去，要彩色就拿去，要衣服就拿去，通通拿去！然後給我滾！不要碰我！」她跪倒下來，流著淚抓起地上的泥巴和髒東西就往身上抹。「怎麼樣！」她尖叫道，「你要啊！來拿啊！就這樣拿去賣啊！」

一反於先前的威嚇，男子露出驚慌神色，看了看四下無人，立刻抱著那高級衣服逃之夭夭。

維溫娜跪在那兒，不知道自己哪來這麼多眼淚。她把身子縮成了一團，不顧滿地的垃圾和泥濘，無法遏抑地啜泣。

□

她在泥濘裡縮了一會兒，天空開始飄雨。綿綿密密的雨勢，典型的哈蘭隼雨天。雨滴輕輕地落在她的臉頰上，細小的逕流沿著牆面流下，匯集在地面。

維溫娜又餓又累，但這陣雨水帶來了一絲清涼，也讓她的頭腦清醒了些。

她不能留在原地。小偷說得對，那件連身裙是個阻礙。只穿著襯裙令她覺得自己赤身露體，如今又被雨水打濕。不過，她見過貧民窟的女子穿得更少。所以這樣也好，她就做個垃圾堆裡的流浪漢，就不再顯眼了。

爬向附近的垃圾堆，她發現一片布露在外面，將它拉出來後，見是一條發臭而沾滿泥污的厚披肩，又或許是塊毯子。她不管，只是將它圍在肩膀上，緊緊地包住胸口，儘可能多遮掩身體。她想使髮色變黑，卻變不了。

她坐了下來，心神萎鈍得連沮喪都感覺不到。心念一轉，索性用泥土搓揉頭髮，令那滿頭蒼白變成斑駁的淡棕色。

頭髮太長了，她想。以後得想個辦法弄短，不然還是會引人注目。乞丐不可能留這麼長的頭髮，因爲太難梳理。

她慢慢往巷口走去，然後驀地停下腳步，因爲她發現身上的髒披肩變亮了——駐氣，任何一個有第一級增化的人都會立刻看出來的。我不能躲在貧民窟裡！

第一次是繩索的少量駐氣，第二次是浪費在童克法外衣的較多駐氣，這兩次消耗造成的影響，維溫娜到現在都還感覺得到，可是她體內仍存有大量駐氣。想到這點，她又幾乎失控，一時癱軟地跌坐在牆邊，縮起身子。

然後她忽然明白。

在地窖裡，童克法無聲無息地出現，我卻沒感覺到他的駐氣。就像我沒感覺到法榭埋伏在臥房裡一樣。

答案如此簡單，簡直可笑透頂，就和她感覺不到自己送進繩索中的駐氣一樣道理。她拿出繩子，將它繫在腳踝上，然後取下披肩，用雙手舉在面前，見那塊布看起來悽慘已極，邊緣全磨破了，又髒得幾乎看不出它原本的紅色。

「我的生命為你所有。」她說，「我的駐氣歸你所有。」

那是丹司剛才想逼她說的話，也是樂米克斯將駐氣轉移給她時說過的話。她記得一字不差。成功了。彩息大量地逸出，因為她將體內所有的駐氣全部投進了披肩裡。沒有命令語，披肩不會去做事情，但它應該會安全地保管她的駐氣，同時，她也不會再散發出光氛了。

現在她體內一道駐氣也不剩，彷彿感官驟失，令她幾乎要暈倒在地。她曾經能感應茫茫人海中的每一分動靜，如今一切都靜止了，又像沉寂了。整座城市都死去了。

又或者，其實死的是她，維溫娜，一個褪息之人。她吃力地站起來，在細雨中顫抖，抹乾雙眼、拉上披肩——她的駐氣，以及僅有的一切，然後拖著腳步走遠。

38

ightsong sat on the edge of his bed, sweat thick on his brow as he stared down at the floor in front of him. He was breathing heavily.

萊聲坐在床沿，額頭上有豆大的汗珠。他不發一語地瞪著面前的地板，呼吸沉重。

拉瑞瑪朝身旁的文書官使眼色，後者隨即放下筆。僕人們聚集在寢室的角落。依萊聲的要求，他們今天特別提早將他喚醒。

「閣下？」拉瑞瑪出聲問道。

這沒什麼，萊聲在心裡對自己說。*我常思考戰爭的事，所以才會夢到戰爭。不是因爲預知，不因爲我是神。*

那個夢境好眞實。他夢見自己是個男人，在戰場上，手中沒有武器。身旁都是已死的士兵，全都是他的朋友。他認識他們，彼此都很親近。

跟義卓司打仗不會是那情景，因為我方派出的必定是死魂兵。

夢境裡，那些朋友身上穿的衣服都不是彩色的；夢境裡的他不是哈蘭隼士兵，而是義卓司人。可他不想承認。也許就因爲是從義卓司人的角度去看，他看到的才是屍橫遍野的慘烈景象。

義卓司人威脅著我們的安定。他們是不法的叛黨，在哈蘭隼的境內稱王，必須鎮壓。

那是他們應得的。

「閣下，您看到了什麼？」拉瑞瑪又問。

萊聲閉上眼睛。他還夢見別的情景，而且不是第一次夢見——一頭發亮的紅豹；暴風雨；一個年輕女子的面容，活生生地被黑暗吞噬。

「我看到薄曦帷紡，」他決定只說出夢境的最後一個片段。「她整張臉都在發紅。我還夢見你，而你在睡覺。我也夢見了神君。」

「神君？」拉瑞瑪問道，口氣有些興奮。

萊聲點頭：「他在哭叫。」

文書官記下這些話，拉瑞瑪則在一旁不語——這是他頭一次沒有催促萊聲繼續說下去。萊聲起身，努力揮開那些畫面，卻無法驅走體內的虛弱感。他今天又要攝取駐氣了。

「我要幾個甕，」萊聲說，「要兩打。每一只代表一個神，漆上他們的代表色。」

拉瑞瑪吩咐下去，沒問爲什麼。

「還要一些鵝卵石，」萊聲說時，僕人們上來爲他更衣。「越多越好。」

拉瑞瑪點點頭。萊聲著裝完畢，隨即離開寢室，出發去用另一個孩子的靈魂來餵養自己。

□

萊聲擲出一顆小圓石。石子落進他面前的其中一個甕，發出清脆的叮聲。

「投得眞準，閣下。」拉瑞瑪讚道。他正站在萊聲的椅子旁。

「不算什麼。」萊聲說著，又擲出一顆石子。這次擲得太近，石子落在目標之前。一個僕人立刻跑去撿起來，放進它本要投進的容器中。

「我大概是有天分吧，」萊聲又說道，「每次都投中。」攝取了新鮮的駐氣，他現在感覺舒服多了。

「確實如此，閣下。」拉瑞瑪說，「還有，女神薄曦帷紡要到了。」

「很好，」萊聲再擲一顆石子，這次命中了。話說回來，其實那些甕距離他只有幾步之遙。

「正好露兩手給她看。」

萊聲坐在草坪上，感受著涼爽的微風。他命僕人將遮陽篷設在諸神宮廷的牆門邊，因此他的視線範圍內幾乎都是高牆。多了這一道將他和城中百姓隔絕開來的城牆，風景變得令人沮喪。

既然要把我們關在這兒，至少要尊重我們享受風景的權利吧？他想。

「你這虹譜呆子又在做什麼？」

萊聲不用看就知道，身旁的薄曦帷紡這會兒必定是雙手扠腰地站著。他又擲出一顆石子。

「妳知道，」他說，「我老是想不透。每當我們詛咒或發誓時，總是用顏色或虹譜。爲什麼不用我們自己的名字呢？既然我們是大家口中的神。」

「大多數的神不喜歡自己的名字用在咒罵或發誓上。」薄曦帷紡說著，在他身旁坐下。

「那他們就太膚淺了。」萊聲說著，擲出一顆石子。這一擲落空，僕人上前撿拾。「要是我的名字被人用來咒罵或起誓，我個人會感到無上光榮。『噢，英勇王萊聲！』或者『以魯莽王萊聲之名發誓！』。嗯，這樣有些拗口，可能要簡短一點才好。『萊聲！』」

「我敢發誓，」她說，「你是一天比一天古怪了。」

「不，不對。」他說，「妳這樣就不對了，除非妳是用『你！』來代表詛咒與發誓。那麼，妳的話要改成『你你你這個呆瓜到底在做什麼？』。」

她對著他無聲地罵了一句。

萊聲瞄了她一眼：「沒那麼嚴重吧。我的胡說八道不過剛剛開始而已，妳心情不好一定有別的原因。」

「奧母。」她說。

「還是不肯把死魂令給妳？」

「現在甚至不肯見我了。」

萊聲再一擲，石子準確地落入一只甕中。「啊，但願她能體會妳因爲她的拒絕而感到前所未有的挫折。」

「我並沒有那麼受挫！」薄曦帷紡說，「而且我們一直相處得很愉快！」

「那麼依我看，問題可能出在妳身上。」萊聲說，「親愛的，我們是神，很容易就對永生感到厭倦。當然，我們尋求情感的極致——且不論這行爲是好是壞。總之，就某方面來說，眞正重要的是情感的絕對價値，而不是它的正面或負面性。」

薄曦帷紡愣在那兒。萊聲也愣了一下。

「萊聲，親愛的，」她說，「你究竟『你你你』地在說什麼東西？」

「我也不太確定，」他道，「它莫名其妙就冒出來了，但我在腦中可以勾勒出它的意境，包括數目。」

「你還好吧？」她用十足關切地口吻問道。

戰場上的景象閃過他的腦中：他最好的朋友——一個不認識的男人——因一把插在胸口的劍而垂死。「我不知道，」他說，「我這陣子越來越不對勁。」

薄曦帷紡靜靜地坐了一會兒。「你想不想到我的宮殿去玩兩下？我每次玩完就會覺得舒坦些。」

他微微一笑，擲出一顆石子。「妳啊，親愛的，眞是無可救藥。」

「看在『你』的份上，我可是情欲女神，」她說，「我不能不盡職。」

「上回我才聽說妳是誠實女神。」

「誠實的人際關係、誠實的情感呀，親愛的。」她甜甜地說，「我告訴你，情欲是所有情感中最誠實的一種。好啦，說吧，你扔這些小石頭是在做什麼？」

「計算。」他說。

「計算你的愚蠢嗎？」

「對，」萊聲說時，又擲出一顆。「還有各家祭司通過城門的人次。」

薄曦帷紡面露疑惑。時值正午，不少僕役和表演藝人在這兒進進出出，祭司並不多見，因爲後者必定是大清早就要進宮候傳。

「只要看見祭司進來，」萊聲說，「我就看他穿什麼顏色的制服，然後丟顆石子到同色的甕裡。」

薄曦帷紡看著他又擲出一顆石子。這一擲落空，但有僕人替他扔進甕中——紫羅蘭色與銀色。一旁，厚望尋哲的女祭司匆匆跑過草地，往主人的宮殿去。

「我被你弄糊塗了。」薄曦帷紡終於開口說。

「很簡單，」萊聲說，「妳見到一個穿紫衣的，就在紫色的甕裡丟一顆石子。」

「親愛的，這我知道。」她說，「但爲什麼要這麼做？」

「當然是爲了追蹤有多少祭司進到宮廷來，而他們又各自隸屬於哪一位神啊。」萊聲說道，「現在要等好久才會見到一個祭司了。包打聽，麻煩你來統計好嗎？」

拉瑞瑪鞠躬受命，隨即召來幾個僕人和文書官，指揮他們清點各個甕中的石子。

「親愛的萊聲，」薄曦帷紡道，「我要真心向你道歉，因爲我這陣子都忽略了你。說起來都是奧母一直無禮地不理會我的提議。假若我的疏於關心而使你脆弱的心靈崩潰……」

「謝謝妳噢，我的心靈非常健全。」萊聲說著坐直了身子，觀看僕人們數石頭。

「那你一定是太無聊才會做這件事，」薄曦帷紡接口道，「不如找點什麼消遣讓你開心開心吧。」

「我已經夠開心了。」他微笑道。統計數據還沒出來，但他已經見到預料中的結果：默慈星的石堆最小。

「萊聲？」薄曦帷紡問道，方才的俏皮態度已經完全消失。

「我叫我的祭司們今天提早進宮，」萊聲瞥了她一眼，「太陽還沒出來，我們就在這裡擺下這些東西，開始數祭司。大概數了六個多鐘頭吧。」

這時，拉瑞瑪走過來，將一張登記諸神及祭司數量的清單呈給萊聲。萊聲約略瀏覽，滿意地點頭。

「有幾個神的祭司多達上百人，但有的僅只十多個。默慈星就是其中之一。」

「所以呢？」薄曦帷紡問。

「所以，」萊聲說，「我要派我的僕人去監視默慈星的宮殿，實際算一算那裡的祭司人數。不過，我已經猜到結果——默慈星手下的祭司其實並不特別少，只是他們不走這一道城門進宮。」

薄曦帷紡茫然地看著他，側頭想了想。「地道？」

萊聲點頭。

薄曦帷紡往後靠，嘆道：「好吧，至少你不是發瘋或發悶，只是太偏執。」

「薄曦帷紡，那些地道一定有問題，而且和那個被殺的僕人有關連。」

「萊聲，我們眼前有更大的問題要擔心啊！」薄曦帷紡連連搖頭，甚至扶額裝出頭疼的模樣來。「我不敢相信你還在爲這件事想東想西。我說眞的！我們的國家就要發生戰爭了！你在合議會上的地位也終於變得重要！但你居然在煩惱祭司走哪一條路進宮？」

萊聲沉吟半晌，終於說：「來，我給妳看一些證據。」

他從躺椅旁的地上拿起一個小盒子，端到薄曦帷紡的面前。

「一個盒子。」她漠然地說，「你要向我證明什麼論點？」

他打開盒蓋，裡面是一隻端坐的灰色小松鼠。小松鼠一動也不動，兩眼發直，微風吹動牠的毛。

「一隻死魂鼠。」薄曦帷紡說，「這證據好多了。我覺得你的論點開始有說服力了。」

「夜闖默慈星宮殿的人，當晚就用這東西分散別人的注意力。」萊聲說，「親愛的，妳對破解死魂令了解多少？」

她聳了聳肩。

「我也一樣，本來了解不多。」萊聲道，「直到我叫祭司破解這東西的命令語才稍微了解。要在不知安全密語的情況下重新控制死魂偶，至少得花上幾個星期才行。我不知道程序是怎樣，但肯定跟駐氣和刑求有關就是了。」

「刑求？」她說，「死魂偶又沒有知覺。」

萊聲不置可否：「反正我叫人破解了它的死魂令。識喚死魂偶的人越是高明，他下達的死魂令就越難破解。」

「所以我們一定要取得奧母的死魂令，」薄曦帷紡說，「萬一她出了什麼事，她的一萬士兵就廢了。那麼多的死魂兵，破解起來恐怕要花上數年！」

「神君和奧母手下的幾個女祭司也握有密語。」萊聲說。

「哦，」薄曦帷紡說，「那你覺得神君大人會輕易地交給我們嗎？假設我們有幸能跟他講話？」

「我只是要說，奧母遇刺也不至於癱瘓我們的整個軍隊。」萊聲掂了掂手上的松鼠：「那不是重點。重點是，做出這隻松鼠的人必定擁有大量駐氣，而且意志堅定。這小傢伙的血已經換成了靈醇，每處縫合都細緻完美，它接受的死魂令極度強大。這是一件生體色度的傑作，甚至可說是藝術品了。」

「然後？」她問。

「然後入侵者放牠在默慈星的宮殿裡亂跑，分散眾人的注意力，他自己則溜進地道中。」萊聲說：「接著，另一個入侵者進到宮殿，把目擊者殺了滅口。這表示，不論地道裡有什麼，或者是通往何處，都非常重要，重要到讓人不惜犧牲他的駐氣，且不惜殺人。」

薄曦帷紡連連搖頭：「我還是不敢相信你居然爲這種事而擔心。」

「妳說妳知道地道的存在，」萊聲說，「我叫拉瑞瑪去打聽，得知其他神也都知悉，說是用來當作儲藏室。在宮廷的歷史中，這些地道曾經多次修築，都是不同的神各自下令。」

「可是，」他的口氣激動起來：「這些地道也是黑箱作業的最佳場所！宮廷不在一般城衛警的管轄範圍內，裡面這些宮殿則自成一個小國家！若是擴建地窖去連結地道，在地底下四通八達；然後再挖一條通往牆外，人員就可以悄悄地來去自如……」

「萊聲，」薄曦帷紡說，「就算這其中眞的有祕密，那麼祭司走這個路線進宮的理由又是什麼？那樣豈不是更加惹人懷疑嗎？我是說，要是你都注意到了，那還算什麼祕密？」

萊聲怔了一下，臉色微紅。「說的也是，」他道，「我一直假裝自己很有用，竟把這家家酒玩到忘我了！謝謝妳讓我想起我是個白痴。」

「萊聲，我的意思並不——」

「不，眞的不要緊。」他說時站起身來：「何必自找麻煩？我不該忘記自己是誰：萊聲，一個唾棄自己的神，世上最無用的人，卻偏偏被賦予了永生。回答我一個問題就好。」

薄曦帷紡一怔：「什麼問題？」

「爲什麼？」他注視著她：「爲什麼我痛恨自己是神？爲什麼我的行爲如此輕浮？我爲什麼要毀壞自己的權威性？爲什麼？」

「我一直以爲你喜歡拿對比尋開心。」

「不，」他說，「薄曦帷紡，我從復歸的第一天起就是這個調調了。醒來之後，我不願相信自己是神，不肯接受自己在這神殿和宮廷中的地位。這幾年裡，我總是敷衍了事，但我也學了一點聰明。那不是重點。我眞正要關注的重點——就是『爲什麼』。」

「我不知道。」她坦承。

「我也不知道，」他說，「但不論我生前是誰，他都一直想現身，不停地對我耳語，叫我挖掘這個祕密；一直給我警告，提醒我不是神，促使我用輕浮的態度去面對這一切。」他搖了搖頭：「我不知道自己以前是誰，也沒有人肯告訴我。我的心裡有越來越多的懷疑——過去的我就是個不肯坐以待斃的人，不肯被矇在鼓裡，不肯接受不明不白的結果，而且痛恨所有的祕密。偏偏在這時，我發這座宮廷裡有太多的祕密。」

薄曦帷紡顯得驚訝。她沒想到會從他口中聽見這些。

「好了，」他說著，走出遮陽篷之外。僕人們急忙收拾東西以跟上。「容我失陪。我有些正經事得去忙了。」

「什麼正經事？」薄曦帷紡問道，也站起身來。

他回頭一瞥：「去見奧母，處理幾個死魂令的問題。」

39

week living in the gutters served to drastically change Vivenna's perspective on life.

生活在臭水溝邊的這一個星期，徹底改變了維溫娜對人生的看法。

她在第二天就賣了她的頭髮，所得的錢少得令人沮喪，換到的食物更是連肚子都塡不飽，以致於她連藉著魔髮之力重新使頭髮長長的力氣都沒有。她的頭髮剪得像狗啃過，蓬亂參差，而餘下的髮絲仍是白的，但也早就被泥巴和煤灰弄黑了。

她考慮過把駐氣賣掉，卻不知道該去哪裡賣或者要怎麼賣。除此之外，她強烈地感覺丹司會盯緊這一類的交易，就等著她這麼做。再來，她完全不知道要怎麼把駐氣從披肩上取回來。

不，她得保持低調、不起眼。不能讓任何人注意到她。

她坐在街邊，對著往來的路人伸出手掌，雙眼看著地面。沒人來施捨。她不知道別的乞丐是怎麼做的；那微薄的收入在她眼裡猶如驚人財富。他們知道得比她多很多——像是該坐在哪裡、如何開口等等。行人都會避開乞丐，連看都不看，因此，討得多的總是那些懂得引人注目的乞丐。

維溫娜不確定自己是否想要引人注目。儘管與日俱增的飢餓之苦逼得她不得不走到繁華的大街去討錢，她還是很怕被丹司或法榭發現。

越是餓，這害怕的念頭就越薄弱。吃飯成了眼前的一大問題，被丹司或法榭殺死反倒沒那個急迫性。

裹著五顏六色的衣著，人潮繼續熙攘。維溫娜盯著看，沒注意他們的臉或身體，只看著那些色彩。像一個旋轉的輪子，個個呈現著不同的色調。**丹司不會在這裡找到我的**，她想。**他不會在街邊的乞丐裡找公主。**

她的肚子咕嚕叫。她已學會不理它，就像人們不理她一樣。才過一個禮拜而已，她並不覺得自己是眞正的乞丐或路邊的流浪兒，不過她很努力地模仿他們。而且，自從她移出了所有的駐氣之後，她的腦筋變得好糊塗。

她將披肩拉緊，她總是隨身帶著它。

丹司等人的所作所爲，她至今還是難以置信。聽他們開玩笑的那段日子，其實她過得很開心，至於後來在地窖裡的那一幕，她沒法兒將它們聯想在一起。事實上，有些時候，她發現自己竟然站起來在人群中找他們。她見到的那些事想必都是幻覺，他們當然不是那麼可怕的人。

眞是太蠢了，她想。**我得專注。爲什麼我的腦子不再清楚了？**

專注於什麼？沒什麼好想了。她不能去找丹司。帕凜死了。市政當局不會來幫忙——她自己都聽聞街頭謠言，說義卓司的公主長期在城中製造動亂，她只要妄動就會被逮捕。縱使這城裡還有她父親派出來的密探，她也不知道如何在躲著丹司的情況下去與那些人聯繫；眞要那麼做，又正好讓丹司逮住那些密探並殺了他們。他之前用那麼巧妙的手法擄著她，不著痕跡地收拾掉每一個要來保護她的人。她的父親會怎麼想？維溫娜失蹤了，每個被派去找她的人都神祕消失，哈蘭隼的宣戰之勢蠢蠢欲動，又日益緊迫。

那些都是遙遠的煩惱，她的肚子還在咆哮。城裡有幾間施粥場，可她才去了第一間，就發現童克法在對街的門口閒晃，嚇得她掉頭就跑，深怕被他看見。基於同樣的理由，她也不敢出城，因爲丹司必定派人盯著城門。此外，她能上哪兒去？回義卓司的旅途很長，她沒有盤纏。

假如存夠了錢，也許她就能走，但那可不容易，甚或是不可能。她討來的每一分錢只夠塡飽肚子。她控制不了自己，眼前似乎沒別的事比吃飽更重要了。

她已經瘦了不少，她的肚子又在叫了。

就這麼坐著，貧瘦的身軀，一身汗水和黏膩。她仍穿著僅有的襯裙和披肩，不過渾身上下已經骯髒得分不出衣服和皮膚的界線了。想起自己從前傲慢地對衣著挑三揀四，只肯穿高雅的服飾，眞是荒唐可笑。

她搖搖頭，想把腦中的迷濛感驅走。在街頭流浪的一星期感覺就像一輩子——但她心裡明白，她才剛要開始體驗窮人的生活而已。他們是怎麼活過來的？露宿在小巷弄裡，每天被雨淋，聽見什麼聲音都會驚醒，餓得想到廚餘堆裡去撿東西來吃？她都試過了。她甚至還努力存了一點起來。

這兩天來，她就只能吃廚餘。

有人在她身旁停下腳步。她抬起頭，急切地把手伸長，直到她看見那人穿著的顏色——黃與藍，是城衛警。她緊張地抓緊披肩，把自己裹得更緊。她曉得這舉動很愚蠢，畢竟沒有人會知道這塊破布裡藏著駐氣，但那卻是出於反射動作，畢竟這條披肩是她僅有的唯一；這幾天之中，竟然還是有人想要趁她睡著時偷走它。

幸好那名警衛沒有要拿走它，只是用警棍推了推她。「喂，」他說，「走開。這裡不准乞討。」

他沒說明為何不准，他們從不解釋。哪裡能乞討、哪裡不能，顯然有些規則，偏偏就沒有人要向乞丐們具體地講解。法律只是大人物跟諸神的玩意兒，與賤民無關。

我已經開始覺得大人物與我是不同世界的人了。

維溫娜起身，隨即感到一陣噁心和暈眩。她靠牆想休息一下，警衛卻又推她，叫她快點離開。她低頭致歉，然後隨著人潮一起移動。大多數人都不敢靠近她；諷刺的是，現在她根本不在乎了。她沒打算去想自己聞起來有多臭——撇開臭味，也許那些人是怕被偷錢才與她保持距離的。他們大可不必擔心。她的身手沒有靈活到可以割人家的皮包扒竊，也不願意冒險被扭送治安官。

幾天前開始，她不再為偷東西的罪惡感而煩惱。還沒到大街上來乞討之前，她在貧民窟裡其實就想過這回事了，只不過當時沒想到自己會那麼快就餓得淪為小偷罷了。

她沒有往另一個街角去繼續討錢，卻是離開人潮，朝回到貧民窟的路上走。在義卓司的貧民窟，她算是得到了一點點接納，至少是被當成這裡的一份子。沒有人知道她是公主——在那個黑髮的矮個子之後，就沒有人再認出她來。然而，她的口音為她掙得了一席之地。

她準備找個好位置過夜，那是她決定不繼續討錢的原因之一。接下來的時間算是乞討的好時段，可是她實在太疲倦，寧可有個好地方可以睡上一覺。她本來以為露宿街頭都是一樣的，後來發現有些牆角會比較溫暖，有些則是可以蔽雨，或者比較安全。她漸漸地學會這些事，包括避免去招惹什麼人。

以她的情況，幾乎這兒的每個人都是她不該招惹的——就連流浪兒也不例外。在路邊撿東西吃時得排在他們之後，這是她來到貧民窟的第二天就學到的教訓；那一天，她剛剛賣掉頭髮，想把那一枚硬幣存起來當作離城的旅費，她不知道那幫壞孩子是如何得知她身上有錢，總之他們聯手給了她有生以來的第一頓好打。

最好的位置已經被一群表情陰沉的男人給占了，顯然正在那兒做些不法之事。她快步離開，往第二好的位子走，卻見那兒也擠滿了不良少年，而且正是之前揍過她的那批人。她也立刻掉頭。第三個好位置沒人，這是麵包店旁的一條小巷。烤爐晚上不添火，不過餘溫會透過牆壁透出來，一直到清晨。

她橫躺下來，弓著背貼近磚牆，緊緊抓著她的披肩。沒有枕頭或褥單，但她很快就睡著了。

40

iri was enjoying a meal on the court green when Treledees found her. She ignored him, content to pick at the dishes in front of her.

崔樂第找到希麗時，她正在宮廷草坪上享受一桌大餐。希麗沒理睬他，只是自顧自地挑揀著面前的餐點。

她覺得海和湖都很奇妙，這世上還有什麼地方能孕育出如此奇形怪狀的生物？瞧那彎彎曲曲的觸角、完全無骨的軀體，有些還覆著點點針狀的表皮——那是她正在吃的料理，當地人稱之爲海參，可無論是咀嚼感或滋味，和長在土裡的參類都不一樣。

不放過桌上的每一碟菜，希麗閉上眼睛，專心地在舌尖品嚐。有些菜很難吃，有些則尚可接受。老實說，她並不特別喜歡今天的這些菜式。海鮮就是不合她的胃口。

我恐怕很難當一個道地的哈蘭隼人了。她想著，一面啜飲果汁。

幸好果汁十分美味。哈蘭隼盛產各式各樣水果，滋味美妙又千奇百怪，和海產一樣令人稱奇。

崔樂第清清喉嚨，神君的大祭司可不是習於久候的人。

希麗向侍女們點頭，示意她們準備下一套餐點。修茲波朗指導過希麗的餐桌禮儀，她要趁此練習。巧的是，他教導的進食方式──小口小口地咬，每一碟都只吃一點──正適合用來測試今天的這桌新菜色。她想要熟悉哈蘭隼，無論是風俗、民情以至食物口味；她已命僕人們教她，也打算去認識更多的復歸神。就在這時，她看見萊聲在遠處閒逛，於是開心地向他揮手。萊聲一反常態地顯得心事重重，雖然也向她揮手致意，卻沒有走過來拜訪她。

眞可惜，她想，他要是過來，我就有藉口可以讓崔樂第等得更久一點。

她聽見大祭司又在清喉嚨，而且這一次更大聲。希麗這才站起身，並且示意僕人們留在原地，不要跟來。

「您願意陪我走一會兒嗎，大人？」她輕聲問道，步伐慵懶地從他身旁走開，華麗的紫色長紗裙披在她的身後，輕輕地拖在草地上。

崔樂第快步跟上來：「有一件事，我非得和您說不可。」

「我知道，」她說，「因爲您今天已經召喚我好幾次。」

「您都沒來。」他說。

「在我看來，神君的配偶不應該養成任人呼來喚去、隨傳隨到的習慣才好。」

崔樂第皺起了眉頭。

「然而，」希麗繼續說，「假使是大祭司大人親自來找我談話，我當然要爲他騰出時間。」

崔樂第看了她一眼。身形頎長的他站得挺拔，藍與黃銅色的祭司袍正是神君的今日色彩。「殿下，您不應該對我懷抱敵意。」

希麗感覺到一陣焦慮，但她控制住髮色，沒讓它變淺。「我沒有對您懷抱敵意。」她說，「我只是想訂一些早就該建立起來的規矩。」

崔樂第的臉上隱隱有一抹笑意。

怎麼了？希麗驚訝地想。那是什麼反應？

他走到她的身旁。「眞是如此嗎？」他的口氣轉爲高傲：「殿下，您自以爲了解，其實不然。」

要命！她在心中暗罵。這場對話的主導權竟然這麼快就脫離了我的掌控？

「我也可以對您說同樣的話，大人。」

在他們的上方，宏偉的神廟暨宮殿遮蔽著半邊天空，黑色的結構體層層疊疊，令人聯想到巨人之子的玩具積木。

「哦？」崔樂第說道，又向她一瞥。「不知怎地，我懷疑呢。」

她只得強壓下心頭的另一陣焦慮。這時，崔樂第又露出微笑。

等等，她想。他這樣子簡直像是能讀取我的情緒，或能看出……

她的頭髮並未變色，至少不是明顯地變色。就在她向崔樂第瞄了一眼，試圖想出問題在哪兒時，她看出了異樣——以崔樂第所站之處爲中心，有一圈草地特別鮮艷。

駐氣。她想道：**他當然有額外的駐氣！他可是王國中最有勢力的人之一啊！**

擁有較多駐氣的人可以看到極細微的色彩變化，所以崔樂第就從她的髮絲看出了她的心情轉變？那就是他總是如此不可一世的原因嗎？他看得出她的恐懼？

希麗懊惱地咬牙切齒。小時候，她總是不肯練習控制髮色，反觀維溫娜總是練了又練，直到確定萬無一失。希麗本來就是個情緒化的人，人們總能輕易地從她的髮色判斷出她的心情，她因此認定自己再怎麼練習都是徒勞。

她從沒在意諸神的宮廷，包括這些擁有強大生體色度的人。她小看了家庭教師們的學識，也小看了這些祭司。崔樂第等人想必對魔髮做過極詳盡的研究，了解各種色調所代表的意義。

她得重新奪回這場談話的主導權。「不要忘了，崔樂第，」她說，「是你來求見於我。既然我可以讓大祭司照我的意願來做事，那麼我在這個地方肯定有些權力。」

他瞟了她一眼，眼神冰冷。希麗集中精神，使自己的髮色保持在最深的黑。黑色，那是自信的代表。她直視崔樂第的雙眼，同時不讓髮絲出現任何一絲雜色。

他終於先別開了視線：「我聽到令人不安的謠言。」

「哦？」

「是的。您似乎不再履行您的妻子義務了，您懷孕了嗎？」

「沒有，」她說，「我的月事在幾天之前才來，你可以問我的侍女們。」

「那麼您爲何不再努力了?」

「怎麼?」她故意問得輕描淡寫,「你們的間諜晚上沒戲看,覺得失望嗎?」

崔樂第有些發窘。他朝她打量,但她仍然將髮色保持在徹底的純黑,使得他似乎無法判斷。

「你們義卓司人,」崔樂第輕蔑地說:「住在你們高高的山上,過著粗鄙又不開化的生活,卻還自以爲比我們優越。少來評斷我,少來評斷我們。你們什麼都不懂。」

「我知道你們一直在神君的寢室旁偷聽。」

「不只是聽,」崔樂第說,「最初的那幾夜,寢室裡就有一個間諜待著。」

希麗可無法掩飾這一次的臉紅了。她仍將髮絲維持在黑色,但崔樂第想必能看出其中多了一抹些微的紅。

「我很清楚你們那些修道士會灌輸怎樣的有毒思想、灌輸仇恨,」說時,崔樂第別過頭去。「妳眞以爲我們會讓一個從義卓司來的女人單獨和神君面對面?我們當然得確定妳不是來暗殺他的!事實上,我們至今仍然存疑。」

「你的這一番坦誠倒是值得嘉許。」她插嘴道。

「只是把我早就該建立起來的規矩說清楚罷了。」他們都停下了腳步,站在宮殿的陰影中。「妳在這裡根本無足輕重,不能與我們的神君相提並論。他是一切,而妳什麼都不是。妳跟我們這些人一樣。」

要是修茲波朗如此重要,爲何你們計畫殺死他?希麗一面想,一面目不轉睛地盯著崔樂第的雙眼。換作是幾個月前的她，八成會主動避開視線，但是現在不同了；每當她自覺軟弱，她就想著修茲波朗。

若真的是崔樂第精心策畫、控制此一陰謀，最終要殺害他口中至高無上的神君，那麼她無論如何都想知道原因。

「我故意不再與神君行房，」她說著，多用了一分心思去控制髮色。「就是知道那會引起你們的注意。」

事實上，她只是停止了每晚的假床戲。幸運的是，崔樂第的反應倒是證明了祭司們都被她的演技給騙過去了，而且他們可能還不知道她已經能跟修茲波朗溝通。她每晚都格外注意自己說話時的音量，甚至有時也用寫字來交談。

「妳必須生一個繼承人出來。」崔樂第說。

「不然怎樣？崔樂第，你爲什麼這麼急？」

「妳不必知道，」他說，「總之我有義務在身，而這義務是妳不可能了解的。我受諸神支配，執行他們的意志，不是妳的。」

「我看你們只得在最後這一點上讓步囉，生孩子的事是急不來的。」希麗說。

崔樂第顯然不喜歡這場對談進行的方式。瞥見他又朝頭髮打量，希麗盡量控制住髮色，於是他回來直視她的雙眼。

「你奈何不了我，崔樂第。」她說，「除非你不想要王室血統的繼承人，否則你不能殺我，也不能恐嚇我或逼迫我。只有神君可以這麼做，但我們都知道他是怎麼一回事。」

「我不懂妳的意思。」崔樂第冷冷道。

「噢，得了吧，」希麗說，「你還眞指望我跟一個男人同床共枕卻沒發現他少了舌頭，心理上其實與兒童無異嗎？我甚至懷疑要是沒有僕人幫忙，他不知道會不會自己上廁所呢。」

崔樂第氣得漲紅了臉。

原來他眞的會在乎，希麗暗暗在心中分析。或者至少，侮辱神君就會侮辱到他。他的奉獻精神比我預期的還強。

也就是說，他的陰謀可能與錢無關。希麗也不敢斷言，但她認爲眼前此人不會幹下出賣宗教信仰之事；發生在神君宮殿中的這一切事情，說不定都只是因爲一份純粹的信念。

說出她對修茲波朗的了解猶如孤注一擲。她認爲崔樂第遲早會猜到，不如主動暗示她認爲修茲波朗是幼稚的傻子；釋出一條訊息，同時用另一條去誤導對方，倘若他們都相信她覺得修茲波朗是傻子，起碼不會懷疑他們夫妻之間的小小祕密。

話又說回來，希麗也不知此舉是否正確，只是事關修茲波朗的性命，她不能不設法多了解一些。要想多了解，她得拿東西去換；眼下，祭司們只想要她的一樣東西，那就是她的子宮。

看來她的確可以來一場有效的斡旋了，因爲崔樂第明顯地在壓抑怒意，卻只能表面上保持冷靜。但見他轉過身去，仰頭朝宮殿一瞥，然後問道：「妳對這個王國的歷史了解得多嗎？當然，我是指妳的家族離開之後。」

希麗皺了皺眉頭，心想：**搞不好比你所想的還多。**「不太多。」她朗聲答道。

「先主和平王留下一個挑戰給我們，」崔樂第說，「那就是我們的神君現在所持有的寶藏；一筆前所未見、極其龐大的財富——超過五萬道的生體彩息。他告誡我們要妥善地保管，」崔樂第回過頭來看著她，「而且千萬不可動用。」

希麗覺得脊背微微發寒。

「我不指望妳體諒我們的作爲，」崔樂第說，「但一切都是必要之舉。」

「必要？必要到將他囚禁至此嗎？」希麗說，「剝奪他說話的能力，讓他的心智永遠像個兒童？他甚至不知道跟女人在一起時要做什麼！」

「就是有此必要。」崔樂第的神情無比堅定：「但你們義卓司人始終不肯試著來理解。我跟妳的父親互有往來已經多年，我也在他的身上感覺到同樣無知的偏見。」

他在套我的話。希麗暗想，一面克制自己的情緒。這一次做起來比她預期的要困難些。「信仰奧斯太而不信你們的活人神並不是無知。歸根結柢，是你們先拋棄奧斯太信仰，選擇了這一條比較簡單的途徑。」

「我們選擇追隨的神，在毀滅者卡拉德肆虐時前來保護我們、拯救我們；而你們那看不見又摸不著的奧斯太神，當時棄我們於不顧。和平王的復歸有其特殊的使命，就是停止人與人之間的衝突，爲哈蘭隼帶來和平。」

他瞥了她一眼，又說：「神君妃，妳要知道，祂的名號至高神聖，是『祂』賜予我們生命，而祂只要求我們做到一件事，就是爲祂照管力量和權力。祂殞命以將它交給我們，但命令我們原封不動地保管，以防祂再度復歸時需要用到。這就是我們不敢動用它的原因。我們不敢讓它遭受褻瀆，縱使是我們自己侍奉的神君也不可以。」

他停了下來，沒再說話。

所以，你們是如何使這一筆財寶從他的手中傳出去給下一代的呢？希麗好想問，卻擔心此舉會釋出太多不必要的訊息。

沉默了一會兒，崔樂第才又開口：「我現在明白妳的父親爲何要更換聯姻的人選了。我們不該只調查妳的長姊，而是應該三姊妹都要調查才對；妳比我們所想的更精明，也更有本事。」如此評語令希麗很是驚訝，但她繼續保持自己的髮色不變。便見崔樂第長嘆一聲，不再打量她，轉而望著他處，說：「好吧，妳要什麼？要怎麼做才能讓妳繼續履行妳的妻子義務？」

「我的僕人，」希麗沉著地說，「我要我的貼身侍女都換成龐卡人。」

「妳對現在的侍女們不滿意嗎？」

「倒不是這樣，」她答道，「我只是覺得自己和龐卡侍女之間有更多的共通點罷了。她們跟我一樣，都是離鄉背井地來到這裡。況且，我喜歡她們所穿的褐色。」

「這是當然。」崔樂第爽快地答應，顯然誤以爲這個要求是出於義卓司人特有的偏見。

「哈蘭隼的女孩可以繼續服侍我，或者調派去接替龐卡侍女以前工作。」希麗繼續要求：「不必把她們全部撤走。事實上，我還想跟她們之中的幾個人說說話、聊聊天。只要把我的貼身侍女和隨行僕從都換成龐卡人就行了。」

「我說話算話，」崔樂第說，「我會照辦。那麼，妳願意繼續努力了？」

「只限目前，」希麗說，「這一件事可以爲你爭取到幾個星期。」

崔樂第的臉色一沉，但他又能奈她何？希麗向他微微一笑，轉身走開，可是心裡對這場談話的結果並不滿意——她獲得了勝利，付出的代價卻是與崔樂第更加對立。

今後不管我如何努力，恐怕他再也不會喜歡我了。說不定這樣反而比較好。希麗一面想，一面坐在遮陽篷下。

此刻，她仍然不知道修茲波朗的下場會是如何，但已確定這些祭司們的想法是可以扭轉的；這一步的了解具有重大意義。希麗面對餐桌，準備繼續品嚐下一輪的海鮮大餐，這是她盡最大努力去學習哈蘭隼習俗的表現。她決心融入這個國家，然而，一旦修茲波朗的生命受到威脅，她還是會救他離開此地。現在她設法提升龐卡人的地位，希望能搏取藍指頭的好感，將來逃命時可以有些幫助。希望能。

輕嘆一聲，她端起了第一口食物，繼續品嚐。

41

ivenna presented her coin.

維溫娜交出她的硬幣。

「一個銅板？」卡茲問，「就這些？一個而已？」

他是她這輩子所見最髒的人之一，即使在已然髒亂的街頭也仍舊排得上前幾名。不過他愛穿花俏衣服，成了他的特色——又破又髒的衣服，卻是最新款式。他似乎認爲這樣打扮很有趣，可以嘲弄上流人士。

他用滿是污垢的手指把玩著那枚硬幣。「就一個銅板。」他又說。

「求求你。」維溫娜囁嚅道。他們站在兩家餐館之間的後巷口。巷子裡，她看見流浪兒們半埋在垃圾堆裡，正在挖剛剛丟出來的剩菜剩飯。她渴望得口水直流。

「我很難相信哦，妳這個千金大小姐。」卡茲說，「我不信妳今天就只賺這麼一點點。」

「求求你，卡茲，」她哀聲說，「你知道……你知道我不會討錢。」這時，天空下起雨來。又下雨了。

「妳要加把勁，」他說，「這些小鬼都起碼可以交出兩個來。」

在他後方，那些交得起錢的幸運兒們正開心地享用大餐。聞起來好香，但也許香味是從餐館飄出來的。

「我好幾天沒有吃東西了。」她虛弱地說著，眨動被雨水弄濕的眼睛。

「那就明天多努力。」他說完便將她往外推。

「我的錢——」

一見她伸手，卡茲立刻揚起拳頭。維溫娜以爲他要打她，反射性地閃躲，結果摔了一跤。

「明天記得交兩個來，」卡茲邊說邊走進後巷。「我也要付錢給這兩家店的老闆欸，不能讓妳白吃。」

維溫娜站了起來，仍然巴巴地望著他，不是想讓他改變主意，而是她沒法兒讓腦筋轉動起來弄懂這些道理。這條後巷裡的殘羹剩餚是她今天最後的機會。一個銅板買不了什麼食物，頂多只能塞牙縫，但在這裡，她還有可能把肚子塡飽。

那已經是一個星期前的事了。在街頭遊蕩的日子已過了多久？她不知道。木然地拉緊了披肩，她轉過身，走在黃昏的暮色之中。她應該要再去乞討。

她做不到。那一個銅板被平白搶走之後，她什麼也討不到。她覺得大受打擊，彷彿是她最寶貴的財產被偷走。

不，**不是**。最寶貴的財產還在，她將披肩重新圍好。

這東西為什麼重要？她有點兒想不起來了。

維溫娜拖著腳步走回貧民窟，這城中的高地是她的家。一部分的她還清楚，明白她不該就此遺忘自己過去的面貌；她可是個公主，不是嗎？然而另一半的她只感覺虛弱和不舒服，特別是最近這幾天，她不舒服得甚至快要感覺不到飢餓了。那感覺不對勁，一切都不對勁。非常、非常不對勁。

走進陋巷，她縮頭縮腦，佝僂著不敢正視前方，深怕任何人來找麻煩，而且每一步都走得遲疑。但經過一條小街時，她停下了腳步望向右側，那兒是妓女們等客人的地方，上頭有布篷擋雨。

維溫娜注視著她們，以及她們的暴露衣著。這裡和城區只隔兩條街口，對貧民窟外的人來說不至於危險，而且大家都知道嫖客的錢搶不得，因為地痞們不喜歡客人被嚇跑。那叫作擋人財路，丹司大概會這麼說。

維溫娜站著又呆看了一會兒。妓女們看起來不像餓著肚子，她們都不髒，其中幾個正在大笑。她也可以加入她們。前天才有個流浪兒向她提過，說她還年輕，問她要不要跟他去見老大，因為他幫老大找願意賣春的姑娘就可以有錢拿。

聽起來好誘人。食物，溫暖，乾爽的床。

稱頌奧斯太，她在心中暗嘆，不自覺地顫抖。**我在想什麼？我的腦子是怎麼了？**集中精神變得如此困難，她覺得自己彷彿一直都處於恍惚中。

她逼自己往前走，遠離那些女子。她不會那麼做的，還不會。

還不會。

噢主啊，色彩之神啊。維溫娜懷著驚懼想道。我一定得離開這座城市。或者就讓我死吧，餓死在走回義卓司的途中也好——就算是被丹司活逮後受折磨，也好過淪落到妓院去。

然而，就像偷竊這件事，出賣肉體的道德問題如今也變得非常模糊了，特別是她早已長期處在飢餓中。她往最近常待的小巷走去。之前的好位置被人占了，人家不讓她用。現在這裡也不錯，很隱蔽，卻常有很多年紀較小的流浪兒窩著。有他們陪伴讓她感覺好些，儘管她知道他們常在晚上翻她的身體想偷拿錢。

我怎麼會這麼累……扶著牆，她頭暈眼花地心想，做了幾個深呼吸。這幾天她常常頭暈到站都站不穩。

她又往前走，發現小巷裡完全沒人，大家都趁傍晚出去多討一點錢了。她挑了最好的位置——一處長著零星青草的小土丘，石塊不太多，躺起來比較舒服，只是一下小雨就會變得泥濘。反正她不介意。

在她背後出現一道黑影。

她幾乎是在同時間驚跳起來，拔腿就跑。流浪街頭讓她很快就學會很多事。儘管身體虛弱，恐慌仍逼得她拿出所有的力氣狂奔。這時，另一道影子橫出來擋住她的去路。她錯愕地回過頭去，看見幾個惡棍從巷後朝她走來。

那群人的後面，就是幾個星期前拿刀搶她衣服的那個人。「抱歉，公主，」他一臉懊惱地說，「賞金實在太高了。不過妳也眞會躲，讓我找得他媽的辛苦。」

茫然地眨著眼睛，維溫娜索性癱坐到地上去。

我實在撐不下去了。她一面想，一面用雙臂環抱自己。她好累，無論是精神或心情上都好累。就某方面來說，她倒慶幸這一切結束了。她不知道這些男人要對她做什麼，但這一定會是個結束，至少出賞金的買家一定會小心看管她，不會讓她再逃走。

惡棍們圍上來時，她聽見其中一人說到丹司。幾隻粗糙的手掌抓了她的手臂，拖著她站起來。她的頭無力地垂下，任由他們把她帶往大街。天色剛暗，這一帶卻完全看不見一個流浪兒或乞丐。

我早該發現的，這裡不可能如此冷清。

終於，她被這一切擊倒了。她提不起任何力量逃跑，因爲她再也逃不動了。在心底最深處，她暗想著老師說的果然沒錯。當你虛弱又飢餓時，就連逃跑的力氣都沒有。

她如今有點記不得那些老師是誰了，她甚至連吃飽的感覺都記不起來。

惡棍們停下了腳步。維溫娜在暈眩中勉強抬起頭，瞥見雨中的黑街地上躺著一樣東西。黑柄的劍，銀製的劍鞘，半掩在污泥中。

街道靜止了下來。一個惡棍上前去拖出那把劍，並解開了劍鞘的釦子。維溫娜立刻感覺到一陣反胃，卻是記憶中的印象更甚於眞正的生理反應。她嚇得往後連退好幾步。

其餘的惡棍都看傻了眼，全部走過去圍觀。另一人把手伸向劍柄。

第一個拿到劍的男子突然出手，連劍帶鞘地拿它去打那個人的頭。就在這時，一股黑煙從那精緻的銀鞘中隱約湧現，沿著劍身緩緩而下。

眾人吼叫起來，人人爭相去搶那把劍。抓著它的那人不肯放手，於是開始揮打其他人，狂躁得超乎尋常。骨折的聲音，被鮮血噴濺的石子路——難以想像一把未出鞘的劍也能造成這樣的傷害。但見那人持續攻擊，身手異常地靈活，而維溫娜在踉蹌走避之際，看見了他的眼神。

那雙眼睛裡滿是驚駭。

最後一個被他殺死的，就是搶走維溫娜衣服的那黑髮男子。惡棍舉起帶鞘的劍，在黑髮男子的背上狠劈，直到打碎了他的脊背才罷手。這時，那隻持劍的手臂已經因袖子碎裂而完全裸露在外，看得見一道黑筋纏繞在上頭，就像長在牆上的藤蔓那樣，糾結著往肩膀蔓延而去。泛黑的筋從表皮隆起，鼓著脈動。那男人發出刺耳、絕望的慘叫。

便見他反手舉起劍，帶著鞘就往自己的胸口刺，那劍鞘看起來並不鋒利，卻一路切開皮肉，直從他的背後穿出。男子頹然地跪下，抽搐，瞪向半空，手臂上的黑筋則在此時蒸發，就這麼斷了氣。那把劍在他的背後直挺挺地抵住地面，令他即使死了也仍舊跪立在那兒。

四周屍首狼籍，只有維溫娜獨自站立。這時，一個人影從屋頂降下，由兩條交纏的活動繩索護送，等那人輕盈地落地，繩索遂不再活動。沒多看維溫娜一眼，那人只是從她的身邊走過，到屍體旁握住那把大劍，遲疑了一下，扣上鞘釦，然後連著鞘將它拔出。

那個死人這時才倒地。

維溫娜茫然地看著眼前。一陣麻木襲來，令她癱坐在地上。法榭把她扛在肩膀上帶走時，她連躲都沒有躲一下。

42

er Grace is not interested in seeing you," the priestess said, holding a reverent posture.

「女神閣下無意見您。」女祭司如此說道，姿態一貫地虔敬。

「我對她的無意沒有興趣，」萊聲說，「也許妳應該再去問一次，確定一下。」

女祭司向他一鞠躬：「請見諒，閣下，但我已經問了她十四次。奧母閣下對您的求見越來越不耐煩，她已指示我不要再對此事做回應了。」

「她也叫別的祭司這麼做嗎？」

女祭司一怔。「呃，沒有，閣下。」

「萬歲。」萊聲說，「那麼換別人來，然後叫那人去問奧母是否願意見我。」

女祭司重重地嘆了一聲，聽在萊聲的耳裡有點兒像是認輸。在宮廷中，奧母手下祭司的虔誠和謙卑眾所公認，倘若萊聲能惹惱其中的任何一人，那這世上大概沒有人是他惹不了的。

這會兒女祭司果然照他的要求做了，他志得意滿地站在草地上等。奧母不能命令祭司們對萊聲完全置之不理，因為他好歹是個神，只要萊聲的要求不在奧母的禁止之列，祭司們就不能不服從。即使這要求會惹惱他們的主子。

「我正在開發新技能，」萊聲說，「假他人之手激怒別人！」

拉瑞瑪輕嘆：「閣下，您幾天前對女神薄曦帷紡發表的那一番長篇大論呢？竊以為那是在暗示您將努力不去激怒別人。」

「我可沒說過那種話，」萊聲說，「我只是說我對自己生前的性格有了更多認知罷了，那可不代表我要放棄這幾年辛苦得到的進展。」

「您的自我認知眞是無與倫比啊，閣下。」

「我知道！噓，女祭司回來了。」

女祭司來到萊聲面前，向他一鞠躬，然後說道：「容我道歉，閣下。我們的女神已經下令，任何祭司不得就您前去拜訪之事向她探問。」

「那去問她能否出來讓我見呢？這個也不能問嗎？」

「是的，閣下，」女祭司說：「包括任何有此意涵的語辭，以及用書信或傳話等任何形式的溝通，都在禁止之列。」

「嗯，」萊聲敲著下巴沉吟道：「她學聰明了。好吧，看來是無計可施了。」

女祭司的臉上明顯流露出欣慰。

「包打聽，把我的篷子擺在她的宮殿門前，」萊聲說，「我今晚要睡在這裡。」

女祭司驚愕地抬起頭。

「您說您要做啥？」拉瑞瑪的語氣也同樣驚愕。

萊聲擺出滿不在乎的姿態：「除非我見到她，否則我不走。我已經連續來求見了一個星期啊！要是她想和我比頑固，那我們就來比吧。」說著，他朝女祭司看去：「妳要知道，我在這方面的本領可是爐火純青，因爲我多方揣摩過如何做個討人厭的丑角等角色。好，她不准我進屋，但我想她沒有禁止妳讓小松鼠之類的東西進屋去吧？」

「您說松鼠嗎？閣下。」女子問道。

「非常好。」萊聲說道。這時，他的僕人們竟然眞的爲他在草坪上搭起了遮陽篷，於是他也就大剌剌地坐了下來，然後從小盒中取出那隻死魂松鼠。

「杏仁草，」萊聲悄悄地對著松鼠說出新的安全密語，那是他指定手下去覆蓋原來的。接著，他故意提高音量，讓女祭司聽得見：「進到屋子裡，尋找住在裡頭的復歸者，然後繞圈子跑，盡你的全力吱吱叫。別讓任何人抓到你。噢，還要努力破壞家具，越多越好。」說完這些，他又壓低音量，再說了一次「杏仁草」。

小松鼠立刻跳下他的手掌，飛箭也似地衝向宮殿。女祭司扭頭去看，滿面驚恐，但見那小東西發出了一連串完全不像松鼠的詭異叫聲，從看傻了眼的守門衛士腳下溜過，竄進宮殿深處。

「今天的午後將是多麼令人愉悅啊。」看著女祭司拔腿去追捕松鼠，萊聲抓了一把葡萄來吃。

「恐怕它無法將您的命令完整執行，閣下。」拉瑞瑪說，「雖然駐氣給了它執行命令的力量，它畢竟只有松鼠的頭腦。」

萊聲未置可否：「等著瞧囉。」

宮殿裡開始傳出惱怒的吼聲。他忍不住微笑。

這段時間比他預期的更久——奧母果然頑固，怪不得薄曦帷紡也拿她沒轍。萊聲坐定了等，甚至叫來一組樂師演奏歌曲。數小時過去，只有一個女祭司偶爾來探視，而萊聲沒怎麼吃喝，所以沒去上廁所，等於是一步也未曾離開。

他命令樂師們演奏得大聲一點。他特地挑選這一支樂隊，因爲他們有很多打擊樂器。

終於，一個面容疲憊的女祭司走出宮殿來，在萊聲的面前一鞠躬：「女神閣下願意見您了。」

「嗯？」萊聲說，「噢，那個呀。現在嗎？但我想聽完這一首歌。」

女祭司抬起頭來看他。「我——」

「哦，好吧好吧。」萊聲說著，站起身來。

□

奧母還在她的請願廳裡，聆聽人們的請願。萊聲在門外徘徊——這裡和宮殿其他地方一樣，依照復歸神的身形設計。他對自己皺起眉頭。

偌大的請願廳外，百姓列隊等著傾訴他們的心願，廳內的奧母坐在一張寶座上。就女神而言，奧母的身形矮壯而結實，而且她長著白頭髮，臉上有皺紋，令萊聲總覺得她是這神殿中的異類。若論身體年齡，奧母是諸神中最年長的。

萊聲已經很久沒來看她了。他悠悠地想著：我上一次來到這裡，是寧視兒放棄駐氣的前一晚……那一夜，我們在這裡共進晚餐，卻也是她的最後晚餐。

從那之後，他就不曾再到這裡來。他來做什麼？他跟奧母相熟，完全只是因爲寧視兒。在那段日子裡，奧母常常直言不諱地說出自己對萊聲的看法。至少，她誠實以對。

比他對待自己要誠實多了。

他步入請願廳時，她沒去理會，仍然坐在她的寶座上，有一點點駝背，正聽著一個男人說話。那是個半老的男人，站姿有點兒怪，拄著一根枴杖。

「……孩子們都吃不飽，」男人說時，眼神低垂。「我買不起食物。要是我的腿好起來，我就能回碼頭去掙錢。」

「你的信念很值得嘉許。」奧母說，「告訴我，你的腿怎麼了？」

「我是因漁船事故而受傷的，閣下。」男人說，「幾年前有一場霜害，農地歉收，所以我離開高原來到港口，在風雨船隊找了一份工作；風雨船隊專門在春天的暴風雨季出海捕魚，不像別的漁船都留在港裡避風。事故發生時，有個木桶打中了我的腿，從此我就瘸了，再也不能上船工作。」

奧母邊聽邊點頭。

「我來找您是萬不得已，」他說，「實在是因爲我的妻子也病倒了，我的小女兒沒有奶喝，哭得很可憐……」

奧母伸出手去，輕輕撫那男人的肩：「我明白你的處境，但你的問題並沒有你所想的那麼嚴重。去找我的大祭司。我在碼頭區有個非常忠實的信徒，你還有雙好手，可以靠補漁網賺錢。」

男人抬起頭來，眼中閃爍著希望的光芒。

「我們會讓你帶足夠的食物回去給家人，直到你領到工資爲止。」奧母說，「帶著我的祝福，去吧。」

男人跪了下去，放聲大哭。「謝謝您，」他邊哭邊呢喃，「謝謝您。」

祭司們走上前，將男人帶出請願廳。屋裡沉寂下來，奧母這時才迎向萊聲的視線。她向一旁頷首示意，便有一名男祭司走過來，手上捧著一隻被麻繩五花大綁的小毛球。

「聽說這是你的？」奧母問。

「啊，是的。」萊聲說時，臉色微微一紅。「萬分抱歉，我沒抓好它。」

「還碰巧向它發令，叫它尋找我？」奧母又問，「然後兜圈子邊叫邊跑？」

「那命令眞的生效了？」萊聲說，「有意思，我的大祭司還認爲松鼠的頭腦不可能了解那樣複雜的命令語呢。」

奧母嚴厲地瞪視著他。

「哦，」萊聲說，「我是說，『哎呀，笨松鼠，完全誤解了我的意思』。可敬的大姊，我向您致上最深的歉意。」

奧母嘆了一口氣，朝請願廳的一道側門擺擺手，萊聲便往那兒走去。奧母走下寶座，走在萊聲的後頭，身旁只跟了少數僕人。他發覺她走路時有一種老態，不禁思忖起來：**是我忘了，還是她的確變得更老了？**當然，復歸者是不可能增齡的，至少在年屆熟齡之後就不會了。

走出了請願廳，遠離了閒雜人等的耳目，奧母隨即氣沖沖地抓住他的手臂，劈頭就是臭罵：「你這彩色的蠢東西到底在搞什麼鬼！」

萊聲轉過頭去，挑起半邊眉。「呃，妳不肯見我，而且——」

「你想毀掉我們所剩無幾的威信嗎？白痴！」奧母罵道，「自從我們當中最好的神在幾年前死去後，城裡的百姓就開始認爲復歸者越來越軟弱無能了。」

「搞不好他們是對的。」

奧母大皺眉頭：「要是太多人存有這心態，我們會失去駐氣的來源。你想過這點嗎？你想過你的無禮和輕浮會賠上我們所有人的性命嗎？」

「所以那只是演戲囉？爲了繼續得到駐氣？」他朝身後的大廳一瞥。

「在過去，復歸者並不只是聆聽請願，聽完了點頭或搖頭；」奧母說，「他們會願意花時間聽人們傾訴心事，然後爲他們想辦法，盡自己的力量去協助他們解決困難。」

「聽起來麻煩透頂。」

「我們是他們的神，豈會受小小的麻煩阻礙？」她給他一記白眼。「哦，當然，我們有自己的閒暇時間，不至於成日為了百姓的痛苦而憂煩。真是，我何必跟你白費脣舌？」她說完就掉頭，打算回到請願廳。

「我是來把我的死魂令交給妳的。」萊聲說。

她驀地停下了腳步。

「薄曦帷紡已經控制了兩組死魂令，」萊聲繼續道：「王國半數的兵權握在她的手裡，這點令我擔心。我並不是不信任她，只是不希望她過分掌權。萬一戰爭發生，薄曦帷紡將是哈蘭隼第二有力之人，僅次於神君。」

奧母打量著他，表情複雜。

「因此我想，為了制衡，最好的辦法就是讓另一個神也掌管兩組死魂令，」萊聲說，「這樣也許能讓她稍稍冷靜一點，不要衝動行事。」

奧母沒應聲。房裡一片靜默。

「寧視兒很信任你。」半晌，奧母開口了。

「我得說，那是她的缺點。」萊聲說，「女神也有缺點，或說某些特質看起來像缺點。我後來發現到，身為紳士，最好不要明講女人的缺點這種事情。」

「她是我們之中最好、最善良的神，」奧母說著，回頭望向請願廳中的人們。「她願意花一整天接見百姓，人民都愛她。」

「『底線藍描』。」萊聲說，「這是我的核心密語，拜託妳記下它吧。我會跟薄曦帷紡說是被妳逼的，到時她只會氣我軟弱。反正我也不是頭一次被她罵。」

「不，」奧母說道，「不，萊聲，我不會讓你這麼輕易就置身事外。」

「什麼？」他大吃一驚。

「難道你沒感覺到嗎？」她反問。「城裡開始不對勁了。義卓司人和貧民區的那些動亂，以及我們的祭司越來越偏激；」她搖了搖頭，「你想脫責，我不會讓你得逞。你是被挑選來肩負起這項責任的。就算你千方百計地僞裝，但你終究是個神，跟我們其他人一樣。」

「妳已經有我的死魂令了，奧母。」他自顧說道，轉身就要走。「妳想怎麼用就怎麼用吧。」

「『青綠鈴鐘』。」奧母說，「這是我的。」

萊聲怔住，僵在原地。

「現在，我們都各自持有對方的核心密語。」奧母接著說，「假使你剛才說的是眞話，那麼這個做法的確比較妥當。」

他暴跳起來，猛地轉過身去：「妳剛剛還叫我白痴，現在卻又信任起我來了？奧母，請妳別怪我粗魯，但妳是他彩的哪根筋不對啊？」

「我夢見你來，」她沉聲說道，正視他的雙眼。「一個星期前，我在貢品的繪畫裡也看到同樣的訊息。整整一個星期，我在畫作中看見各種不同的圓和圈，全都是紅色和金色的。你的顏色。」

「巧合。」他說。

她輕輕哼了一聲。「遲早有一天，你會被迫克服你那愚蠢的自私，萊聲。這些事不單只影響著我們，我已經決定要更加克盡我的職責，或許你也該認清自己，想想你現在在做的事。」

「啊，我親愛的奧母，」萊聲說道，「妳瞧，問題就在於妳有個錯誤的假設，以為我沒嘗試過能力範圍以外的事。實際上我試過，每次都釀成災難。」

「好吧，不論好壞，反正你現在有我的死魂令了。」年邁的女神掉轉過身，朝等著向她求助的人民走去。「至於我個人——我很好奇，等著看你如何處理。」

43

ivenna awoke sick, tired, thirsty, starving.

維溫娜醒來時渾身不適，想吐、疲倦、又渴又餓。

但還活著。

她睜開眼睛，感到一股陌生的知覺——舒適感。她在一張舒適而柔軟的床上。她立刻坐了起來，卻覺得天旋地轉。

「我要是妳就會小心點，」聽得一個聲音說，「妳的身體很虛弱。」

她眨了眨眼睛，聚焦看去，發現床旁邊有張餐桌，桌前坐了個人。那人背對著她，好像正在吃東西。

一把收在銀製劍鞘裡的黑劍，斜靠在桌沿。

「是你。」她開口，低聲地說。

「是我。」那人應道，嘴裡還嚼著東西。

她低頭看了看自己，原本穿在身上的連身襯裙，這會兒變成了一套柔軟的棉質睡袍，而且她的身上乾乾淨淨。舉起手，她摸摸自己的頭，發現髮絲已不再黏膩糾結，但仍是白色的。

全身上下這麼乾淨清爽，感覺好奇怪。

「你是不是強姦了我？」她平靜地問。

他哼了一聲：「我對和丹司上過床的女人沒興趣。」

「我可沒和他睡過。」她說道，但搞不懂自己幹嘛要對他聲明這點。

法槲轉過頭來，仍舊是那張鬍碴邋遢的臉，身上的衣服也一樣破舊粗濫，質料大概比她現在穿著的睡袍差。他看著她的眼睛，端詳了一會兒。「他把妳騙得團團轉，是吧？」

她點頭。

「白痴。」

她也點頭。

他轉頭回去繼續吃東西。「這間屋子的女房東，」他說，「我付錢叫她幫妳洗澡換衣服，料理妳的大小便，我沒碰過妳。」

她皺起了眉頭。「出了……什麼事？」

「妳記得在街上的打鬥嗎？」

「你的那把劍？」

他點點頭。

「只記得一點點，你救了我。」

「只是不想讓丹司手上多一個籌碼，」他說，「那個才重要。」

「反正謝謝你。」

他沉默了一會兒。「不客氣。」他最後說。

「為什麼我有生病的感覺？」

「爪癘，」法榭答道，「你們高原沒有這種病，蟲子叮咬就會傳染。妳搞不好幾個禮拜前就染上了，身體不好的人只要一得病就不會康復。」

她按著自己的額頭。

「妳這陣子八成過得很淒慘，」法榭又說，「暈眩、痴呆，又捱餓。」

「對。」她說。

「活該。」他又繼續吃。

她動也不動地在床上坐了好一會兒。他吃的餐點聞起來好香，但也許有人在她昏睡時餵她吃過東西，所以她現在並沒有如預期地餓得發慌，只有輕微的空腹感。

「妳應該再睡一下。」他說。

「你想把我怎麼樣？」

法榭沒回答。「妳那些生體彩息都給了丹司嗎？」他自顧自地發問。

她先是一怔，想了想。「對。」

他斜眼瞥來，顯然狐疑。

「沒有，」她只好承認，看向旁邊。「我弄到我的披肩上去了。」

便見他站起身，走出了房間。逃跑的念頭只在她的腦海出現一秒鐘，因爲她在下一秒就跳下床往餐桌奔去，大口地吃起剩下的食物——一條油炸的魚。她再也不怕海鮮的味道了。

法榭回來，在房門口停下了腳步，看著她狼吞虎嚥地啃那些魚骨。他倒沒叫她走開，相反地，他只是拉過另一把椅子坐下來。讓她吃了一會兒，他才舉起那條已經被洗乾淨的紅色披肩。

「是這個？」他問。

她停下了動作。一塊魚肉屑黏在她的臉頰上。

他把披肩放在她手邊的桌面上。

「你要把它還給我？」她問。

他聳肩道：「假如裡面真的有駐氣，我也拿不出來，只有妳能辦到。」

她拿起了披肩。「我不知道命令語。」

法榭揚了揚眉毛，納悶地看著她：「妳沒識喚我那些繩子就自己掙脫？」

她搖搖頭。「那是我猜出來的。」

「我眞該把妳的嘴堵牢一點。妳說妳『猜出來』是什麼意思？」

「我從來沒用過駐氣，那是頭一次。」

「噢對，妳是王室的支系。」

「什麼意思？」

他沒回答，只是搖了搖頭，然後朝那條披肩指一指。「『你的駐氣為我所有。』」他說，「就是妳的命令語。」

她把手掌放在披肩上，照著說了一遍。驟然間，一切都變了。

暈眩消失了，與周遭事物的隔離感也不翼而飛。她喘著氣，為那份喜悅而滿心震撼，甚至那感覺太過強烈，以致於她連坐都坐不穩，摔下椅子之後還兀自顫抖。這實在太奇妙了。她能感應到生命，感應到法榭的周身散發著飽和明亮的美麗光暈。她又活了過來。

她沉浸在那個感覺之中，久久無法言語。

「第一次得到時，感覺會很震撼。」法榭在一旁說道：「放出去後隔一、兩個鐘頭收回來，也還不算太差。但要是隔幾個禮拜，甚至只要幾天，取回駐氣時的感覺就又會像第一次那樣。」

維溫娜禁不住微笑，體會著奇妙，爬回椅子上，抹抹嘴說：「生病的感覺都不見了！」

「廢話，」他說，「我要是沒猜錯，妳的駐氣至少有第三級增化的水準，這輩子都不會再生病，可能也不太會變老。當然，前提是一直都保有這個駐氣量。」

她驚恐地抬頭看他。

「不，」他說，「我不會逼妳把駐氣交給我，雖然我也許該這麼做才對。公主，比起妳的駐氣，妳本人才是個大麻煩。」

維溫娜回頭繼續吃，心裡已感到踏實多了。過去這幾個禮拜是場惡夢，像虛幻的泡影，偶然地浮現，與她原本的人生並無關聯。回想坐在大街上伸手要錢的那個乞丐，那是她嗎？她真的露宿街頭，在爛泥堆中生活嗎？她眞的動過賣淫以求溫飽的念頭嗎？

對，那都是她。她不會只因爲重新擁有駐氣就忘掉一切。可是，道德和尊嚴的沉淪會不會是因爲褪息所致？染病時的神智不清是否也有影響？不論如何，那段日子只在絕望的階段就打住，已經是不幸中的大幸了。

「好吧，」法榭邊說邊起身，拿起黑劍。「該走了。」

「走去哪？」她疑懼地問，想起上一次遇見這男人時被他又是綑綁又是責打，還被逼著去摸那把怪劍，最後還被堵住嘴巴囚禁。

毫不理會她的憂慮，他將一疊衣服扔向餐桌。「換上。」

維溫娜拿起衣服檢視：粗布厚長褲、長罷襯衫、背心，各是深淺不同的藍色，另外還有幾件顏色略暗的汗衫。

「這都是男人的衣服。」她說。

「實用方便就好，」法榭說著，逕往門口走去。「我不會浪費錢買妳的漂亮禮服，公主。妳要穿慣。」

她張著嘴呆在那兒，隨即閉上，放棄抱怨。之前的那段日子，她只穿了一件幾近半透明的連身薄襯裙就在大街上跑來跑去，這會兒還有什麼好抱怨。懷著感激，她收下那些衣服。

「請問，」她轉過頭叫住他，「謝謝你給我這些衣服，不過可以請你至少告訴我，你打算怎麼處置我嗎？」

法樹在門邊慢下腳步：「我有差事要妳去做。」

她打了個哆嗦，想起丹司讓她看見的那些屍體，以及法樹殺過的人。「你又要去殺人，是不是？」

卻見他回過身來，蹙著眉頭：「丹司正在搞一樁陰謀，我要去妨礙他。」

「丹司是為我做事，」她說，「他是假裝效忠我，不過他幹下的那些事情都是出於我的命令。他玩的把戲只是為了讓我沾沾自喜。」

法樹爆出一陣大笑，令維溫娜面紅耳赤，頭髮也變成了紅色；在目睹帕凜的死狀之後，這是髮色頭一次反應了她的情緒。

這感覺是如此地不真切。在街頭流浪了兩星期？感覺起來好像不只。而現在她忽然一身潔淨，肚子也塡飽，隱約覺得重拾了往日的自我。部分原因來自於駐氣。這美麗而神奇的駐氣，她再也不想放手。

不，這麼想根本就不是昔日的她。那麼此刻的她是誰呢？而這點還重要嗎？

「儘管嘲笑我，」轉過身，她正面對著法樹說：「我只是盡我所能去做。我想在即將來臨的戰爭中幫助我的同胞，對抗哈蘭隼。」

「哈蘭隼不是你們的敵人。」

「它是，」她厲聲說，「它正準備發兵攻打我國。」

「祭司們的行動自有他們的理由。」

維溫娜嗤之以鼻：「丹司說，人人都認為自己做的事情是對的。」

「丹司就是在這方面太聰明，專為他自己的好處盤算。他在玩弄妳啊，公主。」

「你是什麼意思？」

「妳從來都沒想過嗎？」法榭反問她：「攻擊補給車隊？煽動義卓司的窮人造反？向他們重申瓦爾的自由誓言，喚醒才不久前的記憶？帶妳去給地痞頭子看，讓他們認為義卓司正努力顛覆哈蘭隼政府？公主，妳說人人自認有理，所以反對妳的人都是自欺；」他也直視她的雙眼：「難道妳不曾停下來想想，也許妳根本就是站在錯的那一邊？」

維溫娜怔住了。

「丹司不是為妳工作，」法榭又說：「他甚至連假裝為妳工作都沒有。他受雇於特提勒城的某人，目標是引發義卓司與哈蘭隼之間的戰爭，這幾個月來就利用妳去推動這件事。我還在思考他們的動機，誰在幕後主使，以及戰爭會給他們帶來什麼樣的好處。」

維溫娜跌坐在椅子上，眼睛睜得很大。不可能，他一定說錯了。

「妳是個完美的棋子，」法榭說，「妳讓貧民窟的人想起自己的純正血統，幫丹司促成他們的團結。諸神宮廷裡的主戰氣氛的確是一觸即發，卻不是因為他們恨義卓司人，而是因為他們感覺自己已被你們這些叛亂份子攻擊了。」

他搖了搖頭：「眞不敢相信妳竟沒發現自己闖了禍，我還以爲妳一定是蓄意跟他合作挑起戰爭。」他瞄了她一眼，「算我低估了妳的愚蠢。快換衣服吧，不知是否還來得及補救你們之前幹的好事，反正我打算試一試。」

□

這一身衣服好奇怪。長褲包著她的大腿，感覺像是雙腿露在外頭，而且腳踝處沒有裙襬磨擦，感覺不對勁。

她一聲不吭地走在法榭身旁，垂著頭。頭髮短得無法紮成辮子，但她無意令它再長，因爲那會從她虛弱的身體汲取營養。

從義卓司貧民窟穿過時，維溫娜像隻驚弓之鳥，每個聲響都令她嚇得想跳起來，而且她不停地想回頭看身後是否有人跟蹤。是一個不良少年等著偷她的乞討所得？是一幫混混想把她抓去賣給丹司？是那些灰眼珠的死魂兵來大開殺戒？就在路邊，一個無家可歸的女孩睜著明亮的雙眼盯著他們看，那張臉沾滿煤灰以致於看不出年紀。維溫娜看得出那雙眼中的飢渴。那女子正在思考要不要下手偷他們的東西。

顯然是法榭手中的大劍嚇跑了那女孩。看著她莽撞地鑽進一條暗巷，維溫娜的心中有一絲古怪的同理感。

天啊，她想。那眞的是我嗎？

不，那女孩比她精明多了。維溫娜天眞又無知，連自己被綁架了都不知道，爲虎作倀而挑起戰端也沒發現。

難道妳不曾停下來想想，也許妳根本就是站在錯的那一邊？

她不確定該相信什麼。以前太輕易相信丹司，讓她現在不敢立即接受法榭的說詞。然而，她的確看出了某些端倪，證實法榭所言不假。

回想起來，丹司總是帶她去見城裡的次要人物，不單是因爲受限於他自己的傭兵身分，也因爲那種層次的人更有可能偏好戰爭帶來的混亂。攻擊哈蘭隼的補給固然可以拖延戰事，卻也會逼得祭司們寧願在國力尚強時發動大規模攻勢。補給上的損失也會更加激怒祭司們。

想到這裡，她的心中爲之一寒。「丹司讓我以爲戰爭是無法避免的，」維溫娜低聲地說，「我父親也認爲那無法避免，每個人都說戰爭即將發生。」

「他們錯了。」法榭說，「幾十年來，哈蘭隼和義卓司之間的戰爭氣氛一直處於緊繃狀態，但絕非必然。這個王國若要開戰，得先說服復歸者，而那些復歸者的心思其實只放在他們自己身上，根本就不想要戰爭來破壞現狀，於是有心人把腦筋動到祭司身上去。說動祭司去辯論，讓諸神漸漸被洗腦。」

維溫娜看著滿街五顏六色的垃圾，若有所思地喃道：「我果然沒用，是吧？」

法樹俯眼朝她一瞥。

「先是我父親改派我妹妹去嫁給神君，本來應該是我要去的。跟著來到這裡，一來就被丹司給控制住，弄得連自己在做什麼也沒搞懂。等到好不容易逃脫，又沒本事靠自己一個人的力量過日子，被搶被揍也無能爲力，流浪在街上連一個月都撐不下去，最後還是被逮。現在你又說是我一手把自己的同胞推向戰爭。」

法樹哼了一聲：「少往自己臉上貼金了。丹司老早就在暗中策動這場戰爭，我得到消息說義卓司大使就是被他收買的。再加上哈蘭隼政府內部也有人在搞鬼，就是丹司眞正的雇主。」

這一切如此混亂。法樹和丹司的說法都各自有理，她得了解更多才行。「你覺得會是誰雇用丹司？」

法樹搖搖頭：「我認爲是諸神之一——或者諸神中的某個派系，也可能是自作主張的祭司。」

他們陷入沉默。

「爲什麼？」維溫娜問。

「我怎麼知道？」法樹道，「我連那幕後主使者是什麼人都不曉得。」

「不，」維溫娜說，「不是這個。我是問你爲何介入？你爲什麼會關心這個？」

「因爲……」法樹開口。

「因爲什麼？」

法樹嘆了一口氣：「公主，妳聽著，我不像丹司那樣會講話，而且我壓根不喜歡跟人打交道。

別指望我跟妳談天，可以嗎？」

維溫娜閉上了嘴巴，頗感意外地想道：他若是想操縱我，那他的方式可眞奇怪。

這時她發現，原來他們的目的地是一棟位於街角的破爛建築。那一帶近乎廢墟，令維溫娜看傻了眼，甚至不由得納悶：那樣的破屋是如何蓋出來的？難道人們故意把房子建成那樣？這一區曾經是都會的一部分嗎？就像別的貧民窟，曾經也是這城市的繁榮區域，只是後來沒落了？

見她站在那兒發愣，法樹暴躁地將她拉到破屋門口，接著用劍柄重重地敲門。嘎地一聲，門開了一條縫，有雙緊張的眼睛向外探望。

「走開啦。」法樹粗喝，不耐煩地推開門，拉著維溫娜就往裡頭走。門後的年輕人一個踉蹌，被門板擠到走廊的牆上，只能任由法樹和維溫娜走過去，然後默默把門關好。

被他這樣粗魯對待，維溫娜感到驚怕，或者有一點點生氣，但在經歷過悲慘生活之後，這也不算什麼了。法樹放開她，自顧自地踏著重步走下一道樓梯。維溫娜懷著疑懼跟在後頭，一面忍不住打哆嗦，因爲黑暗中的樓梯讓她想起丹司的那間地窖。幸好這兒完全不同。走到樓梯的底部，她看見一間鋪設著木質地板和牆飾的地下室，正中央鋪著一大塊地毯，好幾個大男人圍坐在地毯上。見到法樹走下來，兩、三人起身招呼。

「法樹！」一人說道，「歡迎。要不要喝點什麼？」

「不用。」

見法樹將他的劍往旁邊一扔，那些人不安地互望了一眼。劍身撞在木地板的聲音鏗鏘響亮，繼而滑了開去。然後他又伸手往後一抓，把維溫娜拎到面前。

「頭髮。」他說。

她遲疑起來。他在利用她，就像丹司那樣，然而現在她不敢惹他生氣，只有乖乖照辦。看見她當眾改變頭髮顏色，那些人的表情轉爲敬畏，好幾個人向她鞠躬。「公主。」其中一人輕聲稱道。

「和他們說，妳不希望他們搞戰爭。」法樹說。

「我不希望發生戰爭，」她坦誠地說，「我從來沒想要讓我的同胞去跟哈蘭隼打仗。我們會輸的，幾乎是肯定會輸。」

眾人轉向法樹。「可是她之前都在跟地痞頭子合作，她爲什麼改變了主意？」

法樹看著她：「說啊？」

她爲何改變了主意？她可曾改變過主意？一切都來得太快了。

「我……」她呑呑吐吐，「我很抱歉，我……我之前沒弄懂，我從來就不想要有戰爭。我以爲戰爭已經無法避免，所以才想在事前去規劃它。我也可能受到別人操縱就是了。」

法樹聽完點頭，就把她推開，不再理她了。那些人坐回地毯，他走過去和他們開始討論起事情，而她就一直站在原地不敢動。她的雙手交疊在腹部，拈著襯衫和長褲的陌生質感。

聽著他們的口音，她明白這些人都是來自義卓司，心中想道：**這下他們都看見了，我一個公主竟穿著男人的衣服。可是奇怪了，國難當前，我又經歷了這麼多慘劇，爲什麼還會在乎這種小事？**

「好吧，」法樹跨腿蹲坐在那兒。「你們要怎麼制止這局面？」

「等等，」其中一人說，「你指望那樣就改變我們的主意？公主說個幾句話，我們就要全盤照收你之前說的一切？」

「要是哈蘭隼開戰，你們就死定了。」法榭厲聲說道，「你看不出來嗎？你覺得貧民窟裡的這些義卓司人會有什麼下場？你以為現在就很糟了嗎？等著看敵人到時會有多慈悲吧。」

「法榭，這個我們知道。」另一人說，「可是你期望我們做什麼呢？屈服於哈蘭隼的次等待遇嗎？被他們同化去膜拜那些好吃懶做的神嗎？」

「你們要做啥我可不管，」法榭說，「只要不是去動搖哈蘭隼政府的穩定性就行。」

「也許我們是該承認戰爭將至，站出來對抗。」又一人說，「也許地痞頭子們是對的，我們就祈禱義卓司會打贏就好了。」

「哈蘭隼人恨我們，」一個二十多歲的年輕人說道，他的眼中有怒火。「他們對待我們還不如大街上的那些雕像！在他們眼裡，我們比死魂僕還低等！」

這種憤怒我懂，我體會過。維溫娜吟味著，*而我心中仍有對哈蘭隼的憤怒*。

然而，如今聽來，男子的話卻有一份空洞。真相是，她並沒有在哈蘭隼人身上感受到任何的憤怒；若說曾經感受過什麼，就只有冷漠。對他們而言，她只是大街上的一副軀體。

也許那才是她痛恨哈蘭隼的真正原因。回想這輩子，她一直為了做他們的國母而努力——在她的思想中，她始終被一頭妖怪占據，而那頭妖怪就是哈蘭隼和神君。結果呢？搞了半天，她發現這個城市根本就沒把她當一回事，這城裡的人也不把她當一回事。她對他們而言毫無意義，而這點令她惱火。

這時候，一個年紀較長、戴著一頂舊黑帽的男人沉痛地搖了搖頭，開口道：「人心惶惶啊，法樹。半數的男人忿忿不平地說著要攻進諸神宮廷去，女人們都在儲備糧食了。年輕人甚至跑去參加祕密組織，到城外叢林裡尋找卡拉德的傳奇部隊。」

「他們相信那老掉牙的神話？」法樹問。

那人聳了聳肩：「至少它帶來希望。一支強大得足以終止眾國大戰的隱藏軍隊。」

「小孩子相信神話還不算是最可怕的，」另一人說，「可怕的是我們的年輕一輩竟然想要去動用死魂兵啊！卡拉德陰魂作祟了，我呸！」

「其實那也表示我們都處於絕望，」另一個年長的男人說，「法樹，外頭人們已怒不可遏，我們阻止不了暴動。在幾週前的那一場屠殺之後就更不用說了。」

法樹一聽，重重地在地上捶了一拳：「那正中他們下懷！你們這些呆子還看不出來嗎？你們正在給敵人製造出兵的藉口！攻擊貧民窟的那批死魂兵不是政府當局派的，而是有心人弄幾個破爛的死魂兵混在警衛裡，趁著臨檢來殺人，好把局面弄到越來越醜陋！」

維溫娜心中大驚。什麼？

「哈蘭隼搞神治體制，搞出來的政治結構頭重腳輕，外加一幫愚蠢又墨守成規的官僚。」法樹說道，「它從來就不會有所作爲，除非是有人在背後推它一把！主戰派就是想看到我們在大街上公然暴動。」

聽著法榭的陳述，觀察著其他人的反應，維溫娜的心裡有了想法。

我能助他一臂之力。在某方面，她本能地了解這群人，但法榭顯然不能。他的辯述很好，也合情合理，卻沒有眞正探觸到這些人的心。他需要的是公信力。

她有能力協助，可她應不應該提供呢？

現在的維溫娜已經不知道該怎麼看待這一切了。如果法榭是對的，那就表示她曾經被丹司當成傀儡來操弄。她確信自己的確是遭到操弄，可是法榭會不會也在對她做同樣的事情？

她想要戰爭發生嗎？不，當然不想。不必戰爭，義卓司的國勢就已經夠艱困了；打勝仗就更不用說，那根本只是妄想。她之前都在致力破壞哈蘭隼的備戰能力，怎就偏偏沒想到可以預先制止戰事呢？

不，其實我想過。她驚覺。**還在義卓司的時候，那就是我原本所想的：等到嫁給神君，我要當面向他說明，讓他打消開戰的念頭。**

是維溫娜自己放棄了這個計畫，不，她是被洗腦而決定放棄的——一者是她父親的憂慮，二者是丹司的巧言令色。重點是，她的最初衷是防範戰爭發生，因爲那是保護義卓司的最佳方式，也同時是保護希麗的最佳方式。維溫娜知道，她曾一度放棄去救這個小妹，心中堆滿了自己的仇恨和傲慢。

希麗已經落入神君的魔掌，阻止戰爭也保護不了她，但是卻能夠使她不致成爲用來威脅義卓司的人質，或是一只被犧牲的棄卒，甚至保住她的性命。

對維溫娜來說，那就夠了。

「太遲了。」一名男子說道。

「不，」維溫娜出聲了：「求求你們。」

圍坐成圈的男人們愣了一愣，目光都集中到她身上。她走過去，雙膝跪下：「請你們別那樣說。」

「可是公主，」一人道，「我們能怎麼辦？地痞頭子都在挑撥人心，他們比我們有權有勢。」

「你們一定有些影響力。」她說，「你們看起來都是有想法的人。」

「我們只是一幫有家有眷的勞工，」另一人說，「沒錢沒地位。」

「可是別人會聽你們的？」她問。

「有一些會。」

「那就告訴他們，我們其實有別的選擇；」維溫娜說時，深深地低下頭去。「要他們堅強起來，不要像我。這貧民窟裡的義卓司人——我見識過他們的韌性，你們若能講給他們聽，讓他們明白自己被利用了，也許他們就不會再被操縱下去。」

眾人不發一語。

「我也不知道這個人所說的是否全都是眞的，」她朝法樹看了一眼，繼續說：「但我很肯定，義卓司絕對贏不了這場戰爭。我們應該做的是盡一切努力預防衝突，而不是反過來推動它。」她感覺到一滴淚水滑落臉頰，頭上的髮絲在這時漸漸轉白。「你們都看得出來，我……已經不再有一個公主應有的矜持，不配再做奧斯太的追隨者。我讓你們蒙受恥辱，但求你們別讓我的失敗連累大家。哈蘭隼人並不恨我們，甚至根本就不在乎我們，我知道就是這點令人沮喪。然而，倘若你們用暴動和破壞去刻意引起他們的注意，那他們只會改變態度，轉而用憤怒去攻擊我們的故鄉。」

「那我們就這樣算了嗎？」那個年輕男子問道：「任他們踐踏我們？就算他們是無心的又怎樣？我們還是被踩在腳底下。」

「不，」維溫娜說，「一定有更好的辦法，哈蘭隼人現在有了個來自義卓司的王妃。多給他們一點時間，也許就能消除他們的偏見。我們一定要把力量集中起來，不要讓他們開戰！」

「公主，妳的話都有道理，」戴帽子的那長者說：「可是──請原諒我的言辭──我們這些搬來哈蘭隼的人，已經很難再去在乎祖國了。我們還沒離開時，國家就令我們失望，就算現在要回國去，也不太可能。」

「我們還是義卓司人，」另一人說道，「不過……哎，這邊的家更重要。」

若是在一個月前聽到這番話，維溫娜會覺得受冒犯，但在街頭流浪過之後，她已約略明白絕望可以使人改變到什麼地步。家庭得不到溫飽，心懷祖國又有什麼用？她不能責怪他們的心態。

「你以爲義卓司被征服了，日子就會變好嗎？」法榭問，「萬一戰爭發生，你們受到的待遇只會比現在更慘。」

「我們確實有別的選擇，」維溫娜說，「我了解你們的困境。如果我回去向國王說明，也許能想個辦法把你們送回國。」

「回義卓司？」一名男子說，「我們一家人搬來哈蘭隼都已經五十年了！」

「是，但只要義卓司的國王在位，」維溫娜說，「你們就有靠山。我們可以致力於外交，讓你們過得好一點。」

「國王又不在乎我們。」另一人說著，語帶悲傷。

「我在乎。」維溫娜說。

而她的確在乎。說來詫異，比起留在家鄉的同胞，她隱約覺得自己與這城市裡的義卓司人更親近；她了解、體諒，也認同他們。

「我們一定要另外找方式，在不散播仇恨的情況下讓哈蘭隼注意到你們所受的苦。」她說，「一定有辦法。如我剛才所說，我的妹妹現在已經是神君的妻子，藉由她，也許能促使神君改善貧民窟的景況，讓他是出於憐憫百姓的心而這麼做，不是懼怕於我們可能造成的動亂。」

她繼續跪著，在這些人的面前滿懷羞愧；爲了她失態的落淚，爲了不得體的穿著，爲了這一頭參差不齊的短髮，以及她是如何徹底地辜負了他們。

我竟然那樣輕易地被擊倒？我，一個從容有備的人，那樣地自持，卻變得那樣地易怒，以致一心想著只要哈蘭隼付出代價，卻忽略了人民的需求？

「她是眞心的，」眾人沉默了一會兒後，一人如此開口。「我相信她。」

「我不知道，」另一人說，「我還是覺得太遲了。」

「縱使眞的太遲，」維溫娜接口，仍然低頭看著地面：「你們又有什麼損失呢？想想你們可能挽救多少性命吧。我保證義卓司再也不會遺忘你們。假如你們與哈蘭隼和平共處，那麼當你們回來故鄉時，我確信你們在鄉親的眼中都會像英雄那樣風光。」

「唷，英雄？」一人說道，「這倒不錯，比起離鄉背井又寄人籬下的可憐蟲要好。」

「拜託你們。」維溫娜低聲地說。

「我就試試看吧。」其中一人說道，站了起來。

另外有幾個人也隨後表示贊同。他們紛紛起身，跟法榭握手，然後離開。維溫娜仍舊跪在那兒。

眾人散去，屋裡只剩下她和法榭。他走到她面前，坐了下來。

「謝謝。」他說。

「我不是爲了你而做的。」她囁嚅道。

「起來吧，」他說，「我們走，我還想見別的人。」

「我……」她坐著不動，無法理解這紛亂的心情。「我爲什麼要照你的話做？我怎麼知道你不是在利用我、騙我？像丹司一樣。」

「妳是不知道，」法榭走向角落，拿回他的劍：「反正妳只能照做。」

「那我是囚犯嗎？」

他向她一瞥，又走回來蹲下：「聽著，戰爭對義卓司不利，這點妳我都同意。我不會帶妳去打家劫舍，也不會逼妳去見地痞流氓。妳要做的就只是對人說妳不希望戰爭發生。」

「那如果我不願意這麼做呢？」她說，「你會逼我嗎？」

他盯著她看，然後無聲地咒罵了一句，起身從懷裡掏出裝有東西的袋子，朝她一扔。袋子正中她的胸口，掉在地上時發出叮噹的響聲。

「滾，」他說，「回義卓司去。我自己來，不用妳了。」

她沒動，瞪著那包東西，聽著他走向樓梯。

「丹司利用我，」她聽見自己可憐兮兮地說：「最糟的是，我到現在都還覺得這只是場誤會。我覺得他真的是朋友，我應該去找他，問清楚他的動機跟想法。也許我們雙方都只是處於困惑。」

她閉上眼睛，把頭靠在膝蓋上。「可是我也記得他做的事。我朋友帕凜被他殺了，我父親派來的士兵也是，我明明看見他們的屍體塞在麻布袋裡。我真的不懂。」

法樹沒應聲。

「妳不是第一個被他拐騙的人，公主。」他終於開口，「丹司……他在這方面很有一套。他那種人有可能壞到骨子裡，卻又風趣而有魅力，讓人願意聽他的，甚至喜歡跟他相處。」

她抬起頭，噙著淚水眨了眨眼睛。

法樹把臉轉向一側。「至於我，」他看著一旁說：「我不是那樣。我很不會講話，我會心情不好，我對人凶，所以不太受人歡迎。但我向妳保證，我不會欺騙妳。」他迎向她的視線，「我想要阻止這場戰爭。對現在的我來說，只有這件事最重要。我說話算話。」

她不確定是否該相信他，卻發現內心很想這麼做。她想：**白痴，妳又要被人利用了。**

這一路走來，每件事都證明她沒有識人的眼光，但她還是不想撿起那一袋錢。「我願意幫你。前提是我眞的只是去跟人說我想使義卓司不受傷害，沒有別的。」

「那就夠了。」

她又想了一下：「你眞的認爲我們能阻止戰爭？」

他聳聳肩，說：「也許可以。前提是我能忍著不把這批老是幹蠢事的義卓司人打到死。」

這人是個情緒管理不良的和平主義者，她遺憾地想。我們這樣的搭檔眞奇怪。不過，一個虔誠的義卓司公主卻擁有一身足夠養活一整個小村莊的大量駐氣，大概也好不到哪兒去。

「外頭還有好些類似這裡的地方，」法樹說，「我帶妳去見那些人。」

「好吧。」她站起身，盡量不去看那把劍。即使是現在，她仍然覺得那把劍令她作嘔。

法樹點頭表示讚許：「還有，以後每次見面的人數都不會多。我沒有丹司那樣的人脈，而且我和大人物不熟。我認識的都是勞工。今後我們還得去染坊，甚至是農場苗圃之類的地方。」

「我明白。」她說。

法樹沒再多說什麼，拾起了錢袋，領她走出了破屋。就這樣，我又開始會面之旅了。維溫娜心想。

只能希望，這次我是站在對的一邊。

44

iri watched Susebron with affection as he ate a third dessert.

希麗愛憐地看著修茲波朗吃下第三份甜點。深夜的寢宮裡，餐桌和地板上擺滿佳餚，有幾碟菜已經吃得一乾二淨，有些則只有動幾口而已。自從那一天以來，這一頓宵夜就成了他們兩人之間的小小慣例，現在他們每天晚上都命人在房裡備膳——當然，是在希麗一人的假床戲演完之後才這麼做。說到這假床戲，修茲波朗堅稱他看了只覺得好笑，希麗卻注意到他的眼神中充滿好奇。

可以確定的是，修茲波朗嗜甜。老愛管東管西的祭司們不在身邊，他簡直是肆無忌憚地大吃特吃。「我看你還是注意一下，」見他又吃掉一塊甜糕，希麗忍不住提醒：「這東西吃太多會長胖的。」

他伸手去拿寫字板。不，我不會。

「會啦，」她笑道：「人就是這樣才長胖的。」

我們神就不會。他寫道，我母親說過，凡人多運動會使身體結實，吃得多則肥胖。這種事不會發生在復歸者身上，我們看起來永遠是一個樣。

希麗無法辯駁，她對復歸者的所知有限。

義卓司的食物跟這裡像嗎？他又寫道。

她的微笑更深了。修茲波朗對她的故鄉總是如此好奇，連她都感覺到那其中的嚮往和渴望，包括能離開這座宮殿，自由自在地去看外面的世界。可是，他不想做個不順從的人，即使那些規矩非常嚴苛。

「我看我得加把勁，再把你帶壞一點。」她沒回答，而是逕自這麼說道。

他愣了一下。那和食物有什麼關係？

「沒有關係，」她說，「但我也不是隨便說說。修茲波朗，你這個大好人，實在好過頭了。」

諷刺？他寫道：希望妳真的只是諷刺而已。

「一半是的。」說著，她側躺下來，隔著這隨意鋪設的野餐毯看著他。

半諷刺？他問：是新名詞嗎？

「不是，」她嘆道：「諷刺裡偶爾也會有眞心話。我並不是眞的想讓你變壞，只是覺得你太聽話、太順從。你需要魯莽一點，多一份衝動和獨立心。」

被關在宮殿裡，有幾百個隨從包圍，很難衝動。他寫道。

「你說對了。」

不過我一直在思考妳說過的話。請不要生我的氣。

瞥見他的臉上有尷尬神情，希麗便坐直起身子：「好吧，你做了什麼好事？」

我跟我的祭司們說話了，用藝匠書法。

希麗的心中霎時一慌：「你把我們的事情說出去了？」

不，不。他寫得飛快，我只說我對於有孩子的事感到擔憂，我問我的父親為何在孩子出世後馬上就死了。

希麗微微蹙眉，因爲她有點希望是由自己來處理這類的協談，但她決定不干涉；若她也限制他做這做那，她就跟他的祭司們一樣了。受到生命威脅的畢竟是修茲波朗，他當然可以自己去面對這個問題。

「很好。」她說。

妳不生氣？

她聳了聳肩：「我剛剛才鼓勵你要衝動行事，這會兒可不能抱怨啊。他們怎麼說？」

他擦掉字跡，接著寫道：他們叫我不用擔心，說一切都會沒事。所以我又問了一次，他們還是給我模糊的回答。

希麗沒精打彩地點頭。

寫出這些話很令我痛心，但我漸漸認為妳是對的。我發現隨行衛兵和識喚術士最近特別跟得緊，昨天我們甚至沒出席宮廷合議會。

「這是個壞徵兆，」她同意道，「可惜我運氣不夠好，還沒找出線索。我後來又找了三個說書人進宮，但他們提供的訊息都沒有比霍德更完整。」

妳仍認為跟我所持有的駐氣有關？

她點了點頭：「你記得我跟崔樂第對話的那件事嗎？說到你的駐氣時，他充滿崇敬之情。對他來說，那是必須代代傳承下去的東西，就像傳家之寶。」

我的童話書裡有一則故事。修茲波朗寫道，講一把魔法之劍。一個小男孩從祖父手中得到它，後來才知道那把劍是當地的王權象徵，是必須代代相傳的寶物。

「這是什麼意思？」她問。

也許整個哈蘭隼君主政體只是為了守護這些駐氣才建立的。要在個人和世代之間安全穩當地傳遞駐氣，唯有利用人來當作宿主。所以他們創造出神君王朝，由君王來保管這筆財富，並將它傳給子孫。

希麗緩緩點頭：「那就表示，神君只是容器──就像我是生孩子的工具，神君則是魔法寶劍的劍鞘。」

沒錯。修茲波朗寫得又快又急，所以他們必須讓我的家族代代做國王，不讓這麼大量的駐氣外傳出去，否則別的復歸神和國王之間會爭權。

「也許是。而且每一代神君的妻子都會懷一個死胎，而這死胎又復歸，這倒是方便得離譜……」

她想著覺得不對勁。修茲波朗也察覺了。

除非那繼承人不是現任神君所親生。他寫下這一行字時，手在微微顫抖。

「奧斯太！」希麗驚呼：「色彩之神啊！正是！王國的某處有個嬰兒在出生前就死了，然後復歸。怪不得他們這麼急著要我懷孕！他們已經找到下一任神君了，只需要我們配合來演戲就好。讓我嫁給你，希望我們馬上生孩子，然後用復歸的嬰兒來調包。」

接著再殺了我，用某種方式取走我的駐氣。他接著寫，將它交給這個嬰兒，那孩子就正式成為下一任神君。

「等等，小嬰兒也會復歸嗎？」希麗問道。

會。他寫道。

「那嬰兒是如何復歸？受英雄精神或什麼崇高的美德而感召？」

修茲波朗沒有馬上回答，她看得出其實他不知該如何回答。在義卓司，人們都不相信復歸者是因爲實踐了某種美德才獲選得以重返陽世。復歸神是哈蘭隼的信仰。對希麗而言，她只覺得這是神學上的漏洞，並不想鼓勵修茲波朗繼續鑽這個牛角尖。希麗之前不肯相信他的神性，就已經讓他煩惱過了。

希麗往後坐：「那不重要，重要的是現實的問題。假如神君只是承載駐氣的容器，何必歷代換人呢？爲何不讓同一人繼續保管就好？」

我不知道。修茲波朗寫道，聽起來不合常理，不是嗎？也許他們怕囚禁單一任神君太久會有問題。或者，小孩子比較好控制？

「若是如此，他們應該要換得更勤一些？」希麗說，「有幾任神君在位超過了一百年呢。當然，這點很難說，搞不好只是歷任神君聽不聽話的問題。」

他們教我做的事情我都有做到！妳剛剛還嫌我太順從。

「和我相比，你是太順從啊；」她說，「但在他們的觀點，也許還嫌你不受教呢。畢竟，你膽敢把你母親留下的書本偷藏起來，之後又偷偷學識字。說不定他們深知你的個性，知道你不是個溫順的人，如今找到了機會可以換掉你，他們就決定動手了。」

也許吧。他寫道。

希麗繼續就剛才的結論思考。平心而論，這一切其實只是他們兩人的私下猜測，但人人都說復歸者不能生育，為何獨有神君的家系不同？可見這的確有可能是個障眼法，用來掩飾新舊任人選的交替。

在此同時，最重要的問題仍沒有得到解答：他們要如何將修茲波朗的駐氣取走？

修茲波朗往後靠，仰望著黑色天花板。希麗看著他，察覺他眼中的悲傷，於是便問：「怎麼了？」

他的姿勢沒變，只是搖搖頭。

「拜託你說嘛，怎麼了？」

靜靜坐了一會兒，他才低下頭來，在板子上寫道：如果事情真像妳說的那樣，那麼，撫養我的那個女人就不是我的母親了。我可能出生在宮外的任何一個地方，只是一復歸就被祭司找到，然後帶進宮廷來養育，當作是已故神君的「兒子」。

見他痛苦，她也覺得內心糾結。她爬過毯子，在他身旁坐下，勾住他的手臂，並且把頭靠了上去。

在我的人生中，只有她對我表現過真正的慈愛。他寫道，祭司們敬畏我、關心我——或者，至少我認為他們關心我。可是他們都沒有真正地愛我，只有我的母親用愛對待我。結果現在，我可能連她的真實身分都不清楚。

「是她把你養大，那麼她就是你的母親。」希麗說，「不論你是誰所生，都不影響這點。」

他沒有回應。

「或許她就是你眞正的母親啊，」希麗說，「既然他們要把你祕密地養在宮殿裡，可能也一併把你的親生母親帶進來。讓生母照顧總是比較好？」

他點了點頭，伸出手去環希麗的腰，另一手在板子上潦草地寫：也許妳說的對。不過，我現在反而懷疑她也許就是因此而死的，她本來是少數可以對我說明真相的人之一。

見他好像更傷心了，希麗將他攬得更緊，把頭貼在他的胸口。

請妳聊聊妳的家人。他寫道，我想聽。

「我父親時常對我感到失望，」希麗開始說：「但他還是愛我，眞的很愛我。他只是希望我能照他們的設想去做，因為他們都是為我好。而且……哎，我在哈蘭隼待得越久，就越後悔自己沒有聽他的話。至少聽一點點也好。」

「里哲是我的哥哥，我總是害他惹上麻煩。他是王位繼承人，我卻完全把他帶壞了，一直到他年紀夠大，懂得重視自己的義務和責任之後，這情況才好一些。他有點像你，有副好心腸，總是想要做對的事，但他沒像你吃這麼多甜食。」

修茲波朗微微苦笑，緊抱了一下她的肩膀。

「排行在我和里哲之間的是伐芬，不過我其實不太了解她。我還小的時候，她就去當修道士了——當時我很慶幸。義卓司的每個家庭都至少要送一名孩子出家去當修道士，這是義務。修道士要替窮苦人家耕種食物，打點城裡每件需要人手照料的事情。修剪樹木、清洗、粉刷，凡是公眾服務都要做。」

他將手收回來，扶著板子寫道：有點像國王，一生都在服務人民。

「就是說啊，」希麗說，「只不過他們不會被關起來，而且隨時都可以還俗。總之，我很慶幸出家的是伐芬而不是我。如果是我，那我一定會瘋掉。修道士要隨時隨地虔誠敬神，而且絕對要為全民做最低調又謙卑的榜樣。」

那妳的頭髮就不適合了。他寫道。

「你完全說對了。」她說。

不過，他寫時略略皺眉，妳最近不常變顏色了。

「我現在比較懂得控制它了，」希麗做了個鬼臉，「否則旁人太容易從髮色讀出我的心思。喏，你看。」說著，她立刻使髮色由黑轉黃，逗得修茲波朗微微笑，並用手指去梳弄微鬈的髮絡。

「排行老大的就是維溫娜，本來是她要嫁給你的，」希麗繼續說，「所以她這一生都在爲嫁來哈蘭隼而做準備。」

她一定恨我。修茲波朗寫道，知道自己終將要遠離家鄉，和一個完全不了解的男人一起生活。

「胡說，」希麗道，「維溫娜很期盼呢。我不覺得她有辦法感受到仇恨，因爲她永遠是那麼地穩重、細心又完美。」

修茲波朗皺起了眉頭。

「我的口氣聽起來有點苦澀，是嗎？」希麗嘆了一口氣：「我不是有意的，我眞的很敬愛維溫娜。她總是在我身旁，盯著我不讓我闖禍，有時也替我收拾殘局，連我都覺得她爲我操心過度。她這個大姊做得很辛苦，常常要替我解圍，老成持重地教訓我，然後覺得我沒受到應得的懲罰。」她停頓了一下，又說：「他們現在大概都在家裡，爲我擔心得要命吧。」

聽起來比較像是妳在擔心他們。他寫道。

「我是啊，」她說，「我常常去聽祭司們的辯論，那些內容都不樂觀。城裡有很多義卓司人，他們最近變得很不安分，以致於幾個禮拜前，城衛警終於不得不派部隊去一處貧民窟鎮壓。這對我們兩國之間的緊張情勢毫無幫助。」

修茲波朗沒寫字回應她，卻是重新伸出手去摟她的肩，把她更拉近一些。被他貼身抱著的感覺很好。眞的很好。

幾分鐘之後，他才放開她，笨拙地拿布擦淨寫字板，又寫了起來，妳知道，我剛才錯了。

「錯什麼？」

我寫我的母親，說只有她對我表現過真正的仁慈和愛。其實不是，還有一個人也如此對待我。

他停下筆來，注視她，然後再回頭寫道，妳本來不必對我表現慈愛。妳大可以恨我，因為我害妳離開家人和故鄉。可是，妳教我閱讀和寫字，與我做朋友。愛我。

他又抬起頭來望著她。她也望著他。然後，帶著猶豫，他俯下身去吻她。

噢，天啊……希麗暗想，腦中蹦出十幾個反對的念頭，但她發現自己竟無法動彈，無法抗拒，根本什麼也不能做。

除了回應他的吻。

她感覺到一陣躁熱。她知道他們得停下來，以免祭司們如願以償。這些她都知道，可是隨著這個親吻，反對的理性越來越薄弱，她的呼吸也急促起來。

他停了下來，顯然不知道接著要做什麼。希麗仰望著他，微微地喘氣，然後將他扳向自己，再度親吻他，同時感覺到自己的髮絲變成了熱情的深紅色。

就在那一刻，她決定不再去想別的事。修茲波朗不懂，不過她懂。我的個性實在太急躁。她一面想，一面脫下襯衣。以後在控制衝動這方面需要多下點工夫。

對，以後。

45

hat night, Lightsong dreamed of T'Telir burning.

那天晚上，萊聲夢到特提勒城大火，神君死去，滿街的士兵。他還夢見衣著五顏六色的百姓被死魂兵殺害。

以及一把黑色的劍。

46

ivenna choked down her meal. The dried meat tasted strongly of fish, but she had learned that by breathing through her mouth, she could ignore much of the flavor.

維溫娜差點兒哽到，趕緊嚥下這口食物。這種肉乾嚐起來有很濃的魚肉味，所以她改用嘴巴呼吸，這樣就能忽略它的腥味。她一口一口地嚼碎、吞下，再喝幾口溫水，沖淡嘴裡的味道。

屋裡只有她一人。這是一間傍著屋牆加蓋的小套房，處在鄰近貧民窟的地區，法樹用幾個銅板的日租金租下，不過他此刻不在。他剛才匆匆出門去辦事情。

吃完飯，她往後靠，閉上眼睛。現在她正處於累到反而睡不著的程度。當然，這房間非常之小，小到甚至無法讓她完全伸展手腳，但這點跟她睡不著並不相干。

法樹說以後會忙得不可開交，此話並沒有誇大。他們東奔西跑，一一面對不同的義卓司人，讓她對他們陳述，勸慰他們，乞求他們不要爲戰爭推波助瀾。沒有餐館，沒有穿華服、帶保鑣的角頭老大和餐敘，只有一群又一群疲勞的男男女女，多半是平凡的勞工階級，甚至大部分並不住在貧民窟裡。可是，他們都是特提勒城內義卓司社群的一份子，而且有能力改變親戚朋友們的想法。

她喜歡這群人，也重視他們。同樣是四處奔走，但與以前和丹司配合的時候相比，這次行動的感覺好太多了。至少到目前為止，她能感覺法榭是一貫地誠實相待，因此她決定相信這股直覺。眼下，那就是她的決定，而它意味著要幫助法榭。

法榭沒問她是否想繼續做下去，只是帶著她一站又一站地走訪，要她自己跟上。她照辦，與同胞見面，乞求他們的原諒，承受著一次次情緒上的摧折，時常覺得心彷彿要被抽乾。她不確定是否能彌補自己過去的作為，但她很願意去試，而這股決心似乎令法榭對她另眼相看，只是他不大情願對她投以尊敬的態度——倘若跟丹司相比的話。

丹司從頭到尾都在耍我。她仍然不願意接受這個事實，甚至有點兒想忘掉。在這個罐頭般的小房間裡，看著面前空無一物的牆壁，她不由自主地發起抖來。對她來說，近日的勞碌奔波是件好事，這樣她才不會多想。

想那些令人不舒服的事。

她是誰？在她所代表的一切，以及她曾經嘗試過的一切都在身旁瓦解之後，她該如何定義自己？她再也不是充滿自信的維溫娜公主。那個人已經死了，跟帕凜的屍體一起被扔在那間地窖裡。她的自信源於天真和幼稚。

如今，她明白自己多麼容易受人擺布。她知道無知的代價，見識過貧窮背後的殘酷真理。

然而，她也不是那個潦倒的女子——那個流浪街頭的遊民、小偷、飽受打壓的可憐蟲。那不是她。那段日子像場夢，因疏離的壓力和遭逢背叛的心靈創傷而起，又因褪息和病痛而加劇。若說那就是她，反而倒像是諷刺那些眞正在街頭討生活的人——她曾經藏身在他們之中，試圖模仿他們。

然後呢？那一切把她變成了什麼？低頭下跪、默默懺悔，向小人物們懇切請求的公主？說穿了，那其中也有一些表演成分。她當然感到抱歉，她利用這遭受剝奪的尊嚴，當作是打動人心的工具。那不是她。

她是誰？

這迷你的小房間讓她覺得侷促，於是她站起來，推開門走出去。外頭雖不是貧民窟，卻也不是高級地段，只是處很普通的住宅區。街上的色彩同樣多得令人眼花撩亂，不過樓房都不高大，而且每棟都住了好幾戶人家。

她沿著街道走，留心路程，以免離那間租來的套房太遠。她走過路樹，欣賞樹上的花。

她究竟是誰？除去公主的頭銜和對哈蘭隼的仇恨後，還剩下什麼？她想過，她喜歡堅決果斷的自己。爲了要嫁給神君，她強迫自己去滿足周遭所有人的要求，付出努力和犧牲，以求達成目標。

她也是個僞君子。體會過什麼叫作眞正的卑微之後，她昔日的生活彷彿比任何彩色的衣裙都還要傲慢輕率。

她仍然信仰著奧斯太神，鍾愛五大願景的教義；謙遜、犧牲、視他人的困難爲優先。不過，她最近也開始思考，也許她就像許多人一樣把這個信仰看得太重，結果反而把謙卑當成了自尊的一種形式，追求起表象來了。她發現，當她用信仰的觀點計較起服裝而非人心時，那信仰就走樣了。

她想要學識喚術。爲什麼？這個欲望透露出什麼訊息？她願意接納這種不見容於宗教的工具，只爲了使自己更強大有力？

不，不是那樣的。至少她希望事實不是那樣。

近日以來的生活令她受挫，因爲她太常感覺到無奈，而這好像是她本性的一部分。她願意盡一切努力，只爲了確定自己不是無能爲力的弱女子；這是她以前在義卓司勤學不倦的理由，也是她學習識喚術的動機。她想儘可能掌握消息，爲今後可能發生的任何問題做好準備。

她想要變得機伶能幹。那樣也許是傲慢，卻是不變的眞理。她想學會所有生存在這世上所需的知識。待在特提勒的這段期間，最深刻的恥辱都是因她的無知所造成；她不願重蹈覆轍。

她對自己點了點頭。

該回去練習了。她回到小套房，拿出一段繩索——就是法樹曾用來拴綁她的那一條，也是她這輩子識喚的第一樣物品。取回上頭的駐氣之後，她仍留著沒丟棄。

走回屋外，她用兩指挾著繩索，邊扭邊思考。丹司教她的命令語都是直述式的簡句，像是「抓住東西」、「保護我」。照他的說法，意念很重要，那一次識喚繩索鬆綁時，她就是把繩索想像成是身體的一部分才得以成功。原來識喚術不只著重在命令語；命令語帶來生命力，而在腦中下達的指令，也就是意圖，則帶來具體行動和重點。

她走到一棵大樹旁，枝頭開滿了花，同時也有花瓣翩翩落下。她站在樹旁，觸碰樹幹，準備使用它的顏色，再將繩索舉到樹枝旁，說出命令語「抓住東西」，反射性地等待彩息釋出；儘管她已有心理準備，但在知覺驀然減弱的瞬間，心中仍竄過一絲恐慌。

繩索抽動了。然而，此次施術汲取的色彩不是來自樹皮，卻是來自她身上穿的襯衫。襯衫一褪成灰色，繩子就動了起來，像條蛇似地纏上樹枝，然後扯緊，摩擦樹枝並擦出聲響。奇怪的是，繩子的另一端扭來扭去，不肯安分。

維溫娜看著它，皺眉不解，過了一會兒才恍然大悟，原來繩索也想抓住她的手，因爲那隻手離它也很近。

「停。」她說。

繩子沒停，繼續緊纏。

「你的駐氣爲我所有。」她發令。

繩索停止扭動，彩息回到她身上。她把繩索解下，心裡想：**「抓住東西」是成功了，卻不夠精確。它去纏別的東西，也會來纏我的手指。如果把命令語改一下呢？**

「抓住樹枝。」她重新發令。彩息再度逸脫，而且這一次的量比較多。她的長褲褪色，繩索隨即纏繞樹枝，另一頭果然保持靜止。

她滿意地微笑。**原來如此，越複雜的命令句就需要越多駐氣。**

她再次收回駐氣。如同法樹所解釋的，這麼做沒有令她的感官受到衝擊，因爲間隔的時間並不長。要是隔了好幾天才收回駐氣，復原感就會格外強烈。有點像是品嚐美食時吃到的第一口。

低頭看看身上的衣褲，已經完全變成了灰色。出於好奇，維溫娜試著在這種情況下識喚繩索，結果什麼反應也沒有，撿起地上的一截小樹枝之後再試，這次就成功了。不同的是，小樹枝失去了色彩，可是她釋出的彩息量則比剛才要多很多。她推測，這可能是因爲斷枝的色彩並不豐富。此外，同樣是樹木的一部分，樹木的主幹卻不會提供色彩，或許表示有生命的物體不可使用。

丟掉小樹枝，她走回房間，找出幾條法榭的彩色手帕。帶著那些手帕回到大樹下，現在要怎麼做？可否讓繩索接受識喚命令，但不要立即執行？不過，該要用什麼命令語呢？

「聽我吩咐才抓住東西。」她發令。

沒動靜。

「聽我吩咐去抓住樹枝。」

依然沒動靜。

「抓住我指定的東西。」

沒反應。

卻聽得一個聲音在她身後響起：「妳叫它『拋出時抓取』。」

維溫娜嚇得整個人都跳了起來，立刻扭頭去看，原來是法榭。法榭站在那兒，隨性地拎著宵血的劍柄，肩膀上掛著他的布袋。

她尷尬得紅了臉，趕緊把視線移回繩索，依言重新發令。這次，手帕褪去了色彩，她的彩息也順利逸脫，而繩索軟趴趴地沒動。她繼而將繩子拋起，擊中一根橫垂的枝幹。

只見繩索立刻攀捲上去，將樹梢的枝葉也一併纏緊。

「管用呢。」維溫娜說。

法樹不以爲然地挑眉：「也許吧，不過很危險。」

「爲什麼？」

「把繩子拿回來。」

維溫娜一愣。繩索已離手，整段都纏在橫枝上，而那橫枝太高了，她跳起來還是搆不著。

「我習慣用長一點的繩子，」法樹說著，用宵血的鉤狀護手幫她把橫枝勾低。「這樣就可以一直將它握在手裡，不怕拿不回來，又可以隨時收回駐氣。」

維溫娜點點頭，同時從繩索收回駐氣。

「來吧，」他轉身往小屋走，「妳這一天可贏得不少注目禮。」

她皺了皺眉頭，這才發現有幾個路人停下了腳步在看她。「他們怎麼注意到我的？」她問，

「我的動作又不大。」

法樹冷笑一聲：「有多少人會穿得一身灰在特提勒走來走去？」

她的雙頰又是一熱，便不再吭聲，跟著法樹進到小屋。他放下布袋，把宵血靠在牆角。維溫娜朝那把劍瞟一眼，還是不懂它究竟是什麼東西。每次看著它，她就隱約反胃，回想起觸碰它時的強烈嘔吐。

還有腦中響起的那個聲音。她眞的聽見了聲音嗎？她問過法樹，可是法樹一貫沉默，死都不回

答。

「妳不是義卓司人嗎？」法樹問道，坐了下來。

「是。」她應道。

「就一個奧斯太的信徒來說，妳倒是出奇地沉迷於識喚術啊？」他閉著眼睛如是說，同時把頭靠在門板上。

「我不算是像樣的義卓司人，」她也坐下，「再也不是了，還不如學著善用我的工具。」

法樹點頭：「那就好。我也不懂奧斯群教義爲什麼突然唾棄起識喚術來。」

「突然？」

他又點頭，仍然閉著雙眼。「眾國大戰之前不是那樣的。」

「眞的嗎？」

「廢話。」他說。

法樹說話時常這樣，講得似是而非，卻又煞有介事，一派堅定。有些事在她聽來像是牽強附會，他倒能說得頭頭是道，毫不含糊，彷彿什麼都懂。怪不得他有時會說自己不擅與人相處，維溫娜也覺得沒錯。

「對了，」法樹這時睜開了眼睛，「那些魷魚妳都吃掉了？」

她點點頭。「那東西是魷魚？」

「對。」他邊說邊打開布袋，拿出另一片肉乾，舉起來問她：「還要嗎？」

「不用，謝謝。」她覺得噁心。

他微微一愣，看出她的表情有異。「怎麼？之前那片壞掉嗎？」

她搖頭。

「不然是怎樣？」他又問。

「沒事。」

他挑了挑眉，顯然不相信。

「我說沒事就沒事，」她別開視線，「只是我沒那麼愛吃魚罷了。」

「妳不喜歡吃魚？」他問，「這五天來我都讓妳吃那個。」

她默默地點頭。

「妳每次都吃。」

「你供我吃住，」她說，「你餵什麼我就吃什麼，我沒有意見。」

他皺皺眉頭，然後就自顧自啃起手中的魷魚來。他還是穿著一身破舊已極的衣裳，不過維溫娜跟著他跑了這幾天，發現他穿的衣服其實都滿乾淨。這麼看來，他顯然有辦法取得新衣服，只是偏要挑破舊而有磨損的去穿。他的臉上也總是掛著比鬍碴略長一點的雜亂短鬚，她從沒見法櫛動手梳理或修整，但它似乎也沒有長得更長。他是如何讓鬍子維持在固定的長度？是他刻意這麼做，或者只是她多心？

「妳和我原先想的不一樣。」他開口。

「我本來是，」她說，「幾個禮拜前是。」

「難說，」他咬下一口魷魚，大嚼特嚼。「幾個禮拜的街頭流浪才不至於造就這種頑強的韌性。妳那殉難的調調也是。」

她迎向他的注視。「我要你多教我一些識喚術。」

「妳想知道哪些？」他未置可否。

「我連這個都不知道該怎麼回答，」她說，「丹司才教了我兩、三句命令語，當天我就被你抓走了。」

法樹點了點頭。兩人就這麼坐了幾分鐘，沒人吭氣。

「然後呢？」她忍不住開口問。「你有話要說嗎？」

「我在想。」他說。

她挑高了半邊眉。

他的臉色一沉：「我使識喚術已經有很長很長的一段時間，我已經不懂得如何解釋給別人聽了。別催我。」

「沒關係，」她說，「慢慢來。」

便見他掃來一眼：「也別自以爲施恩。」

「我不是施恩，我是在對你客氣。」

「妳眞要客氣，語調裡就給我少一點優越感。」他說。

優越感？她暗怔。我才沒有優越感！她又朝他打量了幾眼，看他坐著嚼魷魚乾。和法樹相處久了，維溫娜漸漸不再覺得他可怕，但她卻越來越常生悶氣。她提醒自己：他是個危險人物，會用那把劍令人們自相殘殺，搞到全城屍橫遍野。

她的確動過幾次逃跑的念頭，最後覺得那不是明智之舉，便決定不再去想。法樹全心全意地遏阻戰爭，這一份付出無可挑剔，如同他頭一天在地下室所做的承諾——那鄭重而莊嚴的神情，始終烙印在她的心中。所以她相信他，試著相信他。

同時，從今以後，她都要把眼睛睜亮。

「好吧，」他終於說話了：「這樣也好。反正妳頂著一大圈明亮光氛在那裡走來走去又不會使用，我看了也煩。」

「哦？」

「嗯，我想我們應該先從理論開始講起。」他說：「生體色度有四大類實體，第一類最神奇，就是復歸者。哈蘭隼把他們叫作神，但我比較傾向稱之爲亡相宿主內的自覺含識色身。所有的色度實體中，只有這一類是自然發生的；理論上，天然形成的色度實體無法動用自身的生體色度，所以他們不能耗用這天賦的能量，也不能授讓出去。當然，其實每個生物都有與生俱來的生體色度，若從這點倒推回去，也能解釋第一類實體爲何保留著意識及知覺。」

維溫娜眨了眨眼睛，丈二金剛摸不著頭。她沒料到他會講這個。

「妳比較感興趣的是第二類跟第三類實體，」法樹繼續講解：「我把第二類稱爲亡相宿主內的無識身。這一類是人爲形成，廉價又簡便，就算用拙劣的命令語也能驅動。依照生體色度的平行定律：宿主的外形越接近生物，就越容易識喚。生體色度是生命的力量，所以它會去尋求生命的形貌，而這一點又牽涉到另一項定律——可比性法則。這個法則是說，識喚物體所需的駐氣量，未必與物體受識喚後的力量有關。一塊剪成正方形的布，跟一塊剪成人形的布，在識喚時所耗用的駐氣量會差很大，但一經識喚成功，兩者在本質上不會有差別。」

「這個道理很簡單。有些人以爲識喚術就像在杯子裡倒水，倒到杯子滿，物體就被識喚。其實這比喻錯了，應該要想像成把門撞開那樣。你不斷地撞一扇門，直到把門撞開；有的門輕輕一撞就開，有的門則要用力多撞幾次，可是一旦撞開了，那就是開了。」

他看了看她：「懂嗎？」

「呃……」維溫娜結巴了。她自年少時期就跟隨多名學識淵博的家庭教師學習，但這些理論比他們教過的還要精深。「有一點深奧。」

「那妳是想學還是不想學？」

你問我懂不懂，我這不是回答了你嗎？維溫娜暗暗不滿，但不吭聲，好讓他說下去。

「生體色度的第二類實體，」他果然繼續講解：「就是哈蘭隼人所說的死魂偶。它們跟第一類實體有幾點不同：死魂偶可以由人爲隨意創造，被識喚時只需要少量的駐氣——這個數量在一到數百之間，視命令語而定；再者，投入駐氣時所消耗的色彩，是來自於這一類實體本身。被識喚之後，它們不會發出光氛，但是駐氣會一直停留在它們的體內，使它們不必吃喝。它們會死，而且在被識喚的狀態下，還需要用一種特殊配方的酒精來維持功能。由於這類實體的宿主都屬於有機體，駐氣跟它們的肉體會互相嵌合，一旦投入就再也不能取出。」

「這個我約略知道，」維溫娜說，「丹司跟他的手下有一個死魂僕。」

法樹靜默下來。「對，」他遲了一會兒才開口，「我知道。」

察覺他的眼神有異，維溫娜不明就裡。和他無語地對坐了一會兒，她才打破沉默，提示道：「你剛才說到死魂偶跟命令語？」

法樹點頭：「它們與別的東西一樣，要用命令語才能識喚。即使你們的教義裡都有提到命令語——復歸者是接收了奧斯太的命令才回到陽世間的。」

她點頭同意。

「命令語的理論很難懂。以死魂偶爲例，我們花了幾百年才找出最有效率的方法去讓死屍轉爲死魂狀態，甚至到現代都還不敢斷言它是如何運作。我想我應該先提醒妳，生體色度是一門複雜的學問，我們對它的了解只是九牛一毛。」

「你的意思是？」她問。

「就是我們對現在在做的這些，」法樹聳肩道：「只知其然卻不知其所以然。」

「可是你的解釋聽起來好專精。」

「只是想通過某些事情罷了，」他說，「識喚術士的歷史並不算久。妳對生體色度了解得越多，只會越發覺得我們所知的比做的還少。爲什麼一定要特定命令語？爲什麼非得要用妳的母語說？第一類實體的復生究竟是誰賦予的？爲什麼死魂僕的神志昏沉，可是復歸者卻有知覺與意識？」

維溫娜點了點頭。

「創造第三類的色度實體，就是俗稱的『識喚』。」法榭繼續說，「在有機體的宿主內創造出一個有色身，而這個宿主曾經是生物，但其生命形態已完全不屬於生物。紡織品的效果最好，樹枝、草莖或其他植物由來的也堪用。」

「骨頭呢？」維溫娜問。

「骨頭不太一樣，」法榭說，「識喚骨頭要用的駐氣量，比有血有肉的屍塊還大，識喚後又不像布料那樣靈活。但它還算滿容易識喚的，畢竟曾經是生物的一部分，外形也符合。」

「這麼說，義卓司的民間故事裡講到骷髏大軍，並不完全是杜撰？」

他輕笑道：「哦，那是杜撰的。識喚整副人骨很麻煩，不只得先把每一塊骨頭都拼湊完整，還要耗費很多駐氣，至少五十至一百道。雖然駐氣無法收回，但算起來還是有血肉的屍骸更爲經濟。不過我倒是看過，人骨能做的事情還挺有趣的。」

「總之，第三類實體有它的特色，就是生體色度附著得非常不牢固，以致於施術者要投入較多量的駐氣——通常要超過一百道才行。當然，好處是可以把駐氣收回來。現在風氣漸開，又可以反覆實驗，所以大家對它的技術有更全面的了解。」

「你是指命令語？」維溫娜問。

「對。」法樹說，「妳也見識過，大部分的基本命令語很容易生效。假如那命令語是識喚物能夠做到的動作，妳又用簡潔的方式宣達，通常都會成功。」

「我試過幾個簡單的命令語，」她說，「用在繩索上，可是沒成功。」

「那是妳以爲聽起來簡單，實際上並不簡單。簡式命令語很短，裡面只有兩項要素：動作跟目標物。抓這個、握那個、往上移、往下移、繞圈子轉或扭或纏。這種命令語雖然短，卻未必單純，有些可能代表複雜的動作，而且施術者要做到意念具象——或者說想像。呃，就是在腦中——」

「這個部分我懂，」她打岔，「像收縮肌肉。」

他點了點頭。「『保護我』這個命令語就是個例子，因爲『保護』這個動作極其複雜；『找來某物』也是。妳必須讓受術物得到正確的驅動性。就是在這一塊領域，妳才會眞正發現我們所知是多麼少。妳想，這世上可能還有數以千計的命令語沒被發現。命令語裡加進的東西越多，精神成分就越複雜，所以發現一個新命令語往往要花費好幾年的研究。」

「死魂偶的新命令語也是這樣，」她若有思地說，「三百年前，有人發現了單一駐氣的命令語法，結果懂得使用的人可以大幅降低死魂僕的成本，不懂的人就吃虧，這個落差引發了眾國大戰。」

「對，」法樹應道，又改口：「或者說，那只是引發戰爭的原因之一。反正不重要，重點是我們在這方面的觀念幼稚得像小孩。很多研究命令語的人都喜歡藏私，到死都不願意和大眾分享。」

維溫娜點頭表示明白，同時也注意到，涉入這個主題時，他的講解變得輕鬆且親和多了。他的專業知識令她驚訝。

看他坐在地板上，啃著一片魷魚乾，鬍子像是幾週沒刮，衣衫破爛得彷彿隨時都會解體，說起話來的模樣卻像個雄辯的學者；隨身帶著一把能令人們互相殘殺的邪劍，自己卻是如此致力於遏止戰爭。她忍不住狐疑：這個男人究竟是誰？

她瞥眼朝牆角的脊血打量。不知是因爲這一段兼顧學理和技術層面的討論，還是一切根本就只是出於她自己的多疑，總之，維溫娜對那把劍的看法隱約改觀了。

「生體色度的第四類實體是什麼？」維溫娜問道，視線移回到法樹身上。

他沒應聲。

「第一類是有意識知覺的人體，」維溫娜說。「第二類是沒有意識知覺的人體，三個類是可識喚的無意識物體，比方像繩子。那麼，有沒有可識喚的有意識物體？像復歸者那樣，但宿主不是人體？」

卻見法樹突然站起身：「一天不必談太多，講到這裡就好了。」

「你沒回答我的問題。」

「我不會回答的，」他說，「而且我勸妳以後再也不要問。明白嗎？」他的聲調中帶著冷峻，朝她掃來一眼。

「好吧。」她乖乖答道，但沒有把自己的視線移開。

他悶哼一聲，接著伸手到布袋裡抽出一樣東西。「拿去，」他說，「這是給妳的。」

一個用布裹著的長形物體扔在地上。維溫娜起身走過去，揭去外層的布，看見裡面是一柄細長的薄刃劍。

「我不會用這種東西。」她說。

「那就學著用，」他應道，「省得我帶著妳礙手礙腳，每次出事都得去救。」

她紅著臉說：「就那麼一次。」

「一定會有下次。」他說。

維溫娜猶豫地拿起那把帶鞘的劍，意外地發現它非常輕。

「走吧，」法樹說，「我又找了一組人見面。」

47

ightsong tried not to think about his dreams. He tried not to think about T'Telir in flames. Of people dying. Of the world essentially ending.

萊聲盡量不去想他的夢境，不去想火海中的特提勒城、垂死的人民。那是末日的景象。

他站在宮殿的二樓，眺望這諸神的宮廷。日近西沉，晚風吹拂他的頭髮；草坪上，排列整齊的火炬已經點燃，一切是如此完美。諸神的宮殿呈環狀排列，近旁都有火炬和彩燈照映，而那些彩燈的顏色與各宮殿的主色一致。

有幾座宮殿則是黑闃闃的，表示沒有復歸神住在裡面。

*在我們殺死自己之前，萬一又冒出許多新的復歸者呢？*他茫然地想著。*他們會建更多的宮殿嗎？*就他所知，到目前爲止，宮殿一向都夠住。

最前方就是神君的宮殿，高聳而漆黑，顯然是爲了凌駕其他宮殿而打造的。燈火將它龐然的身影照覆在後方的宮牆上，扭曲歪斜。

完美，如此完美。從高樓俯瞰，可看到井然有序地排列著的火炬、精心修剪的草坪，高牆上的掛毯經常更換，因此看起來總是潔淨如新。

人民爲了他們的神而如此努力。爲什麼？他有時想不透。別的信仰裡沒有會預知未來的神，只有憑空的想像或祈願，這又怎麼說呢？那些「神」爲信徒所做的肯定不比哈蘭隼宮廷的這些人多，卻還是一樣受崇敬。

萊聲搖了搖頭。與奧母見面，讓他想起了寧視兒——他已經很久不去想她了。在他復歸之初，她曾經是他的心靈導師，他對她也始終念念不忘，引得薄曦帷紡爲此嫉妒。可是薄曦帷紡不明白這其中的原因，萊聲自己也說不上來。寧視兒比萊聲所知的任何一個復歸者都更具備神聖精神，她對追隨者的關心就如同現在的奧母努力去做的，而寧視兒更有一份由衷眞誠的關懷。寧視兒從不因爲害怕失去人民的崇拜才去幫助他們，她也沒有居於上位的優越氣焰。

眞正的善良，眞正的愛，眞正的慈悲。

這樣的她卻也會感到力不從心。她常說自己因爲無法滿足人民的期望而內疚。她怎麼可能做到？有誰能做得到呢？萊聲懷疑，也許就是這點促使她答允了那一次的請願。在寧視兒的觀念，恐怕那就是唯一的辦法，使她可以眞正成爲人人心目中的神——於是她獻出了生命。

他們千方百計地逼我們這麼做。萊聲想。精心弄出這一切的奢華享受，滿足我們的所有需求，然後巧妙地刺激我們。要做一個神，要預知未來，要幫人民維持他們的幻想。

死吧。死了，百姓就可以繼續相信下去。

萊聲不常上樓來。他喜歡待在樓下，那兒視野受限，讓他不會想太多。想得少一點，就可以輕鬆一點，忽略某些不切實際的念頭，專注在單純的事物上，比方像是眼前的奢華生活。

「閣下？」拉瑞瑪悄聲探問，走到他的身後。

萊聲沒回應。

「您還好嗎，閣下？」

「沒有人應該如此重要。」萊聲說。

「閣下？」拉瑞瑪又問了一聲，同時走到他的身旁。

「那會讓人變得很奇怪，我們不是爲了這個目的而打造的。」

「閣下，您是一個神。您就是爲了這個目的而打造。」

「不，」他說，「我不是神。」

「請見諒，但您別無選擇。我們崇拜您，那使您成爲我們的神。」拉瑞瑪說時，口氣一如往常地冷靜自持。這男人就不會生氣嗎？

「你在說廢話。」

「我向您道歉，閣下。但您不應該老是爲同一件事情而爭辯。」

萊聲搖頭：「今天的不一樣，我不知道該怎麼辦。」

「您是指奧母的死魂令？」

萊聲點了點頭：「包打聽，我本以為那樣就能解決問題。我實在跟不上薄曦帷紡的所有計謀——我從來不擅長應付瑣碎的事。」

拉瑞瑪默默地聽著。

「我本來想放棄，」萊聲說，「想不到奧母比我更狠。我本想，要是我把我的指令給了她，她就會知道該怎麼做。要不要跟薄曦帷紡站在同一陣營，奧母應該比我更清楚才對。」

「您仍然可以讓她做決定，」拉瑞瑪說，「因為您確實把死魂令給了她。」

「我知道。」萊聲說。

他們靜默了一會兒。萊聲在心中思索起來。

所以，事情演變至此。我和奧母誰先去覆改命令語，誰就掌握了兩萬兵權，同時排除另一人。

他做何選擇？坐視歷史重演，還是跳進去蹚這趟渾水？

送我回來的人，他又想。無論你是誰，為何不讓我就那樣死去呢？我已經活過一生，已經做過了選擇，為何你還要把我送回人世間呢？

他做了所有嘗試，人民卻還是仰仗他。他是最受百姓歡迎的復歸者之一，來向他請願的人也好，貢獻給他的藝術作品也好，數量往往比別的復歸者還要多。他真的不懂，這些人究竟是哪根筋不對？難道他們就那麼需要崇拜的對象，以致於寧願選擇他這種爛人？他們從沒想過，這種宗教有可能是騙人的嗎？

奧母說，有些人的確存著這種想法。她為了百姓的信心喪失而感到擔憂。萊聲不確定自己是否同意她的看法。他一直認定，活得最久的神必定最軟弱，因爲宮廷的這套制度會使性格高尚的人更早受到激勵，從而早早犧牲自己。話又說回來，打從他開始聆聽請願起，來向他請願的人數倒沒有變過，而且被選中的的神人數太少，以致無法統計。

或者，是他自己東拉西扯地想太多了？他靠在欄杆上，看著綠草地和一座座燈火通明的門廊。這可能是他最輝煌的時刻，因爲他終於有機會證明自己是多麼的懶散而無用。太完美了。只要他什麼也不做，奧母就不得不接掌兵權，對抗薄曦帷紡。

那就是他要的嗎？在宮廷之中，奧母特立獨行，鮮少與其他諸神來往；她不參加任何一場合議會，不聽任何辯論。薄曦帷紡則是密切地參與，和每個男神、女神都交好，懂得掌握各種要領，而且非常聰穎；就眼前這件事來說，眾神中也確實只有薄曦帷紡先想到要確保王國的軍力，並且採取了具體行動。

*希麗不是威脅。*萊聲心想。但萬一有人在背後操縱她呢？奧母是否有足夠的政治頭腦去了解這些危險？若沒有他的介入，薄曦帷紡會不會打擊希麗，想要搞垮她？

假使他眞的丟下這一切，勢必有人要付出代價，也必將怪罪於他。

「她是誰，拉瑞瑪？」萊聲輕輕地問：「出現在我夢中的那個年輕女人，她是我的妻子嗎？」

大祭司不回答。

「我非知道不可，」萊聲轉過頭去，看著拉瑞瑪：「這一次，我*眞*的非知道不可。」

「我……」拉瑞瑪愁眉，避開了他的視線。「不，」他小聲的說，「她不是您的妻子。」

「我的情人？」

大祭司搖頭。

「但我很重視她？」

「非常重視。」

「那她還活著嗎？」

拉瑞瑪顯然萬般掙扎，但最後還是點頭了。

還活著。萊聲想。

假如這城市陷落，那女子會遭遇到危險。每個敬拜萊聲的人——包括那些一個勁兒仰仗他的傻子——也會陷於危險。

特提勒城不可能陷落的。就算戰爭發生，戰場也不會在這兒。哈蘭隼不會遭遇危險，它是這世上最強盛的王國。

那他的夢境算什麼呢？

在這個政府裡，他眞正被賦予的任務只有一項，那就是掌管一萬名死魂兵的指揮權。在這職權之下，他要決定何時動用死魂兵，或者何時不准動用。

還活著……

他轉過身，走向樓梯。

說起來，死魂兵營是諸神宮廷的一部分。營區在宮廷地基的最底層，要走一條很長很長的廊道下去才能抵達。

萊聲領著隨從，沿著這條磚道往下走，中途經過幾處警哨崗。他不懂死魂兵為何須要看守。他自己只來過幾次——主要是在他復歸之初的那幾週，他們要他來給一萬名士兵施加新的安全密語。

也許我應該更常來才對。他想。不過，常來做什麼呢？死魂兵有僕人照料，為它們更換靈醇、操練筋骨等等，做些死魂僕該做的保養。

走到階梯最底層時，拉瑞瑪和幾個祭司都已經氣喘如牛，萊聲自是一派輕鬆，因為他永遠處於完美的體能狀況。這點也是當神帶來的好處，使他不能抱怨。守衛們為他打開進入營區的門。不消說，一個駐有四萬士兵的營區必定非常之大。整個營區分為四小區，每一小區都有一間倉庫般的儲藏室，各自存放著一萬名死魂兵；各有一條跑道，讓它們可以兜圈子跑步；一個裝著各種石塊和鐵磚的小房間，那是它們鍛練肌肉的道具；一處醫護區，靈醇的更換和測試就在那兒進行。

前往儲藏室之前，他們穿過幾條蜿蜒交錯的通道——這是設計來防範入侵的陷阱——來到另一扇大門前。門邊又有座哨崗，並設置了一組活人守衛。萊聲從守衛們身旁走過，探頭望向儲藏室裡的死魂兵。

他都忘了，死魂兵都是存放在黑暗中的。

拉瑞瑪招招手，叫幾個祭司把油燈舉高。大門開啓，出現一個視野略高的觀看平台，台下是儲藏室的地板，地板上站著一列又一列的士兵，整整齊齊、安安靜靜，一個個都穿戴盔甲，佩上帶鞘的刀劍。

「隊伍中有空缺。」萊聲說。

「有幾個準備要去操練，」拉瑞瑪答道，「我已經叫僕人去帶它們來了。」

萊聲點點頭。死魂僕定定睜著雙眼，眨也不眨一下，紋風不動，也不擠眉或輕咳。這是他的部隊，但望著它們，萊聲突然記起自己爲何從不主動來檢閱——因爲它們打心底令人不自在。

「所有人都出去。」萊聲說。

「閣下？」拉瑞瑪問道，「您不要留幾個祭司下來嗎？」

萊聲搖搖頭：「不，我要獨自保管這次的密語。」

拉瑞瑪略有猶豫，但還是點了點頭，照他的命令去做。

在萊聲的看法，他認爲死魂令的安全密語是怎麼保管都稱不上妥當。倘若只有掌兵令的神自己知道，那麼就要承擔因暗殺而失去密語的風險；然而，若讓越多人知道密語，也代表它越有可能因賄賂或刑求而被洩露出去。

唯一的緩制因素就是神君。憑他強大的生體色度，破解死魂令必定容易得多。只不過，要全數控制這麼多士兵仍得花上數週，即使是神君也一樣。

因此，選擇權就落在復歸者自己的手上，他們可以選擇讓親信的祭司也知悉密語，以便在發生萬一時將它交接給繼任人選；反過來說，假如這個神選擇不讓其他人知道密語，他將獨自扛下保管它的責任和風險。萊聲以前認為後者很蠢，所以他曾讓拉瑞瑪和幾名祭司分擔這個祕密。

這一次，他反而認為獨自保管比較明智。要是有機會，他要將密語悄悄透露給神君知道，而且只限神君一人。「『底線藍描』，」萊聲說，「我要指定新的安全密語。」然後他停頓一下：「『紅豹』。紅豹，站到這房間的右面。」

最前排的一組死魂兵往右側走去；它們離萊聲較近，因此聽見了命令。萊聲閉上眼睛，忍不住嘆氣，因為他隱約希望是奧母比他先到這裡來覆改安全密語。

但她沒有。他張開眼睛，走下平台，把剛才的命令語再說一遍，使另一組士兵移動。這樣的步驟要進行二、三十次。他記得上一次覆改就花了幾個小時。

他繼續進行著，並記得留下基本指令，好讓死魂兵服從於僕人的操練或醫護命令。完成之後，他會設定次要命令，讓別人可以用來移動它們，或讓它們走到指定的地點，排成特定隊形，就像希麗進城時的歡迎式。除此之外，萊聲會另外為城衛警設定次要命令語，可以讓死魂兵跟著巡邏隊走，壯大聲勢。

不過，只有一個人握有它們的終極命令，也只有這個人可以令它們走上戰場。等這一間儲藏室的死魂令都覆改完畢，他會到另一區去，把奧母的那一萬名死魂兵的安全密語也覆改掉。

萊聲準備把這兩支部隊都歸於自己的麾下。到那時候，他將會居於兩個王國的命運最中心。

48

usebron didn't leave in the mornings anymore.

修茲波朗再也不在清晨時離去。

躺在床上，希麗略略縮著身子，她的肌膚貼著他的。他睡得安穩，胸膛上下起伏，純白的被單因爲他的存在而迸散耀眼的七彩虹光。幾個月前，誰會料想到她今天的處境？她不只嫁給了哈蘭隼的神君，還與他相愛。

她至今仍覺得好奇妙。無論宗教或世俗政治，他都是整個內海地區最重要的人物；他是哈蘭隼虹譜信仰的中心支柱，也是多數義卓司人恐懼又敵視的妖魔。

那樣的他，如今安靜地睡在她的身旁；一個色彩與美麗的神，他的身軀完美得像尊雕塑。而希麗呢？她知道自己不完美，但是莫名地，她帶來某種他所需要的東西：自覺的啓發。一道來自外界、未被他的祭司或威名所馴服的氣息。

她輕輕舒了一口氣，把頭靠在他的胸膛上。爲了過去這幾夜的歡愉，他們終將付出代價。我們實在很蠢，她茫然地想。現在只能避免一件事，那就是生出孩子，使祭司們稱心如意了。我們簡直是讓自己一頭栽進了災難裡。

她發現自己倒也沒有非常自責。事實上，她早就擔心先前的假床戲騙不了祭司太久。那些人遲早會起疑，或者失望，若是她再拖延下去，他們八成就要介入來干涉了。

無論她和修茲波朗要如何改變現狀，勢必都要加速進行。

他動了一下，所以她也稍稍改變姿勢，端詳他的臉，看著他睜開眼睛。他凝視她良久，撫摸著她的頭髮。如此的親密感已然令他們都覺得自在舒適，而這個轉變快速得令人驚異。

他伸手去拿寫字板。我愛妳。

她微笑起來。這是他每天早上醒來後的第一句話。「我也愛你。」她說。

不過，他接著寫，我們恐怕會有麻煩，是嗎？

「對。」

多久？他問，我是說，等到旁人看得出妳懷了孩子？

「我不確定，」她說時愁眉，「我從來沒懷孕過。我在家鄉時曾聽婦人們抱怨自己遲遲生不出小孩，但也有人在洞房之夜的整整九個月之後就生出了孩子。」

修茲波朗顯得擔憂。

一年之後，我可能就要做媽媽了。希麗如此想著，心中突然湧現了怯意——才不久前，她根本不覺得自己是個成年人。接著她又想：當然了，根據人們所說的，反正我為神君所懷的孩子都會是死胎。但這念頭又令她感到一絲不快。就算這個說法是個謊言，她的孩子都會有危險。希麗仍然懷疑祭司們會偷偷抱走孩子，用一個復歸的嬰兒來代替，或者甚至讓希麗也跟著一起消失在這世上。

藍指頭試圖警告我，她想。他曾提到危險，不只是針對修茲波朗，也包括我。

修茲波朗在寫字，我決定了。

希麗沒出聲，只露出詢問的表情。

我要試著讓人民和諸神認識我。他寫道，我要自己掌理我的王國。

「我們不是都覺得這麼做太危險嗎？」

對。不過我已開始認為，這是我們非冒不可的風險。

「那你以前提過的反對意見呢？」她反問道，「你無法親口對大眾說出眞相。要是你想做什麼反常的舉動，隨從們會急著把你送回宮殿裡。」

對，修茲波朗寫道，可是妳的隨從比較少，妳可以大聲說話。

希麗一怔。「好，」她說，「不過誰會相信我？要是我突然哭喊著說神君被他自己的祭司們挾爲囚犯，他們會怎麼想？」

修茲波朗歪著頭思考。

「相信我，」她說，「他們一定會覺得我瘋了。」

如果妳先去跟妳比較熟的那個復歸者談談，取得他的信任呢？他寫著，魯莽王萊聲。

希麗想了一會兒。

妳可以對他說出真相。修茲波朗又寫，他或許會帶妳去認識他信任的其他復歸者。祭司不可能讓我們通通都閉嘴。

伏在他的胸口，希麗靜靜躺了一會兒，然後才說：「大聖人，這個主意聽起來頗可行，但我們為什麼不逃跑算了？我現在的侍女都是龐卡人，藍指頭也說他願意幫我們試試。我們可以逃去義卓司。」

要是我們逃走了，哈蘭隼的軍隊會追上來，希麗。我們在義卓司也不會安全。

「那我們可以逃往別處。」

他搖搖頭。希麗，我也聽了合議會的辯論，我們兩國之間就快要開戰。要是我們逃跑，就等於放任義卓司被侵略。

「若我們不逃，侵略行動還是會進行。」

只要我親政就不會。修茲波朗寫道，哈蘭隼的人民都有義務服從我，諸神也不例外。只要他們知道我不同意戰爭，戰爭就不會發生。

他擦去字跡後又寫，這一次寫得更快，我已經跟祭司說我不希望戰爭發生，他們都顯得贊同，但沒有進一步作為。

「他們可能擔心，」希麗說，「若是讓你自己去制訂政策，你會漸漸覺得自己不需要他們。」

這倒是沒錯。他寫時淺淺一笑，我必須親自成為人民的領袖，希麗。唯有如此，才能保護妳的美麗山丘，還有妳深愛的家人。

希麗靜了下來，不再提出反對的假設。若照他的建議去做，就等於是玩一場孤注一擲的賭局，一旦失敗，祭司們會立刻知道希麗和修茲波朗在暗中溝通，恐怕也將註定他們不能再廝守。

修茲波朗顯然察覺到她的憂慮，因此他寫道：這麼做是危險，但卻是最好的選擇。逃走只有風險，沒有好處，反而會使我們處於更不利的情勢。在義卓司，我們會被視為哈蘭隼發兵侵略的理由，待在別的國家就更危險了。

希麗慢慢點頭。在別的國家，他們身無分文，極可能成爲勒贖的最佳目標。由於眾國大戰的緣故，在外方諸國的眼中，這個虹譜王國至今仍然不受歡迎。到時他們逃離了祭司，卻可能在外國淪爲俘虜，拿來對付哈蘭隼。

「就像你說的，我們可能會被人抓起來，」她承認，「而且若是在外國，恐怕也沒法兒每個星期給你弄一道駐氣來攝取，到時你會死掉。」

他的神情中顯出一絲猶豫。

「怎麼？」她問道。

沒有駐氣，我也不會死。他寫道，不過這並不表示逃走比較有利。

「復歸者不是要攝取新的駐氣才能活命嗎？難道那也是騙人的？」希麗不敢置信地問。

我不是這個意思。他快速地寫道，我們確實需要駐氣。但妳忘了，我擁有歷代傳下來的大量駐氣。如果我真的得移居別處，我可以藉額外的駐氣來活命。我在復歸時帶來的駐氣不算，復歸之後獲得的就可以，我聽祭司提過一次。到時我的身體就靠那些駐氣過活，每個星期吸收一道。

希麗坐了起來。這番說明似乎暗示著駐氣的某種祕密，不幸的是，她想不出來，知識又不足，也理不出頭緒。

「好吧，」她說，「所以我們逃到哪裡躲起來都沒問題了。」

我都說這一點和逃跑無關了。修茲波朗寫道，這麼龐大的駐氣可以讓我活命，卻也同時使我成為賊人眼中的目標。人人都想要這些駐氣，就算我不是神君也一樣。我還是會面臨危險。

此話千眞萬確。希麗點頭說：「那好吧，如果我們眞的想揭發祭司們的行爲，我想我們要儘早行動。一旦我有懷孕的徵兆，我打賭祭司們一眨眼就會衝上來隔離我。」

修茲波朗點了點頭。宮廷再過幾天就要召開中心合議會。我聽祭司說，這場會議非常重要，因為所有復歸神都會被召集到現場去表決，這很罕見。那場會議要決定我們是否進軍義卓司。

希麗緊張地點頭：「我可以去和萊聲坐在一起，然後求他幫忙。要是能跟他一起去找別的復歸神談談，也許他們可以當眾要求證實我所說的話。」

我會張開嘴巴，讓他們看到我沒有舌頭。他寫道，到時再看看祭司怎麼應對，他們無論如何都必須屈服於眾神的意願。

於是，希麗也下定了決心。「好吧，」她說，「我們就來試試。」

49

asher found her practicing again.

法樹發現她又在練習。

他用一條識喚過的繩索圈在腰際，從屋頂垂降下來，懸吊在窗外偷看。維溫娜正反覆地對著一塊長布條施展識喚術，完全不知法樹的存在。她向布條發令，要它爬過房間去包住一只水杯，然後平穩地將杯子托過來。

她學得眞快。他想。命令語本身並不難，難的是精神驅動力，和學習控制第二副軀體差不多。維溫娜學得非常快，誠然，她擁有許多駐氣，這點是個優勢，但按常理不該這麼快才對。她對於這方面的領略可與直覺識喚比擬，但那是第六級彩息增化時才會產生的能力——不經訓練或學習就能夠識喚物體；復歸者天賦的單一神聖駐氣尚且只到第五級增化的水準，而維溫娜當然遠遠不及，卻仍能有令人咋舌的神速進步。話又說回來，她還是時常出錯，爲此而心情不好。

像現在，他就看著她再度出錯。布條爬到了房間另一頭，卻沒有包住杯子，而是鑽進杯中亂搖，結果水杯傾倒，布條拖著濕漉漉的水漬爬回來。維溫娜啐罵，走過去重新在杯中裝水。她還是沒察覺法槲就吊在窗外——這是當然，因爲他目前褪了息，把身上的駐氣全儲存在襯衫裡。

見維溫娜放好了杯子，他立刻讓繩索將自己拉高，免得她走回來時看見。利用繩索做這樣的垂降移動，包含十分複雜的技術，外加一段很長的命令語；法槲除了令繩索攀附、托握，還設定用手指敲打的信號，讓它依信號升降。識喚物體與創造死魂偶不同，後者仍有大腦，能夠解讀命令及囑咐，前者卻只會遵照最原始的指令去行動。

法槲在繩子上輕敲幾下，再度垂降到窗邊，看著維溫娜面向另一側，拿起了另一塊彩色布條，用以汲取色彩。

我喜歡她。宵血說，**幸好我們沒殺了她。**

法槲相應不理。

她長得很漂亮，你不覺得嗎？宵血問道。

你又不懂美醜。法槲回道。

我懂，宵血說，**我確定我懂美醜。**

法槲無奈地搖搖頭。無論漂亮與否，這個女子都不應該來到哈蘭隼，淪爲丹司利用的工具；雖然丹司可能根本用不著她，因爲兩國之間的情勢早已劍拔弩張。想到這裡，法槲忍不住苦笑，他知道自己置身事外已經太久，但也知道自己不可能更早趕回來。

這時，屋內的維溫娜已成功地讓布條托送水杯。她喝下杯中的水，臉上似乎有滿意的表情，只是從窗外無法看得眞切。接下來，法樹垂降到地面，命令繩索的另一端離開屋頂，回到他的手臂上捲成圈，然後收回了駐氣，走上通往那個房間的室外梯。

□

法樹進門時，維溫娜趕緊放下水杯，匆匆將布條塞進口袋裡，臉上微微窘紅。被他看到我在練習又怎樣？又不是見不得人的事。她想。誰教他爲人那麼嚴厲，那麼地容不下錯誤，在他面前練習實在難爲情。她不想讓他見到自己的失誤。

「如何？」她開口問道。

便見他搖了搖頭，說：「你們的住處和貧民窟的祕密屋都已經搬空了。丹司太聰明，不可能留在那兒等著被逮，他一定早料到妳會透露他的所在地。」

維溫娜暗暗咬牙，失望地在牆邊坐下。這裡是法樹租下的另一個臨時住處，和之前他們待過的其他地方一樣又小又簡陋。他們不定期地換住處，僅有的行李就是兩個睡袋和換洗衣物，可以全部塞進法樹的粗呢布袋裡。

丹司住得豪奢多了。樂米克斯的那些金幣現在全歸他管，他當然負擔得起。眞聰明，她想。裝作無私地把錢給我，讓我以爲自己是主子，事實上他根本早知道那些金子逃不出他的手掌心，就像我一樣。

「我本來想，我們可以監視他，」她說，「也許就會有機會早一步攔截他的行動。」

法榭顯得滿不在乎：「我試過，沒用。傷心也於事無補。走吧，我們去果園。要是能在午休時間趕到，我大概可以安排幾個義卓司農工來聊一聊。」

見他轉身就要走，維溫娜愁眉喊住他：「法榭，我們不能一直這樣下去。」

「這樣下去？」

「我以前和丹司合作時，我們約見的是犯罪頭子跟政壇人士。我跟你卻都在見一些見中下階層的小老百姓。」

「他們都是好人！」

「我知道他們是好人，」維溫娜趕緊解釋，「只是，你眞的認爲我們改變了什麼嗎？我是說，若是與丹司可能正在進行的勾當相比呢？」

法榭露出痛恨的表情，沒與她爭辯，卻是重重地在牆上捶了一拳：「我知道。我也找過別人，可是我做的每件事好像都被丹司搶在前面。我也可以找出跟他勾結的幫派來全部殺光，可是那數量多得讓我找都找不完；我還試著找出幕後主使者，甚至不惜潛入諸神宮廷去——連那些跟班都探過，但他們一個個口風越來越緊，認定戰爭一定會爆發，而且是爆發在即，所以不想爲可能戰敗的一方助陣。」

「祭司呢？」維溫娜問，「他們不是負責籲請諸神關切的嗎？要是能多拉攏幾個祭司去為反戰辯論，也許就能阻止戰爭。」

「祭司們都是見風轉舵，」法樹猛搖頭：「反戰派的已經有大半倒戈，就連南若瓦都換邊站了。」

「南若瓦？」

「靜諦符的大祭司，」法樹說，「我以為他立場堅定——我們還見過幾次面，討論過他的反戰觀點。他現在不肯再接見我，也改投主戰陣營去了。他媽沒色彩的騙子。」

維溫娜皺眉思忖。南若瓦……「法樹，」她說，「我們曾經對他下手。」

「什麼？」

「丹司跟他的黨羽，」維溫娜說，「我們當時要協助一個盜賊集團去搶鹽行，用了一些擾敵之計，包括在附近的商店放火，還有翻倒一輛正要過街的馬車。那輛馬車是某個宮廷大祭司的，名字好像就叫作南若瓦。」

法樹無聲地咒罵。

「你覺得這事會不會有關？」她問。

「可能有。妳知道下手行搶的盜賊是哪些人嗎？」

她搖頭。

「我去查，」他說，「妳在這裡等。」

□

她乖乖地等，等了幾個小時。她又練了一下識喚術，結果練得太久，精神疲勞得無法集中注意力。等到最後，她發現自己只是心煩意亂地望著窗外發呆，想著丹司以前去外頭打聽消息時，總是讓她也跟著一道去。

那是爲了要方便監控我罷了。她想。如今回想起來，丹司顯然用心地瞞了她很多事。至於法樹，只是疏於安撫她。

實際上，他對她是有問必答，不論任何事；只是每當回答她的問題，法樹總是口氣暴躁。他的那一堂識喚術講學令她吟味再三，原因在於他講述的方式和口吻，內容反而是次要。

她看錯他了。這一刻，她幾乎可以肯定自己一直都看錯了法樹。她沒有識人的眼光，不該再去評判他人。但這可能做到嗎？人與人的交流不就是以觀感爲基礎嗎？畢竟一個人的生長背景和態度，影響著她回應對方的方式。

那麼，結論就是不要停止評判，但要把那些觀感視爲可隨時變動的。過去，她判斷丹司是個朋友，可是當丹司老說傭兵沒有朋友時，她不應該忽略。

房門重重地打開。維溫娜嚇了一大跳，用手按住胸口。

法樹走進屋來。「以後一被嚇到就去找妳的劍，養成習慣。」他用命令的口吻說，「抓自己衣服沒意義，除非妳急著要剝光。」

維溫娜的臉倏地一紅，髮絲亦然。法樹買給她的那把劍還躺在牆邊，一直沒機會找他練習，而她甚至連怎麼握劍都還不清楚。

「如何？」她在他關上門時問道。外頭天色已黑，城市華燈初上。

「搶劫鹽行只是個幌子，」法樹道，「那輛馬車才是眞正的目標。丹司承諾盜賊的是搶鹽行跟放火都有賞，而這兩者才是擾敵之計。」

「爲什麼？」維溫娜問。

「我不清楚。」

「爲了錢？」維溫娜回想，並說：「童克法去打馬匹時，車頂掉了個箱子下來，裡面都是金幣。」

「我跟其他人一起離開。我以爲馬車是掩人耳目，事成之後要儘快撤離。」

「然後呢？」法樹問。

「丹司呢？」

「現在想起來，他當時不在現場。」維溫娜說，「其他人說他跟盜賊們一起行動。」

法樹點了點頭，便朝他的布袋走去。他把睡袋拿出來扔到一旁，再掏出幾件衣服，然後自己脫去了上衣，露出肌肉結實的上半身——還有一大片胸毛。維溫娜驚訝地眨著眼睛，臉又紅了，一方面覺得自己應該迴避，一方面卻又克制不了好奇心。*他在做什麼？*

幸好他沒把長褲也給脫了。但見他換上一件怪模怪樣的長袖襯衫，袖口附近有好幾條特別長的布片，看起來像是剪壞了的流蘇。

「見到信號，做我的五指，必要時爲我抓握。」他如此說道。

流蘇顫動起來。

「等等，」維溫娜說，「那是什麼？命令語？」

「太複雜了，妳不會。」他逕聲說著，跪下去解開褲腳管的綁腿。裡頭也是許許多多的鬚穗狀布條，長得拖在地面。「做我的雙腿，強化我。」他發令。

長條鬚穗隨即在他的腳底下彼此交叉，逐漸包緊。這時的維溫娜可不管什麼「太複雜」，也不與他爭辯，只是暗自在心中默記。

接著，法榭披上他那件破爛已極的斗篷，發令：「保護我。」在這一道命令的同時，維溫娜看見他的剩餘駐氣大量逸脫，滲進斗篷之中。然後，他拿起從不離身的那條麻繩，在褲腰帶上繞了幾圈——那繩索不算粗，卻十足強韌，而且維溫娜知道法榭不是用它來繫褲子的。

整裝完畢，他拿起了宵血，問道：「妳要來嗎？」

「去哪？」

「去抓幾個盜賊來逼供，我要知道丹司究竟要那輛馬車做什麼。」

鋒利的恐懼刺入維溫娜的心中。「爲什麼要我一起去？我不是只會拖累你嗎？」

「看情況，」他說：「若是我們打起來而妳又擋在那兒，那就會拖累我，但那幫盜賊若有一半去對付妳而不是對付我，事情就好辦了。」

「前提是你不會保護我。」

「這個前提不錯。」他直視她的雙眼，說道：「總之妳想來就來，別指望我保護妳。妳做妳的，我做我的，別像以前那樣耍蠢就好。」

「我才不會。」她說。

他聳了聳肩：「反正我開了口。我想妳心裡也有數，公主，妳在我這兒並不是囚犯。只要不妨礙我，妳想做什麼都可以。懂嗎？」

「我懂。」她說著，為自己的決定而感到心頭一寒。「我去。」

法樹沒勸她打消念頭，只是他指了指她的劍：「帶著。」

她會意，將長劍佩上。

「拔劍。」他說。

她照辦，他便指導她如何握劍。

「只會握劍有什麼用？」她問，「我還是不知道怎麼使劍啊。」

「看起來有威脅性，就可以唬住某些人，讓他們不敢貿然攻擊妳。跟人打架時，只要讓對方遲疑個幾秒鐘，情勢就會大大不同。」

她緊張地點點頭，將長劍滑入鞘中，接著抓起幾截不同長度的繩索，對著一條較短的發令：「拋出時抓取。」然後將它塞進口袋。

法樹看了她幾眼。

「收不回來也比死掉好。」她逕答。

「沒幾個識喚術士會同意妳的話，」他跟她唱反調：「他們大多認為失去駐氣比死更恐怖。」

「哦，我和那些人不一樣。」她說，「我到現在都還有點覺得這種事大不敬。」

他點頭。「把剩下的駐氣全收到別的地方去，」他邊說邊打開房門，「不能讓任何人注意到我們。」

她做了個厭惡的表情，但還是聽他的話，用一個不含行動性的簡句命令把駐氣送進自己的上衣裡。維溫娜在練習中發現到，這麼做的結果和施術者將命令語說到一半、或是發令時口齒不清一樣，將使得受術物只接收駐氣而沒有進一步的動作。

所有剩餘的駐氣都存放妥當，褪色的世界重現眼前。周遭的一切像是死去一般。

「走吧。」法樹說道，走進屋外的夜色中。

特提勒城的夜晚與她的故鄉非常不同。就拿夜空來說，在故鄉，星光繁密得宛如一桶潑在天幕上的白沙；但在這裡，不夜的街燈、酒肆、餐館和各種娛樂場所都是燈火通明，彷彿是群星親自下凡來照映這城市的笙歌輝煌。抬頭仰望，天上明星果然寥寥無幾，那景象還是令維溫娜悲傷。

然而，那並不代表他們要去的地方也同樣明亮。法樹領著她，在市街穿梭，不一會兒就化成一道龐然黑影。他們遠離五光十色的街燈，甚至也遠離住家窗口透出的光亮，深入另一處貧民窟——那是維溫娜在街頭流浪時也不敢踏入的地區之一。在這兒，夜色似乎變得更深沉，更陰暗。她跟著法榭，屏氣凝神地走在那些漆黑而曲折的小巷子裡，不敢發出任何聲音。

終於，法榭停下了腳步，指向不遠處某間平頂獨棟的單層房屋。那間房子所處的地勢略低，後方是處小山坡，而山坡上都是一間間用廢棄物搭建而成的棚屋。法榭舉手示意她在原地等，接著悄聲將他的剩餘駐氣全部送進繩索，躡手躡腳地往山坡走去。

維溫娜蹲在一間半磚造的殘破棚屋旁，滿心緊張不安，暗暗想道：我為什麼要來？他只是說我可以來，我又不是非來不可。我明明可以在住處留守。

都是因為她厭倦了被動和消極。既然是她推測出丹司的計謀與祭司有關，那麼她就要親眼證實這點。她想要有所作為。

在亮著燈的屋裡想這些當然很容易，實際來到這黑幽幽的破落地方可就是另一回事了。她瞥見棚屋的左側有一尊德尼爾雕像，可惜那安撫不了她的緊張。和城中的大部分地區一樣，高地貧民窟裡也有不少士兵的雕像，只是多半髒污或破損。

此刻的她感應不到任何生命動態，如同眼盲一般。褪息令她想起在暗巷的日子，睡在陰冷的陋巷泥濘中，動輒被流浪兒毆打、欺負——那些不良少年的個頭雖然比她還小，卻比她更加凶狠；還有飢餓，可怕、令人沮喪而無所不在的飢餓，足可把人掏空。

一個很輕的腳步聲伴隨著暗影接近，嚇得她差點兒沒叫出聲音，但她立刻認出那人影的手裡拿著宵血。

「兩個守衛，」法榭說，「都封口了。」

「那他們還有辦法回答我們的問題嗎？」

幽暗中隱約可見法樹搖頭。「都還是年輕小鬼，起碼得找個有點分量的才行。看來只能摸進去了。」他說，「一是溜進他們的巢穴，二是在這裡監視幾天，找出他們的老大，等他落單時再動手。」

「那樣太花時間了。」維溫娜悄聲說。

「沒辦法，我不能用劍。若是讓宵血去料理這批人，絕不會有活口可逼供。」

維溫娜打了個寒顫。

「來吧。」他壓低聲音說道。於是她起身跟隨，盡量不弄出聲音，卻在轉往正門前被法樹拉住。法樹略略搖頭，帶著她從側面繞到屋後。這時，維溫娜隱約瞥見旁邊水溝裡倒著兩個昏迷的人。

來到屋子的正後方，法樹開始在地上摸索，過了好一會兒卻仍是一無所獲。他暗罵一聲，往衣服的口袋裡掏，拿出一把稻草桿，在幾秒鐘之內用線將它們紮成三個小小人偶，然後用斗篷裡的駐氣一一識喚它們，並且全部下達同樣的命令：「發現地道。」

三只小草人開始在地上到處跑，法樹也繼續他的摸索，維溫娜則在一旁看得入迷。她想：他說命令語必須具體，可是找個地底下的東西難道不抽象嗎？顯見經驗和想像力的運用才是識喚術最重要的一環。

他使用識喚術已經有很長的一段時間，而他講話時的口吻又像個學者，表示他曾經非常認眞地研究這一門學問。

有一只小草人開始原地跳上跳下，另外兩只也衝過去跟著一起跳，法樹隨即走過去，維溫娜也是。她看著他撥開厚厚的泥土，露出下面的一道暗門，將門板略微抬起後，從門縫下摸出幾個小鈴鐺來。倘若暗門完全敞開，會令這些鈴鐺發出響聲。

「不法集團的巢穴絕不會只有一個出入口，」法樹悄聲解釋道，「通常都有好幾個，而且必有陷阱。」

接著，他小聲地向小草人道謝，分別收回駐氣。維溫娜不解地看著，不明白他為何要向幾束稻草桿致謝。

重新將駐氣注入斗篷並下達保護命令後，法樹率先走下地道。維溫娜跟在後面，照著他的指示踏步，仔細地避開階梯上的機關。階梯下是條人工挖鑿出來的隧道，裡面漆黑一片。從土牆的觸感判斷，維溫娜覺得這條隧道挖得十分草率。

法樹往前走。她之所以知道，是因為他的衣服窸窣作響。她跟著走，隱約見到前方有光，接著便聽見男人們的談笑聲。

很快地，微光已能讓她見到法樹的身影。她移到他身旁，跟著向一個地穴室窺看。那個房間的中央有一個火堆，升起的煙都從天花板上的洞排出去——地面上的平頂屋很可能只是空殼，因為這個地穴室充滿了生活感，有成堆的衣物、被舖、鍋碗瓢盆等等。器物看起來都髒兮兮的，圍坐在火堆旁談笑的男人們也是。

法樹朝右方打了個手勢，原來那兒另有一條地道，距他們所站之處只有幾步之遙，卻得先經過地穴室才能走到。發現法樹一聲不響地溜進房間，往第二條路走去，維溫娜嚇得心臟狂跳。她又朝火堆打量，見那群人一味顧著喝東西，而且地穴室內的光線實在很暗，好像沒有人注意到法樹。

她做了個深呼吸，大著膽子依樣畫葫蘆，從地穴室內的陰影處走過，邊走邊覺得火光就映照在背上。彎進第二條地道時，本以爲法樹已經走在前頭，哪知道他就站在入口不遠處，害得維溫娜差一點就撞上他。他站著沒動，好像呆住似的，完全擋住維溫娜的視線，她只好戳戳他的背。他會意地挪了挪身子，那動作卻有些遲緩。

前方是條短得突兀的地道——與其說是地道，倒不如說是長形的窟窿。窟窿的底部有個籠子，高度約當維溫娜的腰部，裡面關著一個小女孩。

維溫娜輕輕地倒抽一口氣，擠過法樹的身旁，向前探看，腦中隨即聯想：**原來馬車上值錢的不是大祭司的金幣，而是他的女兒。要恐嚇一個在宮廷任職的人，這是最完美的籌碼。**

一見維溫娜在籠子旁邊蹲下，女童立刻往後退縮，渾身顫抖，無聲地抽噎。鐵籠散發著便溺的惡臭，那孩子全身髒污，只有臉上的幾行淚痕稱得上乾淨。

維溫娜仰頭望向法樹，只見他眼神陰鬱；火光在他的背後，她能看出他正在咬牙切齒，也能感覺得到他正繃緊了全身的肌肉。當他把頭轉向一旁時，半邊臉映著紅色的火光。

火光也映在他的眼底，維溫娜看見狂烈的怒意。

「嘿！」一名盜賊發現有異，喊了出來。

「把孩子放出來。」法樹沉聲喝道。

「你們怎麼進來的！」另一人吼叫。

法樹沒動，只是用眼角朝她一掃。眼神交會的剎那，維溫娜感覺到一絲畏怖，彷彿自己被這一瞥給縮小了。她會意地一點頭，法樹隨即掉頭走開，一手握拳，另一手牢牢握住宵血。走向那些人時，他的步伐刻意緩慢，身上的斗篷開始發出窸窣聲，而維溫娜知道自己應該照他的吩咐將孩子放出來，偏偏就是無法掉轉視線。

男人們拔出了刀劍。法樹驀地進攻。

尚未出鞘的宵血，已經戮入其中一人的胸口，骨頭碎裂的聲音傳進維溫娜的耳裡時，她看見另一名盜賊舉劍刺去，法樹頓地躍起，正手橫擒，袖身的流蘇已搶先一步覆住那人的刀鋒，法樹隨即奪下它並順勢一擲，流蘇也同時鬆開。

鐵劍在硬土地擊出的清脆聲響剛起，法樹已經旋身反手，揚掌攫住那名盜賊的臉，流蘇在瞬間又全數包纏上去，緊緊鎖住那人的頭顱，法樹遂將那人往身後的地面重重一摔——迴旋之勢已經凌厲，法樹又屈膝使落勁更沉，以致於那盜賊幾乎被摜進了土層裡；另一頭，被他用宵血劈中雙腿的盜賊，也在這時皮開肉綻地仆跌在地。第三個盜賊在法樹的背後揮劍欲劈，維溫娜驚叫著發出警告，卻見法樹的斗篷猛地竄起，一眨眼已箝住了那名盜賊的雙臂。

法樹轉過身去，怒容滿面，掄起帶鞘的宵血，朝那驚訝卻已無法動彈的男人砍去。斷骨的聲響聽得維溫娜心頭一震，終於掉過頭去不敢再看。在一片驚心動魄的慘叫聲中，她開始用顫抖的十指嘗試打開鐵籠。

不消說，鐵籠上了鎖。她收回一條繩索中的駐氣，想要識喚門上的鎖頭，卻是徒勞無功。

這是金屬，她想。難怪不行。金屬從來就不是生物，所以不能識喚。

身後是不絕於耳的哀嚎，維溫娜儘可能聽而不聞，改從衣服拉出一條線來。殺紅了眼的法樹開始在打鬥中咆哮，冷靜而專業的殺手形象蕩然無存，現在他只是個被激怒的人。

維溫娜舉起線頭。

「開鎖。」她發令。

見線頭微微抽動，她將它戳進鎖孔，卻不見反應。

她取回駐氣，順一順呼吸，然後閉上眼睛。

意圖必須精準正確。我要它做的事情是進到鎖芯裡，把制動栓扭開。

「扭轉東西。」她說道，感覺駐氣逸脫，再次把線頭伸進鎖孔。線在她手中半震半轉了幾下，不久聽見喀噠聲，籠子的門就開了。在她身後，打鬥聲已經停止，但仍聽得到男人們的呻吟。

維溫娜取回駐氣，探身進到鐵籠裡。女孩蜷縮著捂住自己的臉，大哭起來。

「不要怕，」維溫娜試圖安撫她，一面將手伸過去：「我是來救妳的。來。」女孩卻不聽，只是一味閃躲和尖叫。維溫娜無計可施，只好回頭去找法樹。

法樹站在火堆旁，頭垂得很低，盜賊們或死或傷，已全部倒臥在四周；宵血仍在他的手裡，底端斜垂在血污泥濘的地上。莫名地，維溫娜覺得法樹的身體好像比剛才更加魁梧——個頭更高，肩膀也變寬，更有威嚇感。

法樹的右手搭在宵血的劍柄上。劍鞘的鉤釦已經解開，漫出的少許黑煙分成了兩股：一股正往地面去，另一股向天花板升起，彷彿它自己也猶豫不決。

看見法樹的手竟在顫抖時，維溫娜才發現自己腦中有個隱約而模糊的聲音在說話。

拔劍……用我……殺了他們……

倒地不起的盜賊大多還有氣息。法樹的手緩緩提起，宵血徐徐出鞘，劍刃是純然的漆黑，火光彷彿被它吸了進去。

這可不妙。維溫娜心想。「法樹！」她高聲喊道，「法樹，這孩子不肯讓我碰！」

法樹停住了動作，望向她，目光呆滯而蒙翳。

「你已經打倒他們了，法樹。沒必要拔劍。」

要……有必要……

法樹眨幾下眼睛，眼神恢復了正常，立刻果決地把宵血收回鞘中，然後用力甩了甩頭，大步朝她奔來。途中踢到一個躺在地上的人，引來一聲悶哼。

「一群沒色彩的妖孽。」他低聲罵道，俯身往鐵籠中看。這時的他看起來又像是正常體格了，於是維溫娜決定把剛才所見當成是火光造成的錯覺。只見他也探進籠內，將雙手伸向女童，奇怪的是，女童立刻靠了過去，然後趴在他的懷裡啜泣。這一幕看得維溫娜不敢置信。法樹抱著小女孩站了起來時，他自己的眼中也含著淚水。

「你認識她？」維溫娜問。

他搖搖頭：「我見過南若瓦，知道他有年幼的子女，但沒見過那些孩子。」

「那怎麼會這樣？爲什麼她願意接近你？」

法樹沒答腔。「來吧，」他說，「我把聽到叫聲而從別處趕來的人也解決了，但我怕還會有人來。」

他說這話時的神情，倒像是希望還會有人來似的。他轉身往出口地道走去，維溫娜跟在後頭。

□

他們立刻往特提勒城的富裕區移動。法樹一路寡言，女童更顯反應遲鈍。維溫娜爲那孩子的精神狀況擔心，因爲她肯定在那種環境裡被折磨了不只一個月。

他們穿過棚屋、平民公寓到路樹整齊排列的高級住宅區，來到燈火通明的街道，法樹停下腳步，放下小女孩，俯身對她說：「孩子，我現在要對妳說幾句話。我要妳照著說一次。先想清楚它的意思，然後照著說。」

女童茫然地看著他，半點了點頭。

然後他向維溫娜一瞥：「妳迴避。」

她張著嘴要抗議，想想還是算了，於是走遠幾步。幸好法樹的旁邊有一盞路燈，她可以清楚地看見他。他在小女孩的耳邊講了幾句話，小女孩也對他說話。

打開鐵籠之後，維溫娜收回繩索上的駐氣，然後就沒有再放出去。隨著這些駐氣增添的感知力，她認為自己看見了奇特的景象，小女孩的生體光氛——也就是人人與生俱來的原始光氛——微微地變亮了。

那亮度很弱，隱約搖曳，但藉著第一級彩息增化的能力，維溫娜確定自己沒有看走眼。這和丹司說的不一樣。她想。丹司說她不可以一次只釋出一道駐氣。要嘛就得整批釋出，連同自己原本的那一道。

她忍不住苦笑。如此可證，那又是丹司的另一個謊言。

法樹站直了身子，再將女孩抱起。維溫娜走上前去，驚訝地聽見小女孩開口說話。「爸爸在哪？」女童問道。

法樹沒回答。

「我髒兮兮，」女童低頭看著自己，「媽媽不喜歡我髒兮兮。衣服也髒兮兮。」

法樹邁步走，維溫娜匆匆跟上。

「我們要回家了嗎？」女童又問：「我們去了哪裡？天黑了，我不該到外頭來。那個女人是誰？」

她不記得了——維溫娜發現。小女孩已不記得自己去過哪裡……說不定也不記得這整件事了。

維溫娜再度打量法樹：雜亂的鬍鬚，嚴肅的面孔，一手抱著小孩，另一手提著宵血。但見他踏著毫不遲疑的步伐，直往某一棟豪宅的正門口走，舉腳一踹，竟將大門踢開，然後堂而皇之地走進前院。維溫娜只能跟著，一顆心卻是懸得越來越高。

兩隻看門犬立刻狂吠起來，凶狠地咆哮，向不速之客接近，嚇得維溫娜不敢再往前。可是，奇怪的事又發生了；狗兒們一見到法樹，竟然馬上就安靜下來，不僅開心地跟著他走，其中一隻還雀躍地跳起來想舔他的手。

老天爺，這到底是怎麼回事？

狗兒的吠聲引起宅邸內的注意，便有人提著燈籠來到前院看個究竟。其中一人見到法樹，馬上對身旁的人說了幾句話，然後匆匆離去。就在維溫娜和法樹接近主屋的前門台時，一個穿著白色睡袍的男人從門內走出，身旁還有幾名士兵保護。士兵們紛紛上前，不讓法樹繼續接近，穿睡袍的男人卻從他們中間衝了出來，並且放聲大哭，激動地從法樹手中接過女童。

「謝謝你，」男人喃喃道，「謝謝你。」

維溫娜靜靜地站在後頭。狗兒們還在舔法樹的手，但牠們都刻意避開了宵血。

男人緊緊摟著他的女兒，一直不肯放手，直到門後走出一名女子——維溫娜猜想，應該就是孩子的母親。那女子又驚又喜地哭喊，將孩子緊擁入懷。

「你爲什麼要送她回來？」男人問法樹。

「抓走她的人已經受到懲罰，」法樹以他一貫平靜卻粗魯的口氣說道，「別的你就不要多問了。」

男人帶著狐疑打量他：「我認識你嗎，陌生人？」

「我們見過，」法榭說，「我要求你爲反戰而辯論。」

「我想起來了！」男人說，「其實你不用那麼做。只是我……他們抓走米瑟兒，叫我改變辯論的立場，而且不得張揚，否則就要殺了她。」

法榭轉過身，準備離開，忽又停下腳步。「好好照顧你的孩子，保護她，」他回過頭去，對男人叮囑：「千萬不可使這個王國用死魂兵行屠殺之實。」

男人連連點頭，仍是一把鼻涕一把眼淚：「是，是，當然。謝謝你，太謝謝你了。」

法榭繼續往大門口走。維溫娜跟在後頭小跑步，不時打量狗兒。「你是怎麼讓牠們不叫的？」

他沒回答。

她回過頭，看了看豪邸。

「妳爲自己贖了罪。」他平靜地說著，跨過那扇被他踢開的大門。

「什麼？」

「丹司本來就打算綁架那個小女孩，即使妳不來特提勒也一樣。」法榭說，「與他勾結的盜賊集團太多，若是只靠我一個，可能永遠也找不到她。我和其他人一樣，也以爲那場搶劫只是爲了妨礙補給，忽略了那輛馬車。」

他停下腳步，在夜色中凝視著維溫娜：「妳救了那女孩的性命。」

「偶然罷了。」她說。黑暗中，她看不見自己的頭髮，但能感覺它正在變紅。

「總之妳救了她。」

維溫娜微笑。不知爲何，這番嘉許帶來的感染力比它應有的還要強。「謝謝。」她說。

「遺憾的是，我剛才在盜賊窩失態了。」他又說，「一個戰士應該要冷靜。無論是跟人決鬥或戰鬥，都不能被憤怒所控制。所以我一向都不是個好劍客。」

「起碼你完成了工作，」她說，「而丹司手上又少了一個籌碼。」他們走上了大街。「話說回來，」她又補充道，「眞希望我沒見到那麼一棟氣派的豪宅，害我對哈蘭隼祭司的好感仍然沒有增加。」

卻見法樹搖了搖頭：「南若瓦的父親是本城最富有的商人之一，南若瓦爲了感謝諸神的賜福而自願獻身奉侍，完全不支薪。」

維溫娜一怔。「噢。」

法樹聳肩說道：「妳有不同的信仰，當然會覺得這些祭司該罵。他們是第一線的代罪羔羊——畢竟，在你們眼裡，堅定不移的異教徒都是執迷不悟的瘋子，要不就是專門洗腦的騙徒。」

維溫娜再次感到困窘。

法樹在街邊停下腳步，轉過頭來看著她：「對不起，我說得太過分了。」然後他咒罵了一聲，轉身繼續走。「我就說我不擅長這個。」

「沒關係，」她說，「我已經習慣了。」

他在黑夜中點了點頭，顯得漫不經心。

這個人本性善良，或者至少是個眞心想行善的人。她想。不過，她又覺得愚蠢，因爲這又是在評判他人了。

儘管如此，維溫娜知道，只要活在這世間，與人交流，她就無法不去評判他人，無法不對別人產生觀感。所以她還是會評判法榭，但和以往評判丹司時不同。丹司會說笑話，會讓她看見她想見的事物；至於法榭，她決定長期觀察他，從他的作爲再去取決。如今她已知道，當這個人目睹年幼的孩子遭到囚禁時，他會落淚；將孩子送回給父母時，他要求的獎賞僅僅是守護和平的承諾；生活極其簡貧，幾乎沒什麼錢，投身世事只爲阻止戰爭。

大而化之、粗線條、不細心，又粗暴。有副可怕的脾氣，卻有顆爲善的心。而且，走在他身旁，她的心裡有一份久違的安全感。

50

nd so we each have twenty thousand," Blushweaver said, walking next to Lightsong on the stone pathway that led in a circle around the arena.

「所以，我們各自握有兩萬人了。」薄曦帷紡說時，正陪著萊聲走在前往合議場的石板道上。

「對。」萊聲應道。

他們的祭司、隨從和僕人在後頭跟著，形成一支浩浩蕩蕩的神聖隊伍，不過兩位主人都拒絕了乘轎或遮陽篷。兩人肩並著肩，萊聲穿著金色與紅色的衣袍，薄曦帷紡則難得地穿了一套眞正能裹住身體的長禮服。

不得了。這女人穿起這種東西來是多麼好看。萊聲發現自己竟在腦中這麼想著。他不知道自己爲何不喜歡見她衣著暴露，也許他生前是個觀念保守的人。

或者無關生前，而是現在的他觀念保守。他暗暗苦笑，心想：**我能怎麼責怪生前的我呢？那人**

死都死了，他可沒讓自己攪進王國的政治權謀之中。

合議會場擠滿了人，而且諸神將罕見地全數到齊。現在只剩下偉風爾樂還沒到場，他一向很是隨性。

這麼多重大事件，而且迫在眉睫，萊聲心想。此間的人事物已經建置了許多年，爲什麼我就該被擺在中心地位呢？

他昨晚的夢境十分詭異。終於，夢境裡不再是戰爭，而是月亮。月光下，幾條奇形怪狀的蜿蜒小徑，有點兒像……地道。

見萊聲經過時，不少已就座的神在包廂中向他點頭致意，卻有少數朝著他皺眉頭，更有人直接視而不見。萊聲又想：好一套怪異的統治體系——一群長生不老的人，只在這世上待十年或二十年，過著與外界隔絕的生活，人民卻信任我們。

人民信任我們。

「我覺得我們應該共享彼此的安全密語，萊聲。」薄曦帷紡說道，「共同掌握四萬人，以防萬一。」

他不發一語。

她轉過頭去，看著擠滿在長椅區的平民百姓，以及他們身上五顏六色的衣飾。「天啊，天啊，」薄曦帷紡說，「觀眾眞多，但注意我的人卻是少之又少。他們眞無禮，你說是不是？」

萊聲聳了聳肩。

「哦，對了，」她說，「也許他們是……你上回是怎麼說的？驚艷，被我迷倒，成了呆子？」

萊聲淡然一笑，回想起他們在幾個月前的那一場對話；也正是在那一天，開始了今天的這一切。但見薄曦帷紡注視著他，眼中流露出嚮往。

「沒錯，」萊聲說，「或者，也許他們只是單純地無視於妳，以便恭維妳。」

薄曦帷紡微笑：「那你倒是說說看，無視要怎麼恭維我呀？」

「它會挑起妳的憤怒，」萊聲說，「而我們都知道，妳在憤怒時的模樣最好看。」

「這麼說，你喜歡我的模樣囉？」

「妳的模樣的確賞心悅目。不幸的是，我不能用同樣的方式恭維妳。妳瞧，只有眞誠而由衷的無視才能激發出它的效果，但是軟弱無能的我實在做不到。我得向妳道歉。」

「我懂了。」薄曦帷紡說，「那我應該要受寵若驚了。話說回來，我看你對於某些事物倒是很能由衷地無視呢，比方你自己的神性，一般基本的禮儀，還有我的女人小心機。」

「親愛的，妳還談不上小心機，」萊聲說，「有心機的人會在打鬥時使暗器或出陰招，但妳八成只會用大石塊去砸對手的腦袋。且不說這個，我倒有別的辦法來對付妳，妳一定會覺得更加受寵若驚。」

「不知為何，我對此感到懷疑。」

「妳應該要對我多些信任才好，」他說時還故作斯文地揮一揮手。「我畢竟是個神。藉我神聖的智慧，我已思考出唯一的方式來眞正地讚美像妳薄曦帷紡這樣的人，那就是要比妳更吸引人、更富知性，而且更有趣。」

她哼了一聲：「哦？那麼，有你這樣的人在身旁，我反而覺得受辱。」

「這就對了！」萊聲道。

「那請你解釋一下，爲何你認爲跟我較勁才是對我最眞誠的恭維？」

「當然要，」萊聲說，「親愛的，每當我發表一個極端荒謬的論述，必定會附帶一個同樣荒謬的解釋去支持它。妳可曾見過我破例？」

「從沒見過，」她附和道，「要不是我深知你那自我感覺良好的狗屁邏輯，你根本就不是個東西。」

「我在這方面是個奇葩。」

「無庸置疑。」

「總之，」萊聲豎起一根手指頭說道：「在表現得比妳更使人驚艷的同時，我就請人來注意我而無視妳，然後妳表現出往常的魅力——使使小性子，做一些過度的挑逗——讓他們的注意力重新回到妳身上。到那時候，如同我前面的解釋，眾人會發現妳才是最好的。因此，要確保妳得到應有的注目，唯一的方式就是把它們從妳身上移走。這點做起來相當困難啊，看在我做得如此出色的份上，希望妳給我幾分肯定。」

「我向你保證，」她說，「我相當肯定你的付出。事實上，我肯定得想要讓你休息休息。你可以滾遠一點，讓我來做諸神中最美好的一個就行。我願意自己承擔這盛名之累。」

「我怎麼捨得？」

「親愛的，你若是太美好，就會毀掉你的形象啊。」

「反正我開始厭倦那個形象了。」萊聲說，「我花了這麼多的時間努力做個惡名昭彰的懶惰鬼，卻漸漸明白這艱鉅的任務超出我的能力極限。其他的神比我更沒有用，而且還渾然天成，他們只是自己裝作沒注意罷了。」

「萊聲！」她說，「小心人家說你嫉妒！」

「人家也可以說我的腳聞起來像番石榴。」他說，「人家愛說什麼就說什麼，又不見得是對的。」

她大笑起來：「你眞是無可救藥。」

「眞的嗎？但我不是住在特提勒城嗎？我們幾時搬家了？」

卻見她豎起一根指頭：「開這玩笑就有點過分了。」

「當作是指桑罵槐吧。」

「指桑罵槐？」

「對，一個故意亂講的爛笑話，用來掩飾眞正要被取笑的對象。」

「那對象是？」

萊聲沉吟一會兒，望向場中央：「就是施加在我們身上的這一切。」他的語調轉柔，「這神殿裡的其他人聯手玩弄的把戲，讓我們對國家的未來擁有這麼大的影響力。」

薄曦帷紡的眉頭微蹙，顯然聽出他的語調越發苦澀。他們停下了腳步，薄曦帷紡背對著合議場，面對面地直視著他。萊聲擠出一絲微笑，卻已挽不回片刻之前的輕鬆氣氛。

「我們這些兄弟和姊妹並沒有你說的那樣糟。」她幽幽地說。

「他們若不是白痴，怎麼會讓我這種人來控制他們的軍隊？」

「那是信任你。」

「那是懶惰，」萊聲說，「因爲他們把困難的抉擇丟給別人去做。薄曦帷紡，那就是這套體制在鼓吹的東西。我們全被關在這裡，人們指望我們玩樂度日，卻又要我們懂得如何爲國家謀福利？」他搖搖頭：「其實我們害怕外界，只是不肯承認罷了。我們有的只是藝術品和夢境，而那就是妳跟我兩個人能把這些軍隊搞到手的原因。其他人都不想做劊子手，不敢指揮部隊去殺人。他們不想置身事外，卻不敢承擔責任。」

說到這裡，他停了下來。薄曦帷紡仍凝視著他。她有副女神的完美形象，更有一顆比別人都堅強的心，只是她用膚淺輕佻的面紗將它掩藏起來。「我只知道你有件事沒說錯。」她靜靜地說。

「什麼事？」

「你的確是個美好的人，萊聲。」

他站在那兒，直視她的雙眼，那雙大而美麗的碧眼。

「你不會把你的安全密語給我，是吧？」她問。

他搖搖頭。

「沒關係，是我把你牽扯進來的。」她說，「你總是說自己多麼無用，但我們所有人都知道，宮廷之中，只有少數幾個神會把藝廊裡每一幅畫、每一件雕塑和每一張織錦都鑑賞完；也只有少數會聽完每一首詩歌，並且在聆聽人民的請願時露出沉痛的表情，萊聲，你就是那其中的一個。」

「你們都蠢了，」他說，「我這副臭皮囊裡只有垃圾。」

「不，」她又說：「你會把我們逗得大笑，即使出言羞辱也仍是大家的開心果。難道你看不出來嗎？你沒發現自己的地位已在無意之間凌駕於其他人之上了嗎？萊聲，我知道你不是刻意，也因爲這點，才使你受到眾人的仰望。在這浮誇的城市裡，只有你至少展現出一絲睿智，我認爲這就是你掌管兵權的原因。」

他沒有作聲。

「我早料想到你會拒絕我，」她說，「只是，我以爲自己終究能影響你。」

「妳能，」他說，「像妳剛才說的，是妳的所作所爲把我牽扯進這一切。」

望著他，她緩緩地搖頭：「萊聲，愛情和失望——我心裡對你有這兩種感覺，但我分不出哪一種比較強烈。」

他執起她的手，輕輕一吻：「兩種我都接受，薄曦帷紡。懷著榮幸。」

然後他轉身走開，步向他的包廂。偉風爾樂已經到場，現在只缺神君和王妃了。萊聲坐了下來，納悶希麗怎麼還沒到。她以前都是早早就來。

想歸想，萊聲發現自己很難把思緒集中在年輕的王妃身上，因爲薄曦帷紡仍然站在他們剛剛所站的步道上，目不轉睛地凝視著他。

良久，她轉過身去，走向她自己的包廂。

□

希麗走在宮殿廊道上，身旁圍繞著她的褐衣侍女們。她的腦中有十幾個煩惱在盤旋。

首先，我要去找萊聲。她在心中盤算著。我去跟他坐在一起不會顯得奇怪，因爲我們在這種場合上經常坐在一起。

我等修茲波朗到場。然後我問萊聲能否私下談話，叫僕人和祭司們迴避。我把神君的事告訴他，說明修茲波朗是如何遭到挾持，然後請他一起想辦法。

她最擔心的就是萊聲早已知悉這一切。他會不會就是這陰謀的一部分？她倒不是不信任萊聲，但也不敢像相信修茲波朗那樣地信任他。一切都是緊張使然。

走過一個又一個的房間，它們仍舊是各自不同的主題色彩，但她已不再計較那些顏色有多俗艷了。

假設萊聲願意幫忙，她想。就等中場休息時間。祭司們一離開辯論台，萊聲就去跟別的神提這件事，讓那些神去找他們的祭司，指示他們上場討論爲何神君從來不對眾人說話，然後逼神君的祭司讓修茲波朗自己出來辯護。

想到這個階段得靠祭司幫忙，縱使他們並非服侍修茲波朗的祭司，她也覺得老大不願意，偏偏這是眼下最可行的辦法。除此之外，萬一各家祭司不肯照著主人的指示去做，正好也可以讓萊聲和其他神發現手下們的貳心。話說回來，不論是哪種結果，希麗都知道自己即將深涉險地。

*反正我打從一開始就是一腳踏在危險裡了，我愛的男人面臨死亡的威脅，而我生的孩子全都會被帶離我的身邊。*她一面這麼想，一面離開宮殿的正廳，轉進較暗的外廊。她知道自己沒有選擇，要是不採取行動，就只能任由祭司們繼續擺布。修茲波朗已經跟她達成共識，最好的計畫就是——

希麗慢下了腳步。前方就是外廊的盡頭，也是通往宮廷庭院的門口，那兒站著一小群祭司和幾個死魂兵。祭司們轉過身來，其中一個伸手指了指。

*眞要命！*希麗一面想，一面回過身去，卻見後面也有另一組祭司走近來。*不！別是現在！*

兩組祭司包圍了她。希麗想到逃跑，但能逃到哪兒去？穿著這一身礙手礙腳的長裙，擺脫僕從和死魂兵？於是她抬起了下頷，高傲地向祭司們一瞪：「這是什麼意思？」她用氣勢凌人的口吻罵道，並且不忘控制髮絲的顏色。

「萬分抱歉，神君妃，」領頭的祭司說道，「但以您目前的狀況，實在不適合過分勞累。」

「我的狀況？」希麗冷冷地問，「這是什麼蠢話？」

「就是胎兒，神君妃。」祭司說，「我們不敢冒風險。您有喜的消息萬一走漏出去，將會有許多人想對您不利。」

希麗心中一陣愕然。*胎兒？他們怎麼會知道我和修茲波朗已經有了夫妻之實……*

不對。若是懷孕，她自己會先知道。當然，名義上，她跟神君同房已有數月，這麼長的時間已足夠顯示出孕兆；若在這時向一般百姓們宣布喜訊，聽起來也合情合理。

想到這裡，一陣驚恐驀地襲來。**我眞傻！假設他們已經找到繼任的神君人選，那我根本不必懷孕！他們只要讓眾人都相信那孩子是我生的就好了！**

「我沒有懷孕，」她說，「你們只是在等，等一個把我跟神君隔絕開來的好藉口。」

「請吧，神君妃。」一名祭司說著，命令一個死魂兵去攙她的手臂。她不反抗，只是力圖鎮靜，並且直視著那名祭司的雙眼。

那人卻迴避她的注視。「這是最好的辦法，」他說，「爲了您好。」

「肯定是的。」她怒氣沖沖地說完，轉身走回宮殿。

□

獨自坐在人群中，維溫娜一面等待，一面觀察。她仍覺得如此公然地走到戶外來有點兒愚蠢，但這種想法，連同身爲義卓司公主應有的謹慎和含蓄，已經逐漸在她腦海中發揮不了影響力。藏身在貧民窟時，丹司的手下照樣找到了她。跟法樹一起混在人群裡，搞不好還比在暗巷中安全，尤其是此刻的她已十足融入了人群。穿著鮮艷的襯衫長褲竟能顯得如此自然又毫不起眼，她以前從未曾體會這感覺。

法樹出現在長椅區上方的看台邊緣，於是她輕手輕腳地離開座位，往那兒走去——她一離開，那位子立刻就有人占走。祭司們已經在場中展開辯論，找回了女兒的南若瓦也是其中之一，並且正在陳述他原先的反戰論點。目前看來，他的確是反戰陣營的領導人物。支持他的人卻是少之又少。

維溫娜走過去跟法樹一起站在欄杆旁，想不到他鬧彆扭似地張開雙肘以將她隔遠，而且臉上竟毫無歉意。他今天出門沒帶宵血——由於她的堅持，他把宵血跟維溫娜的長劍一起留在住處，不過她仍懷疑法樹會設法在臨出門前的最後一刻偷偷挾帶。這裡可是宮廷之內，引人注意是萬萬不妥。

「如何？」她悄聲問。

他搖頭道：「就算丹司在這裡，我也找不出來。」

「看看這個人潮，不意外。」維溫娜心平氣和地說。他們的身旁都是人，沿著欄杆就站了上百個。「這麼多人都是從哪兒來的？今天的觀眾比以往的合議會還要爆滿。」

法樹似乎不以為意：「有的入場許可只限單次，持有這許可的人可以任選一場合議會，而他們或許一輩子就這麼一次機會，所以絕大多數都寧願選擇大型議題，以便可以一次看見諸神到齊。」

維溫娜轉頭，繼續眺望王座。如此人潮或許也和她聽到的謠言有關：民間都認為，今天的這一場會議中，復歸神將聯合決定向義卓司宣戰。

「南若瓦辯論得不錯。」她如此說道，其實卻沒法兒聽得太清楚，因為觀眾都太吵了——復歸者勢必得靠信差來逐條傳錄場中的各方辯述。維溫娜不懂，為何沒有人出來命令群眾安靜？那麼做似乎又不像哈蘭隼人的風格。他們總喜歡吵吵鬧鬧；或者說，他們喜歡有這機會，得以在重要事件發生的同時邊坐邊聊看熱鬧。

「沒人要理南若瓦，」法榭說，「他的立場反反覆覆，已經沒有公信力了。」

「那他應該說明自己改變主意的原因。」

「也許吧，但我也不確定。要是人們知道他的孩子曾被綁架，說不定反而會猜測幕後有義卓司人主使，他解釋什麼都沒用。再加上哈蘭隼人典型的頑強自尊，祭司們尤其嚴重，南若瓦要說出眞相，就得承認自己屈服於脅迫而改變政治立場……」

「我還以爲你喜歡那些祭司。」她說。

「只有幾個，」他說，「不包括其他的。」說到這裡時，他也朝神君的王座打量。修茲波朗還沒有到場，合議會竟然沒等他就開始，這倒是不尋常。

希麗也沒出現。維溫娜有點兒不耐煩，因爲她一直等著見到她，即使是遠遠地看幾眼也好。

我會救妳的，希麗。這次是眞的，第一步就是先阻止這場戰爭。

法榭又朝場中央看，靠在欄杆上，顯得焦慮。

「怎麼了？」她問。

他聳了聳肩。

她沒好氣地翻了個白眼。「說嘛。」

「我只是不喜歡把脊血單獨丟著太久。」他說。

「帶它來做什麼？」維溫娜問，「鎖在衣櫥裡不會有事的。」

他又聳肩。

「說眞的，」她說，「你自己也知道，大庭廣眾下帶一把五呎長的黑劍其實相當引人注目。要不要提醒你，那把劍動不動就會淌出黑煙來，還會在別人的腦袋裡說話？」

「我不怕引人注目。」

「我怕。」她應道。

法樹大皺眉頭，卻沒再辯下去，而是終於承認：「對啦，妳說的對。我這個人就是不在意別人的眼光，不會搞低調。丹司以前也常拿這點來取笑我。」

這回輪到維溫娜皺眉了：「你們以前是朋友？」

法樹掉轉頭去，不發一語。

卡拉德陰魂作祟了！她難過地在心中暗罵。哪一天來個誰把一切都說給我聽吧！搞不好眞相就會把我給活活嚇死。

「不知神君為啥搞這麼久沒出現，我去探探看。」法樹說著，離開了欄杆邊。「等等就回來。」

見她點頭，他就走了。她往下面看，後悔自己離開了座位。置身在如此廣大的群眾中，維溫娜曾經感到窒息，如今她已習慣了熱鬧繁忙的街道，看見萬頭攢動也不再害怕了。另外還有一點，就是她的駐氣。她在出門前將一部分駐氣存進了上衣中，只留下大約第一級增化所需的數量，當作是進入宮廷的許可證明。

猶如一般人感受空氣和風，是這些駐氣讓她感覺生命動態的美妙。當她置身在人群的緊密包圍中——那麼多的生命，那麼多的心願和嚮往，那麼多的氣息——蘊生出一種微醺也似的心情。她閉上眼睛，陶醉在其中，一面聽著祭司們的辯論。

她感應到法樹又出現了，但他沒有接近，卻是停在遠處不動。如此感知不僅是因爲他擁有大量的駐氣，更是因爲他正目不轉睛地凝視著她，那目光令她有些微的熟悉感。她轉過頭去，在人群中找出了他。那一身深色的破舊衣褲，在人群中比維溫娜還要醒目多了。

「恭喜妳。」他走近來，挽起她的手臂。

「爲什麼？」

「妳快要做阿姨了。」

「你胡說什……」她怔了一會兒。「希麗？」

「妳妹妹懷孕了，」他說，「祭司們今天傍晚就會正式宣布。神君八成是留在宮殿裡慶祝，所以才沒到場。」

維溫娜呆立在那兒。希麗懷孕了，那個稚氣未脫的小女孩，竟爲這宮殿裡的怪物懷了孩子？然而維溫娜此刻奮戰不懈的目的，不就是要讓那怪物保住他的王位嗎？

不對。她想道，縱使我正努力不去仇視它，但我還沒有原諒哈蘭隼。我不能讓義卓司遭受攻擊和毀滅。

恐慌瀰漫在她的心頭。突然間，她所有的計畫都變得沒有意義了。等到子嗣誕下，哈蘭隼會怎麼處置希麗？「我們得把她帶出來，」維溫娜聽見自己這麼說：「法樹，我們得去救她。」

他沒作聲。

「拜託你，法樹，」她低聲說，「她是我的妹妹。我本想藉著阻止戰爭來保護她，但如果你的預感沒錯，那麼神君自己也是主戰派之一。希麗跟他在一起會有危險的。」

「好吧，」法樹說，「我盡量試試。」

維溫娜點頭，回頭觀看場中央，見到祭司們正在離場。「他們要去哪裡？」

「去找他們的主人，」法樹說，「尋求諸神的正式表決。」

「表決是否開戰嗎？」維溫娜感到一陣寒意。

法樹點頭：「是時候了。」

□

萊聲在篷頂下等待，手裡拿著一杯冰果汁，身旁擺滿了令人眼花撩亂的各種零食，還有幾個男僕在爲他搧風。

薄曦帷紡把我扯進這趟渾水裡，他想。**是因爲她擔心哈蘭隼會遭到突襲**。

祭司們都在徵詢主人的意見。他看到好幾個人低著頭，跪在他們侍奉的復歸者面前，恭敬地低著頭。哈蘭隼的施政體制就是這樣運作的：祭司各自在辯論中闡述意見，然後尋求諸神的旨意，接著匯統爲這座神殿的集體意志，進而成爲王國的意志。當今世上只有一個人可以否決這個意志，那就是神君。

而他卻選擇不出席這場會議。

有了一個孩子就這麼歡天喜地，以致於不惜擱下人民的未來？萊聲不高興地想道。**我還指望他不至於那麼糟呢。**

拉瑞瑪走過來了。他剛才和其他大祭司們一起待在台下，卻沒有上台辯論。拉瑞瑪習慣把他的想法擺在心裡。如今他也來到萊聲跟前，跪了下來。

「懇請您恩賜旨意，吾神萊聲。」

萊聲沒回應，只是遙遙望向合議場的對面，看著薄曦帷紡的篷傘在蒼茫暮色中碧綠依然。

「噢，神啊，」拉瑞瑪說：「請賜我知識。我們是否應該與我們的親族——義卓司人走向戰爭？他們的反叛是否需要平定？」

各家大祭司正紛紛走回場中央，手中都高舉著一幅旗幟，用以代表主人的旨意：綠色表示贊成議題，紅色則表示反對。以今天來說，綠色將代表開戰，而眼前走回場中的七幅旗幟裡，有五幅是綠色。

「閣下？」拉瑞瑪抬起頭來看他。

萊聲站了起來。**他們可表決，但他們的意見有什麼用？**他一面想，一面走出包廂之外。**他們都**

沒有影響力，而這場中只有兩票最關鍵。

更多綠旗出現了。祭司跑下台階時，旗幟迎風飄揚。民眾議論紛紛，他們已經看出了大勢。萊聲向身旁看去，見拉瑞瑪跟在後頭。這個人的心裡一定不舒服，他爲什麼從不表現出來？

萊聲走近薄曦帷紡的包廂時，幾乎所有的大祭司都將主人的投票帶回了場中，而綠色占了壓倒性的多數。他看見薄曦帷紡的大祭司還跪在那兒等候旨意，而她本人則在等待那戲劇性的時刻。

萊聲在包廂外停下了腳步，薄曦帷紡則從裡頭向外望著他，神情鎮定，但他仍能感覺到她內心的焦慮。他太了解她了。

「你要公開表達你的意思嗎？」她問道。

他望向下方的場中央。「我若是抗拒，」他說，「這場聲明就無效了。諸神可以儘管叫囂著要開戰，不過軍隊在我手裡。要是我不讓他們動用我的死魂兵，哈蘭隼不可能打勝仗。」

「你要違抗神殿的集體意志？」

「我有權利那麼做，」他說，「任何人都有這個權利。」

「可是你有死魂兵啊。」

「那也不代表我就得聽別人的。」

他倆都沒再說話。靜默了一會兒，薄曦帷紡向女祭司招了招手，後者於是起身，舉起綠色的旗幟，快步走到場中與其他人會合。這個結果引來全場譁然，顯見民眾都知道薄曦帷紡此刻的政治力量與地位；就一個起步時未有一兵一卒的人來說，這樣的知名度倒不壞。

手中掌握了那麼多的兵力，薄曦帷紡將會主導戰爭的籌劃、外交和實行，她有可能一舉躍升爲國史上最有權勢的復歸者。

我也是。

靜靜注視著場中的一切，萊聲想起昨晚的夢境。他還沒有講給拉瑞瑪聽，也不打算講。那些錯綜複雜的地道，以及剛從地平線升起的月亮，會象徵著什麼具體的意義呢？

他無法判斷。對於一切，他都沒有頭緒。

「我得要再想一想。」萊聲說完，轉身要走。

「什麼？」薄曦帷紡提高了嗓門：「你不投票嗎？」

他搖頭。

「萊聲！」她對著他的背影叫道：「萊聲，你不能就這樣讓我們懸在這兒！」

他聳了聳肩，回頭一瞥。「其實，我能。」他微微笑：「因爲我就是一個那樣令人失望的人。」

就這樣，他離開了合議場，帶著未投的那一票，回到自己的宮殿去。

51

’m glad you came back for me, Nightblood said. It was very lonely in that closet.

我很高興你回來找我，宵血說，待在衣櫥裡很寂寞。

法樹沒理他。他正在諸神宮廷的邊牆頂上走著。夜深人靜，四下漆黑，只有少數幾座宮殿還有亮光，其中一棟就屬於魯莽王萊聲。

*我不喜歡黑漆漆的。*宵血說。

「你是指現在這樣的天黑嗎？」法樹問。

不，是指在衣櫥裡。

「你又看不見。」

一個人就算看不見，宵血說，當他置身在黑暗中時，他就是知道。

法樹不知該如何接腔。他停下腳步，從牆上眺望萊聲的宮殿。紅色與金色，這配色果然大膽。

你不該忽視我，宵血說，我不喜歡這樣。

法樹蹲低去觀察那座宮殿。他沒見過這個叫萊聲的復歸者，只聽過一些傳聞，說他的言詞是諸神中最不入流的，為人最不可一世也最喜歡嘲諷他人。但在此刻，也正是這一個人的手裡，掌握著兩個王國的命運。

欲改變那命運，有個簡單的方法。

我們要去殺他，對不對？宵血的口氣充滿渴望。

法樹仍然緊盯著宮殿。

我們應該殺死他，宵血又說。來嘛，我們應該那麼做。我們真的應該那麼做。

「你管那麼多？」法樹輕聲說道，「你又不認識他。」

他邪惡啊。宵血道。

法樹嗤之以鼻：「你連邪惡是什麼都不懂。」

這一次，換宵血沉默了。

那正是問題的癥結所在，也是法樹這一生最無法擺脫的課題。一千道駐氣，識喚金屬並使它有意識及知覺，就得耗用一千道駐氣。當時，夏莎拉對這個過程尚未充分了解，卻率先開發出這樣的技術。

達到第九級彩息增化後，人類才能識喚石頭和金屬，僅只於理論上的推測，實際上未必會成功。縱使成功，也應該像他斗篷上的鬚邊一樣，不可能具備太多的自主意志。

宵血不該活在這世上，但它卻活了，誰教夏莎拉一直是他們之中最有才華的，不像法榭，同樣是研究識喚物的創造，卻只愛搞小把戲，例如在石頭或金屬中嵌入人骨等等。夏莎拉機伶又能幹，藉著耶斯提爾分享的知識，她可以勤而不倦地研究、實驗，就此調製出靈醇的配方；她敢於嘗試，學會將一千個人的駐氣打進一片純鋼裡，識喚出它的意識，並且賜予命令。那一道命令發揮了極大的力量，爲此識喚物提供了人格的基礎。

有了宵血，她和法榭花了很多時間思考，最後終於選定一個簡單卻高尚的命令語——「毀滅邪惡」。那時，這道命令聽起來既完美又合乎邏輯，可他們卻都沒有料想到，這句話裡有個大問題。

一個由純鋼製成的物體，如何能明瞭「邪惡」的定義？

鋼鐵是那樣一個與生命體無涉的材質，它甚至有可能覺得活著的感受根本就是陌生且怪異，又要如何體會這只限於生命體才有的意識？

*我正在思考，*宵血說，*我演練過很多次。*

眞正該怪罪的不是劍。它的力量固然駭人，具毀滅性，但它本來就是爲了破壞而被創造出來的。它對生命還不了解，生命的意義亦然。它只知道自己接收的命令，並且忠心而積極地想實踐這命令。

*下面這屋子裡的人，*宵血說，*這座宮殿的主人，他擁有發動這場戰爭的力量。但你不要戰爭發生，所以那人邪惡。*

「為什麼那樣就表示他邪惡？」

因為他要做的事情是你不希望他去做的。

「我們又還不確定他會不會做，」法樹說，「況且，誰說我的判斷就一定準確？」

準確啦。宵血說。走嘛，我們去殺他。你告訴我戰爭是壞事，他會掀起戰爭，他就是邪惡的人。我們去殺了他，我們去殺了他。

這把劍開始興奮起來。法樹可以感覺到刀鋒中的危險，龐然的駐氣醞釀著扭曲而不自然的力量。他能想見這股力量釋出時的景象：漆黑、不祥，迎風的凌厲刀勢。引誘法樹去消滅萊聲，促使他去殺戮。

「不要。」法樹說。

宵血嘆氣，你把我鎖在衣櫥裡哦，你應該道歉。

「我才不要用殺死別人的方式來道歉。」

只要把我丟在那裡就好了啊。宵血說，他若是邪惡，就會殺死自己。

這話令得法樹一愣，忍不住在心中咒罵。一年比一年，宵血似乎越來越懂得世間機巧；當然，法樹也知道，這只是他自己的想像或投射。識喚物不可能改變或成長，它們只會停留在被識喚時的狀態。

宵血的提議卻是個好主意。

「晚點再說。」法樹說著，轉身離開那座宮殿。

你在害怕。宵血說。

「你又不懂害怕是什麼。」法樹應道。

我懂。你不喜歡殺死復歸者，你怕他們。

這說法當然是錯的，但從另一個角度看，也許他的遲疑看起來就和害怕沒有兩樣。他已經很久沒與復歸者打交道了。太多的回憶，太多的痛苦。

他往神君的宮殿走去。這座宮殿年代已久，比周圍的其他宮殿更有歷史。它曾經是座濱海前哨站，居高臨下地俯瞰整個海灣；沒有城市，也沒有色彩，只有這光禿禿而突兀的黑色高塔。想到它後來竟成為虹譜神君的家，法樹就覺得好笑。

他把宵血插進背後的束帶裡，從牆頭跳向宮殿。腿側的流蘇提供了額外的支撐力，讓他跳了二十多呎遠，接著猛然撞上建築物側面，順著光滑的瑪瑙磚往下滑。他及時勾了勾手指，袖子流蘇便攀住上方的窗台，同時利用腿側流蘇的助力跳上塔的底層。

他運氣調息，識喚腰上的繩索——圍這條繩子時，他總是讓它貼身圍繞在腰上。褲管下，他綁了一條彩色頭巾在腿上，這時便提供了色彩。

「攀爬物體，然後抓附物體，拉我上去。」他發令道。對某些人而言，要在一次施術中同時下達三道命令語並不容易，但對法樹來說，那就像眨眼睛一樣簡單。

纏在他身上的繩索隨即鬆開，實際長度遠比看起來還長；二十五呎的繩索沿著塔的牆面向上升，然後蜿蜒，進到三樓一扇窗內。幾秒鐘之後，繩索傳來往上提的力道，將法樹吊上半空中。倘若識喚得當，受術物體所擁有的強韌度會比一般的肌肉更大。法樹就曾親眼見過，一小束略細的繩索也能抬起巨石塊，像投石器似地朝敵人的防禦工事投擲。

來到窗邊，他讓袖子流蘇放鬆，然後進到室內，把宵血重新拿在手裡。他靜靜地蹲下，在漆黑中張望，確定房間裡沒人，這才謹慎地收回駐氣，然後將繩索鬆鬆地繞在手臂上，匐身前行。

我們要去殺誰？宵血問道。

又不是每次都是殺人。法樹在心裡說。

維溫娜在不在這裡？

這把劍又在解讀他腦中的想法了。只不過，它解讀不了未成形的念頭。大多數念頭都只在人的腦中一閃即逝，包括影像的片段、聲音或氣味，而它們之間會產生連結，隨即失去，復又重生。對宵血來說，這一類的過程很難解讀。

維溫娜，麻煩的一大根源。要是能把她跟丹司的合作當成是出於意志的自願，那麼法樹在這城裡的任務就容易得多了。至少，他就能把她當作罪人，責怪她。

她在哪裡？她在這裡嗎？她不喜歡我，可是我喜歡她。

法樹在漆黑的走廊上放慢了腳步。你喜歡她？

對。她很和氣，而且長得漂亮。

和氣又漂亮——兩個都是宵血一知半解的字眼，而它只是學會何時使用罷了。誠然，這把劍有自己的主觀意見，而且幾乎不說謊，所以它肯定喜歡維溫娜，只是未必解釋得出原因來。

她讓我想起一個復歸者。宵血說道。

啊。法樹心想，繼續邁步走。這是當然，合理啊。

什麼？宵血說。

因爲她是某個復歸者的後裔。你從她的頭髮就可以看出來，她帶有一點復歸者的血統。

宵血沒有回應，但法樹感覺到它在思考。

法樹來到一處十字路口，停了下來。他非常清楚神君的寢室在哪兒，只是這兒的裝潢變了很多。過去，這裡只是一座簡單而樸實無飾的碉堡，爲了阻礙入侵的敵人而刻意建造出許多曲折複雜的通道，而今通道依然，石頭雕砌的部分也沒變，往日的寬敞食堂和駐兵營房卻被隔成許許多多更小的房間，用哈蘭隼上流社會的風格裝飾得五顏六色。

神君的妻子會在哪裡？如果她懷孕了，勢必有僕人隨時照料，那麼很可能是在一間較大的複式廳室裡，而且是在高樓層。法樹想定，轉往樓梯走去。幸運地，現在是深夜，沒幾個人還醒著。

她的妹妹。宵血突然說道。你是來找她的，你要去救維溫娜的妹妹！

法樹在黑暗中點點頭，摸索著往樓梯上走，一面感應著是否有人接近。儘管他的駐氣已大半儲存在衣褲裡，剩餘的數量仍夠他識喚繩索並運用感知力。

你也喜歡維溫娜！宵血說。

胡說。法樹想道。

那不然爲什麼？

因爲她妹妹有可能是這一切的關鍵，我今天才想通的。開戰的契機浮上檯面，就是從這個王妃進宮的那一天開始的。

宵血沉默不語。對它來說，這種邏輯上的跳躍性太複雜了點。原來如此。它語帶困惑地說。聽出它的似懂非懂和嘴硬，法樹不禁暗笑。

至少她落在哈蘭隼的手裡，就是現成的人質。萬一戰況失勢，神君的祭司——或眞正的幕後主謀——大可以拿這女孩的性命做要脅。她是個完美的工具。

你打算把這個工具拿走。宵血說。

法樹點頭。這時，他已經來到樓梯上端，轉進一條長廊。他繼續走，直到感應到一個侍女接近。

法樹識喚手臂上的繩索，站在壁龕的陰影中等她走近。那侍女一經過，繩索倏地拋出，纏繞在她的腰際，然後猛然將她拖進陰影。侍女還來不及喊叫，法樹就用袖子流蘇密密地覆住她的嘴。

女子微弱地掙扎，但繩子將她綁得極緊。看見她渾身顫抖，眼中湧出恐懼的淚水，法樹的罪惡感油然而生。他拿起宵血，略微拔出劍身，女子立刻露出作嘔的表情。這是個好現象。

「我要知道王妃在哪裡，」法樹用宵血的劍柄碰了碰她的臉頰，「妳要告訴我。」

但他沒有馬上將她放開，而是繼續限制她的行動和發聲，一面對自己的行爲感到不快。最後，他終於鬆開流蘇，但仍然讓劍柄貼著她的臉。見她開始嘔吐，法樹讓她面向牆壁。

「說。」他低聲道。

「南面的轉角，」女孩的語調虛弱，瑟瑟發抖，臉頰沾著唾沫。「這一層樓。」

法榭點了點頭，隨即用繩索將她綁起，堵住她的嘴，然後收回繩內的駐氣。他把宵血收進鞘內，快步奔進長廊。

你不去殺一個打算領兵上戰場的神，宵血問，**卻差點悶死一個年輕女人？**

對一把劍來說，這是個複雜的疑問句。換作是人類，這麼說可能有指責的意味，但宵血只是單純地發問。

我自己都搞不懂我的道德標準在哪，法榭心想，**我建議你省省吧。**

侍女說的地方很好找。但見那附近有一大群模樣粗野的男人守著，和精美的宮殿走廊格格不入。

法榭停下了腳步，心想：**有點不對勁。**

這話是什麼意思？宵血問道。

他那句話並不是對著宵血說，可是宵血會擅自讀取他的心思，以為他在腦中所想的事情都衝著它來。當然，站在這把劍的觀點，世上的每件事都應該是衝著它來的。

門口的守衛，是士兵，不是僕役。所以他們確實囚禁了她。她到底是否眞的懷孕了？該不會只是祭司們意圖保障自身權力？

要解決這麼多守衛，不可能不發出任何聲響，只好期望能速戰速決。也許其他人都在很遠的地方，一時半刻內不會聽到這兒的打鬥聲。

他在原地待了幾分鐘，緊抿著嘴，然後走近幾步，將宵血朝那群人之中扔去。法樹打算先讓他們自相殘殺，自己則做好準備，隨時對付未受影響的人。

一聽見宵血在石板地上發出清脆聲響，那群人的眼光一致轉向。就在同時，有人抓住法樹的肩膀，猛然將他往後拖。

法樹被拖得在地上翻滾。他咒罵一聲，急著抓住拖扯他的人——那卻是一條被識喚的繩索。在他後方，守衛們已經開始打鬥。法樹咕噥著，抽出靴中的小刀將繩索割斷。不料，就在他重獲自由的同時，旁邊突然衝出一個人影，一記擒抱，將他重重地撞在牆上。法樹用袖子流蘇攫住那人的面門，硬是將他掄向牆壁。此時另一人從後面發動攻擊，但法樹的斗篷及時擋住並絆倒那人。

「抓住我以外的東西。」法樹迅速地發令，同時扯下其中一人的外衣，識喚了它。那件外衣倏地飛出，朝另一個男人撲去，法樹立刻上前用小刀抹了那人脖子，然後把屍體踢開，清出一條路。

法樹大步奔去，準備拿回宵血，卻被另外三個突然從房間裡跳出來的人給擋住了去路。這些人看起來和正在搶劍的人是同夥，模樣都十分粗野；糟糕的是，走廊上出現更多人，至少以數十計。法樹朝其中一名對手踢去，踢斷了那人的腿，不料另一人撲上來扭打，竟僥倖地扯掉了他的斗篷，於是其他人一齊跳上來壓住他。緊接著，又一條被識喚的繩索飛來，將他的雙腳纏在一起。

法樹將手伸向背心。「你的駐氣歸——」他發令，想汲回一些駐氣以便發動下一波攻擊，卻被三個人即時拉開他的手。不到幾秒鐘，那條繩子已經將他團團縛住，動彈不得，而他的斗篷還在一旁和幾個拿刀想割破它的大男人搏鬥。

在他的左面，有人從房裡走了出來。

「丹司。」法樹啐了一聲，死命掙扎。

「我的好朋友，」丹司說著，並向人稱童克法的那名手下點頭示意，後者遂往王妃的房間走去。丹司在法樹的身旁蹲下，並說：「見到你眞好。」

法樹又呸了一聲。

「你還是那一副好口才啊，」丹司嘆道，「法樹，你知道你的哪一點最棒嗎？你腳踏實地，很好預測。我想我大概也差不多就是了。我們活在這世上這麼久，實在很難不循著固定的模式去走，是吧？」

法樹沒有回答，但想大罵，結果有人上前來堵住他的嘴。他往回看，發現自己剛才這一路竟撂倒了十幾個對手，心中莫名地有些滿意。

丹司也朝那些倒地不起的士兵看了幾眼。「傭兵嘛，」他說著，俏皮地眨了眨眼，「要是酬勞夠多，再大的風險都不是問題。」他眼底閃過一絲犀利的光芒，然後他俯身向前，直視法樹的雙眼，方才的愉悅之色全消：「法樹，你永遠都是我最想領到的酬勞。我要謝謝你，也爲夏莎拉謝謝你，假使她還在世的話。我們一直躲在這宮殿裡等著，足足等了兩個禮拜，就是知道那好公主維溫娜總有一天會派你來救她的親妹妹。」

童克法回來了，手裡拿著一個用毛毯包裹的東西。那是脊血。

丹司斜眼一瞄，滿臉嫌惡。「拿到遠一點的地方去丟掉。」他說。

「我不確定耶，丹司。」童克法說，「我有點覺得我們應該留著它，這東西很好用……」說到這裡，他的語調拖長，眼中漸漸出現欲望——那是想要拔劍的渴望。

丹司站了起來，一把搶走宵血，然後在童克法的腦門上使勁一摑。

「噢！」童克法叫了起來。

丹司沒好氣地投以一記白眼：「叫什麼叫，我這是救你的命。去查看王妃的情況，把走廊清理乾淨。這把劍我自己去處理。」

「每次有法樹在，你就特別凶。」童克法嘀咕著，搖搖晃晃地走開。捧著宵血，丹司鎮定地揭開外層的毯子。法樹看著他這麼做，也暗地希望會在他的眼中看到拔劍的欲望。可惜，丹司的意志太堅定，沒有受到這把劍的影響。追溯起他和這把劍之間的淵源，幾乎與法樹一樣久遠。

「把他識喚過的衣物通通拿走，」丹司對手下說道，同時轉身走開。「然後把他吊在那邊的那一間房裡。我要和他長談一番，聊一聊他對我姊姊幹的好事。」

52

ightsong sat in one of the rooms of his palace, surrounded by finery, a cup of wine in his hand.

萊聲坐在宮殿的某間房裡，一身華服，手裡拿著酒杯。儘管已近深夜，僕人們卻都還在忙進忙出，搬來各式各樣的家具、繪畫、花瓶和小件雕塑等任何能搬動的東西，並且將之全部堆放在這間房內。

滿眼的豪奢。萊聲半躺在長椅上，對兩旁的空餐盤和破碎的酒杯視若無睹，但也不肯讓僕人把它們收走。

兩個僕人走進房來，合力抬著一只紅色和金色的軟躺椅，倚著對面的牆放置，過程中險些被一大疊絨毯給絆倒。萊聲看著他們離開，仰頭喝乾了杯中的酒，然後鬆手把空杯丟在身旁的地上——和其他的碎酒杯一起。接著，他又伸手去拿一杯斟好的。

他沒醉，怎麼樣也喝不醉。

「你有沒有過這種感覺——」萊聲說：「好像有什麼事在發生？非常非常重大的事情。像在看一幅畫，無論怎麼瞇眼探頭都只能看到一角？」

「每天都有，閣下。」拉瑞瑪答道。此刻他坐在萊聲身旁一張凳子上，神情和語氣都如往常那般沉穩冷靜。不過，當另一組僕人走進來把幾件大理石雕像堆放在牆角時，萊聲可以感覺到他的不贊同。

「那你怎麼應付？」萊聲問。

「我有信仰，閣下。我相信必有人明白它的全貌。」

「希望不是我。」萊聲說。

「您是那其中之一，但那人了解的比您更多。」

萊聲暗暗皺眉，繼續觀看僕人搬東西。這個房間就快要被他的私人收藏品和日用品給堆滿，到時僕人們就無法再搬進搬出。「說來奇怪，你看，」萊聲邊說邊指向一疊繪畫：「每一幅都很美，但擺成那個樣子，看起來只像堆垃圾。」

拉瑞瑪揚了揚半邊眉：「事物的價值與人們看待它的方式有關，閣下。若您認定這些東西是垃圾，那麼它們就是垃圾，不管別人願意爲它付出多少代價。」

「這其中有一番人生哲理，你要說教了是吧？」

拉瑞瑪聳肩道：「我畢竟是個祭司。我們都有傳教的傾向。」

萊聲哼了一聲，然後向僕人們揮手說：「夠了，你們可以走了。」

僕人們早就習慣被這個主人趕走，這時便迅速地離開了房間，留下萊聲和拉瑞瑪面對著這滿坑滿谷的奢侈品——全都是從宮殿的別處搬來的。

拉瑞瑪打量著那些東西：「所以，閣下，您這麼做的用意是？」

「爲了表現我在人民眼中的意義，」萊聲說道，大口飲下手中的酒。「他們爲了我而放棄這些好東西，願犧牲靈魂的氣息好讓我活下去。搞不好很多人甚至願意爲我而死。」

拉瑞瑪無言地點頭。

「還有，」萊聲說，「他們現在甚至指望我替他們選擇命運。要戰爭，還是維持和平？你認爲呢？」

「我可以爲兩方都辯論，閣下。」拉瑞瑪說，「坐在這兒憑理想去譴責戰爭很容易。戰爭非常可怕，可怕得不得了，可是歷史上的偉大成就似乎都少不了軍事行動所造成的不幸。眾國大戰也一樣；它造成這麼多的破壞，但卻爲近代哈蘭隼在內海地區的威權而奠基。」

萊聲點點頭。

「可是，」拉瑞瑪繼續說，「攻擊我們的手足之邦？儘管這之中存在著挑釁爭議，但我認爲侵略之舉太偏激了。多少的死亡，多少的痛苦，就爲了爭一口氣。我們眞願意付出這樣的代價嗎？」

「那你會怎麼做決定呢？」

「幸運的是，我不用做決定。」

「那如果你被逼著做決定呢?」萊聲追問。

拉瑞瑪不發一語地坐了好一會兒。終於,他輕輕摘下頭上的大祭司冠,露出稀薄而汗濕的黑髮。他將那頂冠飾擺在一旁。

「萊聲,我現在以朋友的身分對你說話,不是你的祭司;」拉瑞瑪的語調和緩而平靜。「祭司不可以影響他所侍奉的神,因爲那恐怕會干擾到未來。」

萊聲又點頭。

「而身爲朋友,」拉瑞瑪接著說,「說眞的,我做不了決定。我不曾在宮廷的合議場上辯論。」

「對。」萊聲說。

「我很擔心,也很煩惱。」拉瑞瑪拿出手帕來擦汗,邊擦邊搖頭:「我們的國家面臨威脅,我也認爲應該要正視此一威脅。至少有個事實擺在眼前,那就是義卓司的確是我們境內的一大叛亂因子,而我們長年放任它近乎蠻橫地霸占北方通道。」

「所以你贊成進攻?」

拉瑞瑪先是一愣,隨即搖頭。「不,不。就算是義卓司叛亂在先,但爲了奪回北方通道的控制權而行屠殺之實,我也不認爲是正當。」

「太好了,」萊聲沒好氣地說,「因此,你認爲我們應該開戰,但不要進攻。」

「其實正是如此,」拉瑞瑪說,「我們宣戰,展現武力,恫嚇對方,讓他們明白自己的立場多麼不利，之後再展開和平協商。我敢打賭，到時候我方一定能在通道的使用上簽下更有利的條約。他們正式放棄主張王位的正統性，我們則承認他們的獨立統治權，這樣不是皆大歡喜嗎？」

萊聲思索起來。「我不知道，」他開口道，「這樣的解決方案非常合理，可是主戰派大概不會接受，因爲聽起來好像我們吃了一點虧。包打聽，爲什麼這事情偏偏現在發生？聯姻不就是爲了使雙方統一嗎？爲什麼局勢一下子就變得如此緊張？」

「我不知道，閣下。」拉瑞瑪說。

萊聲淺淺一笑，站起身來。「好，那麼，」他邊說邊朝他的大祭司一瞥，「我們去找出原因。」

□

要不是陷於震懾，希麗這會兒應該要惱怒才是。現在她獨自坐在黑色的寢室裡，修茲波朗又沒在身旁，感覺怪怪的。

她原以爲，入夜之後，那些人仍會讓修茲波朗來與她相會。事情當然沒這麼好。不管那幫祭司們在打什麼算盤，都不需要她眞正懷孕，所以他們大可以隻手遮天，把她關起來不讓人見。

房門有個聲響，她懷著希望坐直起身子，結果並不是修茲波朗，而是守衛來查看她的狀況。稍早前，看守房門的是死魂兵和幾個祭司，後來卻換成了一個模樣粗野的壯漢，令她滿心疑惑。

躺回床鋪，她望著頂篷，身上還穿著精美的晚禮服，腦中不停地想起初來到宮殿的第一個星期，也就是她的「大婚慶典」。相較之下，當時的禁足雖然也不好受，起碼還知道何時會結束，這一次她卻連自己還能活幾天也不敢確定了。

不，她想。他們至少會讓我活到「生下孩子」，這一點是能肯定的。要是有個萬一，他們還需要我露臉。

想到這裡，她不知該不該覺得寬心。關在宮殿裡六個月，不准見任何人，以免她沒懷孕的事情被人看出來——可怕得讓她直想尖叫。

話說回來，她能怎麼辦呢？

把希望寄託在修茲波朗身上，她想。我教他識字，也給了他擺脫祭司所需要的決心。

那就夠了，一定得夠。

□

「閣下，」拉瑞瑪語帶遲疑地喚道，「您確定真要這麼做嗎？」

萊聲蹲低了身子，在灌木叢中向外偷望。前方就是默慈星的宮殿，而大部分的窗戶都是暗的。這正好方便行事。然而，宮殿四周仍有相當數量的守衛在巡邏，可見她有多麼害怕再遭人入侵。

這反應是正常的。

遠處，萊聲看見月亮剛剛攀上夜空，幾乎就是他在夢裡見到的位置。那個夢裡還有地道。它們眞的有所象徵嗎？都是未來的徵兆嗎？

他仍在排斥這種想法。事實是，他不想相信自己是個神，因爲那其中牽涉太多，可是他又無法忽視那些夢境；它們彷彿是來自潛意識的聲音，令得他非得親身探一探諸神宮廷地底下的那些地道，確認那是否預言著他從前夢見過的一切。

時機似乎很重要。甫升起的明月……差不多就是現在這個角度。

看完天空，萊聲把視線移回地面來，便見一個巡邏警衛走近。**就是現在**。他想。

「閣下？」拉瑞瑪問道，語氣更加緊張。胖壯的他蹲跪在萊聲身旁。

「我應該帶把劍來的。」萊聲若有所思地說。

「您不懂得用劍，閣下。」

「誰知道。」萊聲不服氣。

「閣下，這麼做太蠢了，我們回宮殿去吧。若您非得來查看地道，我們可以從城裡雇人潛入。」

「那要花很多時間。」萊聲說時，又一名警衛走過身旁。一見那人走過，他便向拉瑞瑪問道：「你準備好了嗎？」

「沒有。」

「那就在這裡等。」萊聲說著，倏地鑽出了樹叢，箭步衝向宮殿。

就在那一剎那，他聽見身後傳來一個氣音說：「卡拉德陰魂作祟了！」緊接著是樹叢摩擦的沙沙響，他知道是他的大祭司跟了上來。

唷，我好像從沒聽他罵過粗話。萊聲這麼想道，心中湧現一股逗趣的新鮮感，但他沒回頭去望，只是一股腦地朝一扇窗戶跑。為了通風和散熱，大多數的宮殿習慣將門窗敞開。萊聲跑到建築物旁，立刻滿懷興奮地爬進窗內，見拉瑞瑪也趕到，便對他伸出手去。身材肥壯的拉瑞瑪早已大汗淋漓，上氣不接下氣，不過萊聲還是努力地將他拉上來。

他們稍事休息，拉瑞瑪靠在窗下的牆邊，氣喘吁吁地休息著。

「包打聽，你實在該定期運動，」萊聲說完，躡手躡腳地爬到門邊，探頭朝裡面的廊道窺看。

拉瑞瑪沒應聲，只是坐在那兒搖頭，一臉的不可置信。

「我一直納悶，為什麼那個入侵者當時不從窗戶進來。」萊聲又說。然後，他發現站在內門處的守衛們可以清楚地看見他想去的那一區。唉，好吧。只好實行後備計畫了。萊聲心想。於是他站了起來，大步朝內門走去。拉瑞瑪不明就裡地跟著走，卻在見到守衛時嚇了一大跳，但見守衛們的臉上也有同樣的驚訝表情。

「你們好。」萊聲對那兩名守衛說著，轉身就走進廊道。

「等等！」一個守衛說道，「站住！」

萊聲回過頭去，板起臉來：「你敢命令神？」

那兩人都傻住了。然後他們互看一眼，其中一人便拔腿朝反方向跑開。

「他們要去叫人！」拉瑞瑪神色倉皇。「我們會被抓起來的。」

「那動作要快了！」萊聲說完，自己也跑了起來，同時忍不住微笑，因爲他聽見拉瑞瑪吃力地在後頭小跑步。他們很快就到了暗門處。

萊聲跪在地上，摸索了一會兒，然後得意洋洋地拉起了一道暗門，接著往黑漆漆的門裡一指。拉瑞瑪無奈地搖頭，但也只能乖乖地爬下那道梯子，而萊聲在同時抓下牆面的一盞油燈，繼拉瑞瑪之後也爬了下去。留下守衛眼巴巴地在地面看，卻是束手無策。

那道梯子並不長，他們快就抵達底部。萊聲看見拉瑞瑪坐在幾個箱子上，而四周看起來只是個儲藏用的小地窖。

「恭喜您，閣下。」拉瑞瑪疲累地說，「我們找到了他們藏麵粉用的祕密地窖。」

萊聲悶哼，逕自走過窖室，在四面牆上戳著。「這後面有生命體，」他邊說邊指著其中一面牆，「我感應得到。就這個方向。」

拉瑞瑪顯得半信半疑，起身走了過去。他們合力搬開幾口箱子，便見那面牆下被人鑿穿了一個橫洞。於是萊聲又露了個得意的微笑，趴下去把油燈推進洞裡，自己跟著鑽了進去。

「我恐怕鑽不過。」拉瑞瑪說。

「我能過，你就能過。」萊聲說時，整個人已經進了那個橫洞中。他聽見拉瑞瑪又嘆了一口氣，努力地擠進橫洞裡來。兩人就這麼一前一後地爬行，終於鑽出了橫洞，來到另一處較大的地道。這個地道內比較亮，牆上掛著數盞油燈。萊聲起身站直，對自己的大發現非常滿意。這時，拉瑞瑪也從洞中鑽了出來，萊聲隨即對他喚道：「你看，」他邊說邊拉動一根桿子，橫洞口便降下一道柵欄。「這樣他們就不能追來了！」

「而我們也逃不出去了。」拉瑞瑪說。

「逃？」萊聲反問，舉起了油燈，在地道中東張西望。「我們幹嘛逃？」

「閣下，容我不客氣地說一句，我認爲您太熱衷在這種體驗中追求樂趣了。」

「哎，誰教我是魯莽王萊聲。」萊聲說，「終於配得上這個稱號，感覺眞好。噓，別說話了，這附近有人。」

這條地道顯然是人工挖鑿出來的，樣子就像萊聲想像中的礦坑隧道。從他們所在的這一處可以見到幾條岔路，而他所感應到的生命動態則在正前方。萊聲不走那一條路，而是往右轉進岔路中的一條。那是條陡斜的下坡路，他們走了幾分鐘之後，萊聲已猜想到它是通往何處。

「你猜到了嗎？」萊聲轉頭向拉瑞瑪問道。此時的拉瑞瑪也手拿一盞提燈，因爲這一條岔路完全沒有任何照明。

「死魂兵的營房。」拉瑞瑪答道，「若是照這個方向繼續走，就會直通倉庫。」

萊聲點頭道：「但他們何必弄這條祕密隧道呢？任一個神都可以大大方方地去那裡。」

拉瑞瑪搖搖頭。他們繼續往下走。果然，才過不久，他們就在頭上發現又一道暗門，往上推開，正是存放死魂兵的倉庫之一。黑漆漆的倉房裡，僅藉著手中的提燈，萊聲看著一排又一排的死人腿，不由得打了個哆嗦。他退回去，關上暗門，跟拉瑞瑪繼續往前走。

「這條路好像繞成一個正方形。」他小聲地說。

「而且我敢說，每間倉庫都有一扇暗門可通上去。」拉瑞瑪說著，伸手從牆上挖了一小塊土，用手指頭搓了搓。「這比我們剛才待的那一條地道還新。」

萊聲也點點頭：「我們得繼續走。宮殿的守衛知道我們下來，不知他們會去通知誰。不把這裡走完一遍，我是不會甘願被他們轟出去的。」

聽到這番話，拉瑞瑪明顯打了個寒顫。這時，原本是下坡的地勢變成了上坡路，他們走回了先前的主隧道。萊聲仍感應到生命動態，於是他選擇另一條岔路去探索。很快地，他發現這條岔路的分歧和轉彎處多得不尋常。

「這地道可通往其他宮殿，」萊聲在一條木梁上壓了壓，說出他的猜測。「舊的——比通往營房的那一條舊得多。」

拉瑞瑪點頭。

「那好吧，」萊聲說，「該去看看主隧道通往何處了。」

接近主隧道時，萊聲閉起雙眼，試著感應那個生命動態有多近。它很微弱，幾乎超出他的感應力之外，要不是此間只有石頭和泥土，他根本一開始就不會察覺。他向拉瑞瑪點了點頭，兩人便一起躡手躡腳地向主隧道前方走去。

萊聲不知道自己何來這股自信。他似乎善於潛行而不被人發覺？他的前世記憶中似乎對這種偷雞摸狗之事不陌生？當然，跟拉瑞瑪相比，他的動作安靜得多了。拉瑞瑪穿著笨重的衣袍，喘氣聲又大，只怕正在翻滾的巨岩都比他還安靜。

這一條主隧道沒再出現分歧。萊聲抬起頭，試著推估地面上是哪裡。神君的宮殿？他這麼猜想，但不敢確定。在地底下繞了這麼久，他的方向感已不準確。

但他仍然暗暗興奮，戰慄不已；夜半潛行、在神祕地道裡探索，尋找祕密和線索，這都不是神該做的事。他邊走邊想：眞奇怪，人們讓我們養尊處優，過度滿足我們的感官和感受，可是這麼多眞實的感覺——恐懼、焦慮和刺激，我們卻徹底失去了。

他忍不住微笑。就在這時，他聽見遠處隱約有人聲，於是熄滅手中的油燈，伏低向前爬行，並且搖手示意拉瑞瑪待在原地，不要跟到前面來。

「……把他扣在上面，」只聽得一個陽剛的男聲說道：「我早說他會來救公主的妹妹。」

「這下你可稱心如意了。」另一個聲音說：「眞受不了，你對那個人實在提防過度。」

「不准小看法榭，」第一個聲音又說：「一百個人也及不上他這一生的成就，而且他為人民福祉所做的貢獻之多，你打死都想不到。」

一陣寂靜。

「你不是一直想殺他嗎？」第二個聲音問。

「對。」

又一陣寂靜。

「你眞是個怪人，丹司。」第二個聲音說，「算了，反正我們的目的達成了。」

「你們要的戰爭又還沒發生。」

「會發生的。」

萊聲蹲在一個小石堆後面，只能知道前方遠處有燈光，而地上有模糊的影子晃動。能偷聽到這些對話，應該算是幸運，但不知這是否代表他的夢境具有預言性質，或者一切只是巧合？夜已經非常地深，任何一個這時還醒著的人，肯定都是在從事著不欲人知的祕密活動。

「我有個差事給你做，」第二個聲音說，「待會兒有個人要你審問。」

「不巧，有個老朋友也等著我去拷打，我這一趟出來只是爲了處理他那把妖劍。」第一個聲音如是說著，漸漸走遠。

「丹司！給我回來！」

「小個子，雇用我的不是你，」第一個聲音應道，聽起來已經很遠。「你要使喚我做事情，就叫你的老闆來跟我說話。在那之前，你知道上哪裡去找我。」

就在四下再度陷入無聲的同時，萊聲的身後突然有個動靜，把他嚇得差一點叫出來。回頭一看，原來是拉瑞瑪正在爬向他。萊聲連忙搖手叫他退後，接著爬回去蹲在他旁邊。

「怎麼了？」拉瑞瑪小聲問。

「有人講話。」萊聲也小聲回答。這時，他們的周圍完全沒有任何照明，隧道內一片漆黑。

「是什麼人？」拉瑞瑪又問。

「不知道，」萊聲輕聲說，「我會去查出來。你在這裡等，我先——」

話還沒說完，一陣尖叫聲將他打斷。萊聲驚跳起來，那叫聲是從方才的談話處傳來，而且聽起來像是……

「放開我！」薄曦帷紡叫道：「你們知道自己在做什麼嗎？我可是個女神！」

萊聲倏地站起。有個聲音在對薄曦帷紡說話，可是萊聲聽不清楚。

「快放我走！我——」又聽得薄曦帷紡大喊，隨即是一陣淒厲而痛苦的哭叫。

萊聲聽見自己的心跳聲，他往前走了一步。

「閣下！」拉瑞瑪起身喚道，「我們應該去找救兵！」

「我們就是救兵。」萊聲說完，深吸一口氣，接著——連他自己都驚訝——他大步向前狂奔，衝向隧道的光亮處。繞過一處轉角之後，他發現腳下的地面變成了光滑的石板，再過幾秒鐘，前方驀地出現一處看似地牢的空間。

薄曦帷紡被綁在一張椅子上。一班穿著神君祭司袍的男人圍著她站立，旁邊還有幾個穿軍裝的士兵。薄曦帷紡的嘴唇流血，戴著口銜，仍然不停地啼哭。她穿著美麗的睡袍，衣衫卻骯髒而凌亂。

地牢中的人全都驚訝地向萊聲看去，顯然沒料想到這個方向會有人出現。萊聲搶得這一刻的優勢，冷不防地就朝距離他最近的一名士兵撲去。憑他的過人體格和重量，士兵一下子就被撞得遠遠飛出去，摔在牆上撞暈。萊聲立刻跑過去，迅速地拔出那人的佩劍。

「啊哈！」萊聲拿著劍向其他人比劃，「誰要先來？」

士兵們還處於茫然狀態。

「就你吧！」萊聲喝道，朝著較近的另一名衛兵砍去。

這一砍沒中，足足差了三吋之多。撲空害得萊聲失去重心，而那個衛兵也終於弄清楚眼前的狀況，這時才拔出自己的劍來。祭司們退到了牆邊。薄曦帷紡眨了眨淚眼，滿臉的錯愕。

一個士兵向萊聲攻擊，萊聲笨拙地舉起劍來格檔，成效不彰。這時，另一名衛兵突然擒抱萊聲的腿，將他絆倒在地，先前拔劍的那個衛兵隨即挺劍，刺中了萊聲的大腿。

鮮血從萊聲的腿上流出，那顏色與凡人並無二致。剎那間，萊聲明白了痛楚為何物——原來疼痛的感覺遠遠超過字面上的意義，也超過他在這短暫的復歸生涯中所知的任何痛苦。

他發出了慘叫聲。

噙著淚水，他看見拉瑞瑪英勇地撲身向前，想要從後方偷襲一名衛兵，結果卻和他的主人一樣笨拙而落於徒勞。士兵們隨即分散開來，其中幾人走去看守隧道口，另一人用染血的刀鋒指著萊聲喉頭。

萊聲咬牙忍受痛楚，一面在心中暗想：*有趣。這和我之前預想的完全不一樣。*

53

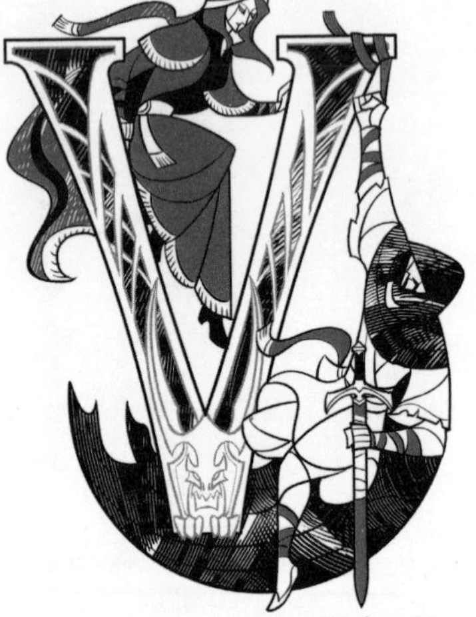

ivenna waited up for Vasher. He did not return.

維溫娜熬夜等法榭。他沒回來。

她在住處的斗室裡來回踱步。這是他們所待的第五個藏身之所，和前面幾處一樣簡樸，僅僅擺著他們的睡袋和一只法榭的布包——他們在同一個地方從不待超過一、兩天。熬夜點著一盞搖曳的燭光，只怕法榭見了要罵浪費。就一個駐氣價值富可敵國的人來說，他節儉得出奇。

她還在踱步。其實她大可以去睡覺，反正法榭不會有事，他會照顧自己。這城裡最不會照顧自己的人，大概就是維溫娜。

但他出門前說這一趟只是快速偵察。法榭自己喜歡獨來獨往，不過他顯然明白她渴望參與的心情，所以多半會透露他要去哪裡，以及多久會回來。

丹司以前去執行夜間任務時，她從不會為了等他而撐著不睡。維溫娜和法榭合作並不算久，與那幾個傭兵合作的期間反倒比較長，但為什麼她此刻這麼擔心？

她以前自認是丹司的朋友，其實並不眞正關心他。丹司一直是個風趣而有魅力的人，卻有種距離感；而法榭不耍奸詐，不戴面具，原原本本且表裡如一。有這種特質的人，維溫娜只見過另一個，那就是希麗，她那已然懷了神君骨肉的可憐么妹。

維溫娜一個勁兒地走來走去，仍然焦慮地想：**色彩之神啊！事情怎麼會變成這樣一團糟？**

□

希麗驚醒。房門外傳來叫喊聲。她迅速跑到門邊，把耳朵貼上去聽，發現外頭有打鬥聲。如果要逃，那麼現在可能是個好時機，可惜房門依然是鎖上的。她拉不開，忍不住暗罵。

外面稍早前就有過一陣打鬥，因爲她曾聽見哀嚎和垂死的慘叫，這會兒又有了。**是不是有人來救我？**她懷著期盼心想。**但會是誰呢？**

門板轟然震動，她嚇得跳開，房門立刻打了開來，卻見門口站的竟是崔樂第。「動作快，孩子，」這位神君的大祭司向她急急招手，「妳得跟我走。」

希麗絕望地往後退，想找別的方法逃跑。崔樂第無聲地咒罵，揮手招來幾個穿著城衛警制服的士兵，後者立刻衝進房內抓住她。她尖聲高叫起來。

「安靜，妳這傻瓜！」崔樂第說，「我們是來救妳的！」

這是謊話，她充耳不聞。士兵們將她拖出房間，她一個勁兒地掙扎。房外的地上倒了好多人，有些穿著衛兵制服，其餘披戴著不知名的鎧甲，另外有一些是灰色皮膚的人。

她聽見走廊盡頭有打鬥聲，便朝著那個方向大聲呼救，但士兵們只是粗暴地將她拉走。

□

人們都叫他老查。或者隨便用個名字喚他，他不在意。

乘著他的小船，老查慢慢划過這一片漆黑的海灣。夜間捕魚。想在特提勒的水域捕魚，白天出海要付規費；理論上來說，其實晚上出海也應該要付這個錢。

不過，晚上的好處就在於沒人瞧見。老查竊笑，將漁網從船側放下去。水面如常地泛動漣漪，輕輕在船底拍打。嘩啦，嘩啦。黑沉沉。他喜歡四下黑沉沉。嘩啦，嘩啦，嘩啦。

偶爾，他會接到好賺的差事，就是到城裡的流氓頭子那兒去領屍體。領回來，在屍體的腳上綁一麻袋的石塊，扔進海灣。灣裡這會兒大概有上百具了，一具具頭上腳下地漂在水中，隨著海潮擺動。像是骷髏們的舞會，隨波起舞。跳啊，跳啊，跳啊。

可惜今晚沒有屍體。沒錢可賺了，那就剩下魚。不用付稅，不用繳規費，免費的魚就是好魚。

不……有個聲音對他說。再往你的右邊一點。

海灣有時會對老查說話，輕聲細語地哄誘他。他開心地照著那聲音說的方向划。他幾乎每晚都出海，這海灣應該跟他很熟了才是。

很好，撒網。

他照著做。海灣的這一區不算太深，他可以將漁網放在船後拖曳，抓一些淺水的小魚。上好的魚要到灣外去，但是天空看起來不對勁，離海岸太遠恐怕有危險。暴風雨快來了嗎？

漁網勾到了東西。老查咕噥了一聲，使勁拖拉它。漁網有時會撈勾到垃圾或珊瑚，不過這次勾到的東西很重。太重了。他將拉上來的網子擱在船尾，然後打開提燈的遮罩，冒險偷一點光來看。

一把銀鞘的劍纏在網中躺在船體。劍柄是黑色的。

嘩啦，嘩啦，嘩啦。

啊，非常好。那聲音如此說著，這會兒聽起來更清楚，我討厭水。水底下又濕又黏。

老查失了神，伸出手去，拿起那把武器。沉甸甸的。

我猜你不會想去毀滅什麼邪惡，是吧？那聲音說，說眞的，我其實不確定那是什麼意思。反正我相信你做的決定。

老查微微一笑。

噢，好啦。劍又說，既然這麼喜歡我，那就讓你再欣賞一下吧。不過等你欣賞完，我們就眞的要回岸邊囉。

□

法樹醒時，渾身無力。

他在一間石室裡，雙腕被縛，懸在天花板的鉤子上。他認得縛綁自己雙腕的繩子，和他之前用來綑綁侍女的是同一條，只是它的顏色已完全被汲走。

事實上，這間房裡的一切都是淡淡的灰色，而他全身上下只穿了一件白色短褲。由於手腕被吊成不自然的角度，他的雙臂發麻，迫使他悶哼了一聲。

他沒有被堵住嘴，體內卻也沒有任何駐氣。在先前的打鬥中，他把剩下的駐氣拿去識喚了某個敵人的外衣。他又呻吟了一聲。

一盞油燈在角落亮起，一個人影站在燈旁。「所以，我們兩個都回來了。」丹司平靜地說。

法樹沒應聲。

「還有，我還沒跟你追究阿斯提爾的死。」丹司又說，「我想知道你是怎麼殺死他的。」

「決鬥。」法樹說道，聲音沙啞。

「你不是在決鬥中打敗他的，法樹。」丹司踏出一步，「少騙我了。」

「那就當我是從背後偷襲他，把他刺死，」法樹說，「那是他應得的。」

丹司反手揮出一記耳光，打得他身體搖晃。「阿斯提爾是好人！」

「曾經是，」法樹說著，品嚐口中的血。「我們都曾經是好人，丹司。曾經是。」

丹司的語調平靜：「你以為你的小小研究能化解你從前犯下的過錯嗎？」

「好過淪為傭兵，」法樹說，「誰付錢就替誰工作。」

「是你害我變成這樣的。」丹司輕聲說。

「維溫娜信任你。」

丹司轉過身去，眼神陰鬱，臉龐半籠在暗影之中。「她是該信任我。」

「她欣賞你，結果你殺了她的朋友。」

「小小的失手。」

「你總是失手。」法樹說。

丹司揚了揚眉，映著昏暗的燈光，眼神中流露出昂然興致：「我？法樹。我失手？是誰挑起戰爭？是誰一殺就殺幾萬人？你背叛了自己最親密的朋友，還殺死愛你的女人。」

法樹沒有回應。他能辯駁什麼？說夏莎拉確實非死不可？她將死魂偶的單一駐氣命令語法洩露出去，已經是萬般不妥，要是再讓宵血那樣的鋼鐵上了眾國大戰的戰場，後果會如何？一群活屍拿著識喚後的嗜血刀劍大開殺戒？

不過，對目睹親姊姊慘死在法樹手裡的丹司來說，恐怕這些都無關緊要。況且，法樹深知自己的立場薄弱，因為在那場大戰中，他也投入了自己創建的妖魔軍團；不是像宵血那樣受識喚的鋼鐵，卻也十足致命而駭人。

「我本來準備讓童克法來料理你，」丹司說著，再次轉過身去：「他喜歡搞傷害，製造疼痛。這是他的弱點。我們都有弱點。在我的引導之下，他總算能把對象限制在動物身上。」回身來時，丹司的手中多了一把小刀。「我一直想知道，他究竟在這種事情上發現了什麼樂趣。」

□

黎明將至。維溫娜睡不著，終於心煩意亂地掀開身上的毯子，索性起來換衣服。她覺得沮喪，卻不知道原因。搞不好法樹根本沒事，只是去別處蹓躂或找樂子而已。

找樂子。她帶著苦笑心想。是啊，最好他就是那種人。

他從不會出去一整晚都不回來，一定是出事了。她紮著腰帶，眼光不經意地瞥向法樹的布袋。

自從離開義卓司，我嘗試的每一件事都只落得個悲慘的失敗下場。維溫娜盯著布袋看，心裡一面想，手上繼續忙穿衣。我搞革命失敗，做乞丐失敗，做姊姊也失敗。現在我究竟該做什麼？去找他？我連要從哪裡找起都不知道。

她將視線從布袋移開。失敗。對過去的她而言，這是個陌生的名詞。在義卓司時的她，所做過的每件事都有好結果。

維溫娜坐了下來，心想：也許這正是癥結，包括我對哈蘭隼的仇恨，我堅持要救希麗，執意取代她的地位。義卓司國王在最後一刻改變聯姻的人選，令她有生以來第一次覺得自己不夠好，因此她來到特提勒，決心要證明問題不在自己身上，而是在於別人。任何人都可以，就不可以是她，因爲她是零瑕疵的維溫娜。

不幸的是，哈蘭隼一再地證明她有缺陷，她飽嚐努力後的失敗，很難再有動力去積極地作爲了。若她選擇採取行動，也許又將失敗；苦果難嚐，毋寧消極無爲。

是傲慢爲她的生命加冕。而她低下了頭，接受這虛僞的羽飾，爲自己的王家髮絲完成最後一步點綴。

*妳想主導？*她想道：*想讓身邊的人事物都在妳的控制之中，而不只是隨波逐流？那妳就得學著和失敗打交道。*

這想法令她害怕，但她知道那是眞理。她站了起來，走向法榭的布包，翻出一件起縐的長衫和一雙綁腿，二者都飾有長條流蘇。維溫娜穿戴起來。

再來是他的備用斗篷。這一件斗篷有他的氣味，而且和他穿走的那件一樣有剪破的跡象。攤開來一看，原來那約略是個人形。她恍然大悟，怪不得他的衣物看起來那樣破爛。

再掏出幾條彩色的手帕，她遂向斗篷發令：「保護我。」同時想像它在遇襲時抓住敵人的樣子。接著，她將一隻手放在長衫的袖子上，說道：「見到信號，做我的五指，必要時爲我抓握。」這些命令語，她只聽法榭說過一、兩次，不確定要如何想像它們啓動時的景象，只好照自己上次見到的情景去想，讓流蘇包覆在她的手掌旁。

她繼續識喚綁腿，命令它們強化她的雙腿。綁腿上的鬚穗開始扭動，她輪流把腳提起來，讓布條繞到腳底去交纏。這麼一來，踩地的感覺更堅實，綁腿也更加緊貼她的皮膚。最後佩上法樹買給她的劍。維溫娜仍不知道如何使劍，只會正確地握，但她覺得帶著比較穩妥。

她動身出門。

□

萊聲幾乎從沒見過女神哭泣。

「不該是這樣的，」薄曦帷紡淚流滿面，「本來一切都在我的掌控之中。」

神君宮殿正下方的地牢是一個狹小的房間，狀似獸欄的鐵籠一個個排在牆邊，每一個都特別大，關得下復歸神。萊聲不認為這只是巧合。

薄曦帷紡嗚咽著說：「我以為是我把神君的祭司群都拉攏過來，聯手合作。」

這句話裡有個地方怪怪的？萊聲一面想，一面朝那幾個神君祭司打量，見他們正在屋角焦慮地竊竊私語。萊聲看看他們，又看看拉瑞瑪——拉瑞瑪被關在他隔壁的籠子，頭垂得很低。

萊聲望回薄曦帷紡，開口問她：「你們合作多久了？」

「一開始就合作了，」薄曦帷紡說，「我負責去拿安全密語，這個計畫也是我們一起想出來的！」

「他們爲什麼反過來對付妳？」

她搖搖頭，看著地面：「他們說我沒盡責，說我對他們有所保留。」

「那妳有嗎？」

她望向別處，噙著淚水不答。看她坐在鐵籠裡，那景象極不搭調：一個擁有神聖形體的美女，穿著精緻的絲袍，坐在地板上，四周圍著鐵條，而她哀切地哭泣。

我們得逃出去。萊聲心想。顧不得腿上的疼痛，他爬向關著拉瑞瑪的鐵籠，隔著鐵條呼喚。「包打聽，」他用氣音輕聲說，「包打聽！」

拉瑞瑪抬起頭來，他的神情憔悴。

「撬鎖要用什麼東西？」萊聲問。

拉瑞瑪眨了眨眼睛。「什麼？」

「就是開鎖，」萊聲指著籠門上的鎖頭：「也許我知道怎麼把它撬開，只要雙手擺的位置正確就行。我還是想不出爲何我的劍術那麼差，但我確定我知道怎麼開鎖，只是想不起來要用什麼工具。」

拉瑞瑪瞪著他。

「也許我——」萊聲又開口。

「你有毛病啊？」拉瑞瑪低聲說。

萊聲一怔。

「你有毛病啊！」拉瑞瑪站起身來，破口大罵：「你以前是記帳的，萊聲！你只是個死人顏色的記帳員！不是軍人，不是偵探，也不是賊。你替一個本地的貸主做會計！」

什麼？萊聲一時沒意會過來。

「你以前就是個白痴，和你現在一樣！」拉瑞瑪一個勁兒地衝著他吼：「你做事情從來都不想的嗎？你每次都一頭就栽下去了！爲什麼你就不能停下來，偶爾用一下腦子，問問自己做的事情是不是太蠢太傻？我提醒你好了，十件有八件都是！」

萊聲不由自主地退後，滿心震驚。**拉瑞瑪也會大吼大叫？那個好好先生？**

「而且沒有一次例外，」拉瑞瑪轉向一旁，繼續說：「每次都是你害我惹上麻煩！什麼都沒改變。你變成神了，我還是落得蹲牢房！」

胖壯的他頹然坐下，氣呼呼地甩了甩頭，顯然懊惱不已。萊聲看見薄曦帷紡吃驚地瞪著這個大祭司看，鐵籠外的神君祭司們也是。

爲何我老是覺得他們怪怪的？萊聲試著釐清思緒和情感，卻見那一群祭司走近來。

「萊聲，」其中一人在他的籠外蹲下，向他說道：「我們需要你的死魂令。」

他冷哼一聲：「抱歉，我忘記了。你們大概都聽聞我這個人的腦筋有多差。你想想，有哪種傻瓜會像我這樣糊里糊塗地闖進來讓人活逮？」

說完，他向他們一笑。

蹲著的那名祭司嘆了口氣，然後朝其他人招手，便見他們打開薄曦帷紡的鐵籠，把她往外拖。她又吼叫又抗拒，萊聲則微笑著看她給他們惹麻煩。但在六個祭司合力之下，終究還是將她拉到了籠子外。

其中一人拿出小刀來割她的喉嚨。

剎那間的驚愕像一股有形的力量，驀地衝擊著萊聲。他整個人像是凍結了似地睜大眼睛，看著鮮血從薄曦帷紡的頸項大量噴出，迅速染紅那件美麗的睡袍。

更令他不安的是她眼裡的恐慌和驚慄，那麼一雙美麗的眼睛。

「不！」萊聲嚎叫起來，轟然衝撞在鐵籠上，絕望地把手伸向她。他繃緊了全身肌肉，使勁想擠開鐵條，一直到他感覺全身都因用力過度而顫抖。沒有用。縱使是神一般的完美身軀，也不能拿鋼鐵奈何。

「你們這些渾蛋！」他吼叫著，瘋狂地搥打著鐵籠，抓著鐵條搖撼。「你們這些去他彩的渾蛋！」

就在薄曦帷紡的眼神逐漸失去光芒時，他看見她的生體光氛也迅速褪色，宛若熊熊篝火退減成了一盞燭光，然後無聲地熄滅。

「不……」萊聲喊著，無力地跪了下去。

「原來你真的在乎她。」鐵籠前的祭司看著他說道，「抱歉，我們不得不那樣做。」那人又蹲了下來，神情凝重。「不過，萊聲，我們必須殺了她，好讓你明白我們是認真的。我的確聽聞你的惡名聲，也知道你這個人經常不把事情當一回事。玩世不恭的態度是可以用來敷衍許多特殊情況，但現在，你必須體認到事態有多險惡。如你所見，我們是敢於取人性命的，你若是不配合，就會有下一個犧牲者。」

「渾蛋……」萊聲喃喃道。

「我需要你的死魂令，」那個祭司又說，「這很重要。它的重要性超乎你的想像。」

「你可以把我打死，看看它會不會跑出來。」萊聲低吼道，感覺心中的怒火正漸漸蓋過震驚。

「不，」那祭司搖了搖頭。「其實我們也不懂得如何嚴刑拷問，而且你絕不會輕易說出，所以那樣太花時間了。懂得拷問的那幾個傭兵這會兒不太合作。找他們辦事就是這樣，絕不能在工作完成前就先把錢付清。」

那人又揮手，其餘人便將薄曦帷紡的屍體留在地上，朝拉瑞瑪的鐵籠走去。

「不！」萊聲吼叫。

「我們是認真的，萊聲。」那男人道，「非常，非常地認真。我們知道你有多麼重視你的這位大祭司，而你現在也知道我們下手絕不遲疑。」

「爲什麼？」萊聲狂亂地問：「你們到底想幹什麼？你們侍奉的神君大可以命令我們讓軍隊出動！我們一定會聽從，爲何你們非要用這種方式拿死魂令？」

那群祭司將拉瑞瑪拖出了鐵籠，逼他跪下。一人拿起了小刀抵在他的頸子上。

「紅豹！」萊聲喊叫，哭了出來。「這是我的死魂令！求求你們，放過他！」

中。

那祭司向其他人點頭，他們遂把拉瑞瑪帶回鐵籠裡關好，任由薄曦帷紡的屍體繼續倒臥在血泊中。

「希望你沒騙我們，萊聲。」主事的祭司又說：「我們可不是在玩遊戲。但你若想玩，那就不幸了。」那人搖搖頭。「我們不是殘忍的人，全是爲了一項非常重要的工作才不得不如此。不要試探我們。」

說完這些，他就走了。萊聲一逕盯著薄曦帷紡，幾乎沒注意到那人的離開。這一刻，萊聲只想說服自己所見的都是幻覺，或者面前這具女屍只是假冒的，又或者等一會兒突然出個什麼狀況，使他發現這一切只是一場精心設計的整人遊戲。

「天啊，」他呢喃道，「拜託，不要……」

54

hat's the word on the street, Tuft?" Vivenna asked, sidling up to a beggar.

「塔夫忒，今天街上有什麼八卦？」維溫娜不動聲色地走到一個乞丐身旁，如此問道。

塔夫忒冷哼，一逕舉著他的杯子，向黎明時分的寥落行人乞討。他每天都在這裡行乞，而且永遠是最早到的。「我管妳那麼多。」他說。

「少來，」維溫娜說，「你把我從這位置踢走三次，你欠我。」

「我誰也不欠。」他瞇起僅有的一隻眼睛，朝行人打量。他的右眼只剩一個窟窿，但他沒戴眼罩。

「尤其不欠妳，」他說，「妳根本是來臥底的，才不是眞正的乞丐。」

「我……」維溫娜頓了頓，「我沒有假裝，塔夫忒。我只是覺得我應該要來體會。」

「啊？」

「就是生活在你們之中。」她說，「我知道你們過得辛苦，可是我無法體會。所以我來街頭實地經歷一陣子。」

「哪門子傻事。」

「不，」她說，「傻的是那些只管走過去，卻從沒想像你們過這種日子會是什麼感覺的人。要是他們懂，或許就會願意施捨了。」她從衣袋裡掏出一條亮色手帕，放進他的杯子裡。「我沒有銅板，但我知道你可以拿這個去換錢。」

他又哼一聲，瞟了手帕一眼。「妳說的八卦是指啥？」

「怪事，」維溫娜說：「讓人發毛的、不尋常的，或是牽扯到識喚術士之類的事。」

「三號船塢的後巷，」塔夫忒說，「碼頭附近那幾棟房子繞一繞，說不定有妳要的。」

□

一抹微明潛進窗來。

*已經早晨了？*法榭心想。他垂著頭，雙腕仍然被吊縛著。

他知道刑求是怎麼回事；他不是頭一回遭遇這件事。他知道如何哀嚎，讓行刑者感到滿意；知道如何不要反抗過度，以免浪費體力。

他也知道那些舉動並不會帶來任何好處。這樣的凌遲若再持續一星期，他會變成什麼樣子？鮮血從胸前流下，染紅了他的短褲。全身的十幾處小傷口囓啃著他的皮膚，全被檸檬汁澆過。

丹司背對他站著，身旁地上都是染血的小刀。

法榭抬起頭，擠出一抹微笑：「沒你想像的那麼有趣，是嗎？丹司。」

丹司沒回身也沒轉頭。

這人心裡還有良善的一面，法榭想著。即使經歷了這麼多年，這麼多事。他只是被擊倒，被打得滿身是血，傷得比我還重罷了。

「折磨我也不會讓她復生。」法榭說。

丹司回過身來，眼神陰沉。「沒錯，不會。」說著，他拿起另一把小刀。

□

祭司們推著希麗，一路在漆黑的宮廊上跑，偶爾經過幾具屍體。她仍聽得到周遭好幾處傳來打鬥聲。

發生了什麼事？有人在攻擊這座宮殿。會是誰呢？一時間，她希望會是她的同胞——她父王的軍隊來救她，但馬上就明白那不可能。對抗這些祭司的人會使用死魂兵，絕不可能是義卓司人。

這表示有第三股勢力，而那一派人馬想將她從祭司們的魔掌中救出。知道自己的呼救沒有白費，她又燃起了希望。這時，崔樂第等人帶著她轉進了廳室，穿過一間又一間的彩色房間，似乎打算從宮殿的中央穿過去。

進到一個房間時，希麗瞥見禮服的白色袖口驟然折射出七彩光芒，心中一陣喜悅。她抬頭一看，那房間裡果然站著神君，而他的身旁圍著一班祭司和士兵。

「修茲波朗！」她喊了出來，掙扎著想奔向他。

修茲波朗向她邁出步伐，卻被一個衛兵抓著手往後拉。**他們竟敢碰他**，希麗心想。**以往的尊敬果然只是假象，這會兒沒必要僞裝了。**

神君低頭看著自己的手臂，皺起了眉頭。他想甩掉那個衛兵的手，卻有另一名士兵上前來也幫著抓住他。修茲波朗朝那人一瞥，又望向希麗，神情困惑。

「我也不知道。」她說。

崔樂第走進房間來。「感謝色彩，」他說，「您已抵達了。快點，我們得馬上走。這個地方不安全。」

「崔樂第，」希麗轉身，瞪著他。「發生了什麼事？」

他當作沒聽見。

「我是王妃，」希麗說，「你給我回答問題！」

見他眞的停下了腳步，她反倒有些驚訝。但見他是一臉不耐煩，答道：「神君妃，有一班死魂兵攻擊這座宮殿，它們想要抓神君。」

「我想也是，還用你說嗎？」希麗搶白道，「那些人是誰？」

「不知道。」崔樂第說著，轉身要繼續走。就在這時，房外傳來一聲隱約的慘叫聲，緊接著是打鬥的聲響。

崔樂第朝聲音的方向張望，然後對另一名祭司說：「我們得繼續走。宮殿裡有太多房間跟走廊都是互通的，很容易被包圍。」

「後門呢？」那個祭司說。除了他，這時房裡還有另外十幾名祭司，士兵則大約六、七人。

「能到得了再說。」崔樂第答道。「我不是叫了一支增援隊來嗎？人呢？」

「他們不會來了，大人。」一個聲音說。希麗轉過身去，看見藍指頭出現在房間另一頭的門口。藍指頭的面容憔悴，身旁跟著幾個受了傷的士兵。「敵人已經占領了東翼，正朝這裡推進。」

崔樂第咒罵了一聲。

「我們得確保陛下的安全！」藍指頭又說。

「這我當然知道。」崔樂第沒好氣地回應。

「如果東翼淪陷了，」別的祭司說，「我們就不能從那裡離開宮殿了。」

希麗無助地看著藍指頭，想引起他的注意。他果然迎上她的視線，暗暗一點頭，向她微笑。

「大人，」藍指頭道，「我們可以從地道逃走。」

打鬥聲越來越近。希麗覺得他們所在的房間似乎已被包圍。

「也許吧。」崔樂第隨口應道。這時，一個祭司衝到房門口往外看。跟著藍指頭一起來的士兵們都在流血，他們在牆邊坐下休息，其中一人似乎停止了呼吸。

「我們應該儘早走。」藍指頭急切地說。

崔樂第靜默了一會兒，然後走到那名陣亡士兵身旁，拿起那人的劍。「好，」他說，「詹德倫，你帶半數士兵跟著藍指頭走，確保陛下的安全。」然後他望向藍指頭：「你設法帶他們逃到宮外去吧。」

「是，大人。」藍指頭說道，顯得寬心不少。祭司們這時才放開了神君。修茲波朗奔向希麗，將她摟在懷裡。希麗也回抱他，心中卻仍然不安，一方面又想釐清疑點。

先是藍指頭。跟著他走合情合理——從他的眼神看來，他似乎已有搭救神君的計畫，並且有意助他們脫離祭司的掌控。然而希麗就是覺得有些不對勁。

名喚詹德倫的祭司領著三名士兵，跑到藍指頭進房的門口向外探望，然後朝希麗及神君招手。其餘祭司全都跟隨崔樂第，但見他們各自從陣亡衛兵手中拿起武器，個個表情堅決。

藍指頭拉起希麗的手。「來，王妃殿下，」他輕聲說，「我答應過您。讓我幫您擺脫這場混亂。」

「那祭司們呢？」她問。

崔樂第瞥了她一眼：「傻女孩。快走！攻擊者正朝這個方向來，我們會故意讓他們發現，然後把他們帶到另一個方向去。他們會以爲我們知道神君的所在地。」

他說這話時，希麗仔細端詳那些和他站在一塊兒的祭司們，驀地意識到，那一張張臉上流露的堅決，其實是赴死的決心。一旦他們與敵軍遭遇，絕不可能是活逮，勢必只有死路一條。

「走吧！」藍指頭催促道。

修茲波朗看著希麗，眼神中流露駭色。她讓藍指頭慢慢地帶著她走，而神君跟在身旁。領著三名士兵的那一個祭司在門邊等，還有一群著褐衣的僕人也出現了。希麗的腦中響起一段低語。那是萊聲對她說過的話。

除非妳已經準備好要出招，否則別打草驚蛇，他曾如此叮嚀，出招時要突然、要使人意外，才會得到預期的結果。別讓自己表現得太過人畜無害，因爲人們總認爲清白的人最可疑。訣竅在表現得平庸。

平庸。

這是個很好的建議，可能也是個人人皆知的建議。她看了看藍指頭，走在她身旁，連聲催促，一如平日那樣緊張兮兮。

這場戰鬥中有兩個陣營，她一面走一面想。這兩派曾經爭奪著要控制我的房間；一派是祭司，另一派帶著死魂兵，屬於不知名的第三勢力。

她知道，在特提勒城裡，有人刻意將這個王國推向戰爭，但這樣的災難會爲誰帶來好處？哈蘭隼自己嗎？動員龐大的資源，只爲了平定叛賊、打一場勝券在握的戰役——卻有可能付出更大的代價？這實在說不通。

當哈蘭隼和義卓司兵戎相見時，誰是最大的獲利者？

「等等！」希麗兀地停下了腳步。她忽然想通了一切。

「神君妃？」藍指頭問道。修茲波朗一手搭在她的肩上，不解地看著她。要是祭司們計畫殺死修茲波朗，爲何又決定如此犧牲自己？如果他們不關心神君安危，爲何就這麼放我們離開，還要我們逃出宮外？

她直視藍指頭的雙眼，見他越來越緊張，臉色蒼白。於是她明白了。「那是什麼感覺，藍指頭？」她問他：「你們來自龐卡，但人人都認定你們是哈蘭隼人。龐卡人最早來到這片土地，後來卻被趕走，現在你們成了王國的一個外省，臣屬於你們的征服者。」

「你們想要自由，但你們的人民沒有自己的軍隊。而你們就走到了今天這一步：無力抗爭、無力解放自己，被視爲次等公民。可是，倘若壓迫你們的人走上了戰場，也許那將是個契機，讓你們得以掙脫……」

藍指頭看著她的雙眼，然後掉頭就跑，逃離了這個房間。

「這是在攪和什麼顏色？」崔樂第罵道。

希麗沒理他，而是看著神君的臉，說道：「你一直都是對的，我們應該信任你的祭司。」

「神君妃？」崔樂第投來質疑的眼光。

「我們不能走那條路，」希麗這才回答他：「藍指頭想帶我們走入陷阱。」

大祭司張嘴想反駁，但她嚴厲地朝他瞪視，並且使髮色轉爲憤怒的紅。藍指頭背叛了她；她最信任的人，竟然出賣了她。

「那麼，我們走前門。」崔樂第說著，回頭望向那支祭司和傷兵組成的雜牌軍。「想辦法殺出去吧。」

□

維溫娜輕易地找到那乞丐所說的地點。天色剛剛破曉，那棟破舊的廉價公寓外卻已圍了許多看熱鬧的人，交頭接耳地說著幽靈和水鬼云云。維溫娜在人群外圍停下腳步，想知道是什麼事情吸引了他們的注意。

船塢就在她的左手邊，海水的鹹味刺鼻。港區貧民窟不大，民宅擠在倉庫和船廠之中，是許多碼頭工人生活和飲酒作樂的地方。法樹應該不會到這裡來吧？他說他打算去諸神宮廷走一趟的。

從片段的耳語中得知，這棟公寓裡稍早前發生了凶殺案，搞不好是卡拉德的陰魂作祟。維溫娜聽了搖搖頭。這不是她要打聽的消息，她得——

維溫娜？一個微弱的聲音在她的腦中喚道，但她勉強認出來了。

「宵血？」她輕聲說。

維溫娜，來接我。

她打了個寒顫。光是想到那把劍，作嘔的感覺就隱隱浮現，令她直想轉身就跑。不過，法樹出門時是帶著宵血。可見她找對地方了。

說到凶殺案，難道死在裡面的人就是法樹？

忽地一陣擔心，她用力從人群中往前擠，眾人叫嚷著要她退後，但她不理。爬上樓梯，她從一間又一間的房門前跑過，匆忙得差一點沒發現其中某扇門底下有道黑煙在向外爬。

震驚地停下腳步，她深吸一口氣，推開房門走了進去。

房裡非常髒亂，到處是垃圾，簡陋的家具殘破不堪。地板上躺著四具死屍，宵血就插在其中一具的胸口上——那是個老人，飽經風吹日曬的臉皮黝黑發亮，兩隻眼睛瞪得很大。

維溫娜！宵血開心地說，**妳找到我了，真教我激動。我想讓這些人帶我去諸神宮廷，結果進行得不順利。他拔我出鞘了，一點點，但也挺厲害的，對嗎？**

她雙膝一軟，跪在地上，覺得想吐。

維溫娜？宵血問道，**我做得很好，對不對？瓦拉崔樂第把我丟進海裡，但我自己回來了，我相當滿意。妳應該要誇獎說我做得很好。**

她沒回應。

哦。宵血又說。**還有，法樹可能受傷了。我們應該去找他。**

她抬起頭來。「在哪？」她出聲問道，一時也沒想這把劍是否能聽見。

神君的宮殿。宵血答道，**他去救妳妹妹。我想他喜歡妳，雖然他否認就是了。他常說妳很煩。**

維溫娜回過神來：「希麗？你們去找希麗？」

對，可是被瓦拉崔樂第阻止了。

「那是誰？」她皺眉問道。

妳都叫他丹司。他是夏莎拉的弟弟，不知道夏莎拉是不是也在這。我也不懂他爲什麼把我扔進水裡，我還以爲他喜歡我。

「法榭……」她喃喃說著，重新站起來。受到劍的影響，她覺得腦袋還有一點昏昏沉沉。想到法榭被丹司抓起來，她心中一寒，因爲她還記得丹司說起法榭時的那股怒意。咬著牙，她從床上抓起一條髒毯子裹住宵血，這樣就不會觸碰到它。

啊，宵血說，其實不必這麼做。老頭子把我從水裡撈出來之後，我讓他把我洗乾淨了。

她沒搭理，忍耐著將它從屍體中拔起。噁心感已經減輕，因此她可以快步離開，直奔諸神宮廷。

□

萊聲坐著，看著面前的石板地。石縫間滴滲著薄曦帷紡的血，匯成一道細流。

「閣下？」拉瑞瑪恢復了往常的平靜。他站在萊聲這一側的鐵籠邊，靠著鐵條向他喚道。

萊聲沒理他。

「閣下，我很抱歉。我不該對您吼叫。」

「做神有什麼好處？」萊聲的語調茫然。

沒人應聲，朦朧的燈火在狹小的牢房兩側搖曳。那些人臨走時留下幾個祭司和死魂兵看守萊聲，卻沒人清理薄曦帷紡的屍體；他們擔心萊聲用假的死魂令欺騙他們，所以暫時還需要他。他沒有騙他們。

「什麼？」拉瑞瑪最後終於問道。

「有什麼好處呢？」萊聲說，「我們根本就不是神，神才不會是那樣的死法。區區一個小刀傷，還不如我的手掌寬。」

「我深感遺憾。」拉瑞瑪說，「她是個好人，儘管她擁有神格。」

「她不是神，」萊聲說，「我們都不是，這就是事實。我照著夢境做，結果弄到這個地步，可見那些夢根本是謊言。我一直都知道這點，卻沒人聽我的。他們敬拜我這個神，不就要聽我的嗎？這個神已經一天到晚叫你們不要敬拜他了，你們還不肯照辦？」

「我……」拉瑞瑪無言以對。

「他們都應該看看，」萊聲啐道：「他們都應該來看看我的真面貌！一個白痴。不是神，只是個記帳的。一個愚蠢的小小記帳員，有幸假扮成神玩個幾年！一個懦夫！」

「你不是懦夫。」拉瑞瑪說。

「我救不了她！」萊聲說，「我什麼也做不到，只會坐在這裡裡尖叫。要是我當時更勇敢一點，鼓起勇氣跟她聯手去控制整個軍隊就好了。可是我遲疑了，結果現在她死了。」

一陣靜默。

「你從前是個記帳員，」潮濕的空氣中，拉瑞瑪悄聲說道：「在我認識的人之中，你一直都是最好的人之一。你是我弟弟。」

萊聲抬起頭看他。

拉瑞瑪只是望著粗糙石壁上的昏暗燈光，幽幽說道：「我當時也是個祭司，在誠實王懇德文風的宮殿裡任職，卻看到他用謊言在玩弄政治遊戲。我在那宮殿裡待得越久，信仰就越薄弱。」

他停頓了一會兒，然後望向萊聲：「然後你死了，爲了救我的女兒而死。萊聲，她就是你曾經夢見的那個少女。你的形容太貼切了，她是你最疼愛的姪女，我想你永遠都會最疼愛她，要不是……」他搖搖頭。「發現你死的時候，我對人生再也不抱希望了。我跪在你的屍體旁哭；我想著要辭掉宮廷的工作。就在那時候，所有顏色都開始變亮了。你抬起頭來，身體變了，變得更高大，肌肉更結實。」

「當下我頓悟了。我終於明白，就是像你這樣的人，一個會爲了救別人而死的人，會被選中然後送回到陽世來。我領悟到虹譜是眞實的，你們見到的那些幻影是眞實的，諸神也是眞實的。是你讓我重新擁有了信仰，史丹尼瑪。」

他直視萊聲的雙眼：「你是神。至少在我心目中，你絕對是。不管你有多麼容易被殺死，不管你有多少駐氣，或是長什麼模樣，你的存在和你所代表的意義都不會因而改變。」

55

here is fighting at the palace gates, Your Excellency," the bloodied soldier said. "The insurgents are battling each other there. We . . . we might be able to get out."

「宮殿正門口有戰鬥，大人。」一個渾身是血的士兵稟告道：「叛亂份子正在那兒自相殘殺，我們……我們也許可以從那兒逃出去。」

希麗覺得如釋重負。終於，事情有了轉機。

崔樂第轉過身來，對著她說：「只要我們能出去到城裡，百姓都會團結起來保護神君，到時應該就安全了。」

「他們從哪裡弄來這麼多死魂兵？」希麗問。

崔樂第搖頭不答。他們在靠近宮殿正門處的一個房間稍事停留，情勢不樂觀，但還不能確定。

龐卡人已在諸神宮廷內設下了防禦工事，要想突破，肯定不是易事。

她仰起頭，看著修茲波朗。神君祭司們對待他就像個孩子——他們尊重他，但顯然從沒想過要請示他的意見。此刻他站在那兒，一手搭在她的肩上，她能看出那雙眼底流轉著許多想法和主意，卻因爲沒有紙筆而無從表達。

「神君妃，」崔樂第喚道，「有件事妳得知道。」

她看著他。

「我本不願提起，因爲妳不是祭司。」崔樂第說，「但是……如果妳活了下來，而我們不幸……」

「快說。」她命令道。

「妳不可能懷神君的骨肉，」他說，「如同所有復歸者，陛下他無法生育，而我們目前也還不知道第一任復歸者當年是如何誕下子嗣。事實上……」

「你們並不認爲那是他的親骨肉，」希麗逕自接著說：「所以你們認爲王室和第一任復歸者之間的血緣關係是虛構的。」她一面說，一面想：祭司們當然要質疑這種說法，因爲他們不想讓義卓司擁有主張王位的權利。

崔樂第臉色一紅。「但百姓們這麼相信，那才重要。這且不談，我們……找到一個小孩……」

「對，」希麗說：「一個小孩復歸了，你們準備栽培成下一任神君。」

他看著她，一臉震驚：「妳知道？」

「你打算殺死他，是不是？」她壓低了聲音，惡狠狠地質問：「你想拿走修茲波朗的駐氣，讓他死掉！」

「天啊，不！」崔樂第錯愕地說：「怎麼——妳怎麼會這麼想呢？不，我們絕不會那麼做！神君妃，陛下只要把他從上一代繼承來的駐氣移交出去就可以了。完成移交之後，他可以平安地度過餘生，無論他想活多久都可以。無論何時，只要有嬰兒復歸，我們就會協助神君易位；那是個徵兆，表示現任神君已經完成了使命，應該要退下來安養天年，不須再承擔這可怕的重責大任。」

希麗懷疑地看著他：「那太愚蠢了，崔樂第。神君若是釋出他的駐氣，他就會死。」

「不，另外有個辦法。」大祭司說。

「不可能有辦法的。」

「完全不是。妳想想，神君的駐氣有兩個來源，一是他與生俱來的神聖駐氣——即令他復歸的駐氣，二是上一代傳承下來，也就是和平王的遺產——超過五萬道的駐氣珍藏。後者，他可以用來行使識喚術，如同任一個識喚術士，只要慎選命令語就好。他也可以單純地當個復歸神就好。復歸神每個星期會消耗一道駐氣，若是攝取多了，可以積存起來，而這個部分是可以任意動用的。」

「你們卻刻意不讓他們知道這一點。」希麗說。

「不是刻意，」他別開視線：「而是沒有必要。復歸者何必要了解識喚術？他們的生活中應有盡有。」

「除了知識，」希麗說，「你們讓他們一直處於無知的狀態。我倒是很驚訝，你們居然沒把那些神的舌頭通通割掉，好守住這珍貴的祕密。」

崔樂第看著她，臉色一沉：「妳還在批判我們。我們的一切作爲都是出於必須啊，神君妃。陛下擁有的駐氣珍藏是一股太強大的力量，也是可怕的武器，足以摧毀數個王國；保護它，不使它被動用，是我們唯一且神聖的使命。萬一卡拉德的軍隊捲土重來，我們——」

鄰近的房間傳來聲響。崔樂第緊張地扭頭看去，修茲波朗搭在希麗肩上的手也握緊了。

希麗急切地追問：「崔樂第，我要知道，修茲波朗要如何釋出他的駐氣？他沒辦法說命令語啊！」

「我——」

他才剛開口，一隊死魂兵就從左側的門闖了進來。崔樂第大吼著叫她快逃，卻見另一個方向也闖進一組死魂兵。希麗咒罵一聲，抓了修茲波朗的手就往剩下的那一道門奔去。

她打開門。藍指頭就站在門外。他看著她，臉上殺氣騰騰。死魂兵站在他的身後。

一陣恐懼刺上希麗的心頭，她不由自主地退後。打鬥聲在她的身後響起，但她已無暇他顧，只能看著藍指頭帶來的死魂兵步步逼近。修茲波朗發出了咆哮——一聲含糊而無語的怒吼。

然後她看見神君的祭司。他們還在那兒，奮不顧身地擋在死魂兵面前，一方面想擊退它們，一方面想要保護他們效忠的君主。在這洋紅色的房間裡，希麗害怕地攀著丈夫，看著祭司被那些灰臉而面無表情的戰士們屠殺。祭司們有的拿著武器，有的赤手空拳，卻還是前仆後繼絕望地攻擊敵人。

她看見崔樂第咬緊了牙關，眼神中帶著恐懼，也衝上前去攻擊一個死魂兵，然後也像他的同僚一樣慘死，所有祕密就此跟著他一同逝去。

死魂兵踩過屍體，走了過來。修茲波朗站到希麗的前方，伸手向後護著她，但兩人雙雙被逼退到了牆邊；當他低頭看著眼前渾身浴血的怪物時，雙臂都在顫抖。

死魂兵終於停下腳步。藍指頭繞過它們走來，沒有正眼瞧一下修茲波朗，卻是直接看著希麗。

「好了，神君妃，勞駕妳跟我走一趟。」

□

「對不起，小姐，」衛兵舉手攔阻，「諸神宮廷目前禁止一切出入。」

維溫娜暗暗咬牙。「這眞是讓人無法接受，」她裝模作樣地怒道：「我有要事得立刻向女神奧母稟報！你看不出我有多少駐氣嗎？我可不是等閒人物！」

衛兵們依然不肯通融。今日守門的衛兵特別多，各處加起來起碼有二、三十個，維溫娜於是轉身離開。無論法榭昨晚在裡頭做了什麼，肯定引起不小的騷動。不少人聚集在大門外問東問西，想知道宮廷裡是否出了事情。維溫娜自顧往外走，穿過人群，將城門拋在身後。

到側面去，宵血說，**法榭進去時從不問人，他都直接進去。**

維溫娜朝台地的側翼一瞥，見那兒有一小段岩棚沿著諸神宮廷底座的牆面突出在外。若是趁著衛兵們都在應付民眾，無暇分神……

她悄悄往右走去。天色雖亮，但是太陽還未從東方白亮海面升起。她能感應到牆頭上有衛兵走動，心中暗暗希望他們持續望著城外，那就不至於注意到視線下方的死角處了。

她靜靜地等，直到一個巡邏兵走過，才識喚一面城牆上的織錦掛毯。「托高我。」她說完，鬆手放開一條褪成灰色的手帕。便見掛毯的下端騰空扭結起來，包裹住她，上端則仍掛在城牆上，宛如一條健壯的胳膊，將她端上城牆頂端後放下。她快速地張望四周，同時收回掛毯中的駐氣，但才剛做完，就發現側面的稍遠處有幾個衛兵已經用手指著她。

妳在這方面也沒比法榭好到哪裡去嘛。宵血不客氣地批評，你們這些人根本就不懂什麼叫潛行！耶斯提爾會對妳失望的。

她暗罵一聲，快速地識喚宮牆內面的掛毯，命它將她送進庭院中，然後立刻取回駐氣，拔腿就朝草坪的另一頭狂奔而去。庭院內沒什麼人，卻也令她更醒目。

黑色宮殿，宵血說，去那邊。

不用它說，她已經是朝著宮殿的方向跑了。話說回來，帶著這把劍的時間漸久，維溫娜慢慢明白它的行爲模式：宵血想到什麼就說什麼，它的意見與眞實情況未必相關。就像個教養不佳的小孩，講話或發問都沒節制。

宮殿正面布有重重守衛，那些人卻都沒有穿制服。他就在裡面，宵血這時說道，我能感覺到他。三樓，我跟他待過那裡。

驀地，一個室內的景象闖進了維溫娜的腦裡。她皺了皺眉頭，心想：就一把邪惡的武器來說，這一招倒是挺好用的。

我不邪惡。宵血的口氣平然，不帶辯解意味，純粹只是提醒一般。我毀滅邪惡。我想我們應該毀滅前面那些男的，他們看起來是邪惡的，妳應該拔我出鞘。

不知為何，她覺得那不是個好主意。

快嘛。宵血說。

守門的人發現她了，開始指指點點。她朝後方一瞥，見城牆方面的衛兵也已從草坪那頭奔來。奧斯太，原諒我。她咬牙想道，使勁將裹著毯子的宵血朝宮殿門前的衛兵們拋去。

宵血滾出了毯子外，銀色的劍鞘在綠草地上閃閃發亮。男人們瞬間靜了下來，一齊低頭盯著它看。算了，這樣也可以。宵血在這時發表評論，那聲音有些遙遠。

見其中一人彎腰拾起了劍，維溫娜立刻從他們面前跑開。其餘人開始爭奪，全沒理她。

她可不想冒險從一群打鬥的男人中間擠過去，所以這麼一來，正門口行不得也。維溫娜轉而跑向宮殿側面，只見低樓層的外結構猶如黑方岩堆疊而成的巨型石階，中層以上則是垂直於地面的平牆，狀似傳統的杜樓碉堡。她望見牆上有些窗戶，考慮從那兒爬進去。

維溫娜勾了幾下手指，測試袖子流蘇的靈敏度，果然見流蘇隨之扳緊又放開。接著，她奮力躍起，在綁腿附加的支撐力之下，額外多跳了數呎高；在她伸長的手臂前端，流蘇搶先探出去扣住黑石塊邊緣。猜想這些流蘇布條只是貼附在石面上，維溫娜戰戰兢兢地往上攀，總算爬到了平面上。

下方傳來男人們的叫嚷和哀嚎。她隨意一瞥，見到一個搶得宵血的衛兵剛剛打退了部分競爭者，正往宮殿內跑，其他人也跟著追了進去。此外，有一縷黑煙在那個人的身旁旋繞。

好多邪惡。宵血說這話時的口氣，活像在清理天花板蜘蛛網的主婦。

懷著對那些衛兵的罪惡感，維溫娜回頭繼續她的攀爬工作。宮牆方向的衛兵已經追了過來，他們都穿著城衛警的制服。她知道他們之中只有幾人被宵血的爭奪戰給波及，大多數都未受吸引。

維溫娜繼續爬。

往右。宵血的聲音聽來更遙遠了。三樓的那扇窗戶。再過去兩扇。他在裡面……

在它的聲音逐漸淡去之際，維溫娜抬頭尋找它所指示的那一扇窗，發現那離她目前的所在地還有兩層樓，而且得再往上爬過一整面陡直的平牆才行。雖然那牆面上似乎略有刻飾，凹凸處可權充腳踏，但想到要爬那麼高，她仍然不自覺地一暈。

一支箭冷不防地擊中她身旁石壁，把她嚇了一大跳。幾個地面上的衛兵正在彎弓。

色彩之神啊！她暗叫不妙，卻也無處可躲。身後不斷傳來嗖嗖響聲，令她下意識地想縮起身子，深怕下一箭就會射中自己。好不容易攀入平台處，她立刻往內側翻滾——也及時瞥見她的斗篷抓到一支箭並扔掉，又迅速恢復原狀。

果然方便。她心想，暗暗慶幸自己識喚了斗篷。終於爬到大石階的最頂層時，她的手臂已經痠了。幸運的是，袖子流蘇代替了她的十指，並且依舊抓得很牢。維溫娜深吸一口氣，開始攀爬剩下的黑色碉堡。

踩著牆面上的浮雕，她決定不要往下看，以維持神智清醒。

□

萊聲茫然地看著前方。薄曦帷紡被殺，拉瑞瑪揭露的眞相，還有神君祭司們的叛亂，全都發生得太快太突然。

他坐在鐵籠裡，雙臂環著自己，一身金紅色的袍子在鑽地道時已弄得滿是泥污。大腿上的傷口已不再出血，也沒有惡化，只是疼痛依然，但他沒理會。與內心的痛楚相比，外在的皮肉之痛微不足道。

籠外的祭司們正在遠處悄悄談話。萊聲不經意地瞥向他們時，方才始終揮之不去的那股殊異感又浮上了心頭。一連串殘酷的現實分散了他的心思，以致他無法好好思索箇中蹊蹺。他早該注意到的——是顏色。不是那些人的衣著，而是他們的臉，儘管那只是極其些微的膚色差距。若是單看一個人，很難看得出，但當他們全部站在一起時，他能看得出一種特定的差異。

普通人是不可能察覺的，但以萊聲這等程度的彩息增化，他本可以輕易辨別，只是剛開始沒想到要注意這點。

這些人不是哈蘭隼人。

萊聲恍然大悟：**任何人都可以穿著祭司袍，卻不代表他們就是祭司。**事實上，從他們的臉部輪廓判斷，他已然猜出這些人必定來自龎卡。

於是突然間，一切都說得通了。原來這果眞是一場精心策劃的騙局，他們都被耍了。

□

「藍指頭，」希麗帶著命令的口氣說道：「告訴我，你打算對我們做什麼？」

神君的宮殿本來就像座複雜的迷宮，即使在這住了一段時間，她仍不知自己身在何處。他們剛剛從一個樓梯走下，這會兒又從另一道往上走。

藍指頭沒有應聲。他走路時仍一貫絞著雙手，姿態緊張。走廊上的戰鬥似乎漸漸平息，但是當他們離開樓梯間，走上這一條廊道，竟是安靜得可怕。

修茲波朗摟著希麗的腰，走在她的身旁。她不知道他在想什麼，因爲這一路都沒機會停下來讓他寫字。他給了她一個安撫的笑容，但她知道，這一切對他而言必定是同樣恐怖。說不定他的感受甚至比她還要強烈。

「你不能這麼做，藍指頭。」希麗責備這禿頭的小個子。

「這是我們爭取自由的唯一途徑。」藍指頭一逕向前，邊走邊說，好歹是回應她了。

「但你不能！」希麗說，「義卓司人是無辜的！」

卻見藍指頭搖了搖頭：「假使能換取妳的自由，妳會犧牲多少我的同胞？」

「一個都不會！」她說。

「我倒想聽聽，要是妳我的立場對調，妳還會不會這樣回答。」說這話時，他仍然不肯正視她的雙眼。「我……對不起，讓妳遭受這些痛苦，但妳的同胞並不是無辜的，因爲他們和哈蘭隼人一樣。在眾國大戰時，你們壓迫我們，也奴役我們，一直到戰爭尾聲，王室逃走了，義卓司與哈蘭隼才分裂成兩個國家。」

「求求你。」希麗說。

突然間，修茲波朗撞向一個死魂兵。

他大吼起來，拚了命踢開另一個死魂兵，但是現場有十幾個。神君看著她，揮手要她趕快逃跑，可她並不打算離開他。相反地，她伸手想去抓藍指頭，只是死魂兵的動作比她更快。一名死魂兵抓住她的手臂，扣得極緊，任憑她怎麼拍打也不放鬆。就在這時，一群穿著神君祭司袍的男人從前方的一道樓梯走了出來，手裡都拿著提燈。希麗仔細看著他們，馬上就發覺他們都是龐卡人，因爲他們個子太矮小，膚色也略有不同。

我一直被當成傻子。她想。

藍指頭把這一場謀略玩弄得太好了。他一開始就挑撥她和祭司之間的嫌隙，灌輸她恐懼和憂慮，而祭司們又恰好表現得那樣傲慢和輕蔑。那些全都在這個文書總管的計謀之中，處心積慮地等著有一天要利用她，使他的同胞獲得自由。

「我們覆蓋好萊聲死魂兵的安全密語了，」來者之中有一人對藍指頭說道：「現在所有的死魂兵都聽我們指揮了。」

希麗望向一旁，看見修茲波朗被死魂兵壓制在地。他氣憤地叫喊，可是聽起來更像是呻吟。希麗心頭一緊，想要靠近他，卻怎麼也掙脫不了死魂兵的抓握——直到這一刻，她才哭了出來。

此時，藍指頭向那些人點了點頭，神情疲憊地說：「很好。發出命令，叫死魂兵去攻打義卓司。」

「你放心吧。」那人說著，將一手放在藍指頭的肩上。

藍指頭又點了點頭，面色愁沉地看著那群人離開。

「你有什麼好傷心的？」希麗哭著唾罵道。

藍指頭轉過身來，面向她：「如今只有我的這幾個朋友知道哈蘭隼的死魂軍令，而他們在下達行軍和攻擊的命令之後全都會服毒自盡，到時就不會有任何人能阻止那些怪物了。」

*奧斯太，色彩之神啊……*希麗感覺到一陣茫然。

「把神君帶下去，」藍指頭指揮著幾個死魂兵說道，「關起來，等時候到。」

死魂兵便將修茲波朗拖走，一個穿著祭司袍的龐卡人跟了過去。希麗依依不捨地伸出手去，修茲波朗也掙扎著回頭伸手，無奈死魂兵的力氣實在太大。他一路口齒不清地呼喊，那聲音迴盪在樓梯間，聽得希麗心中又是一陣酸楚。

「你們想對他怎麼樣？」希麗問道，感覺淚水在臉頰上冷卻。

藍指頭瞥來一眼，卻再次迴避了她的視線。「哈蘭隼政府內部仍有許多人認爲出動死魂兵是政治上的錯誤，那些人或許會試圖停戰。我們要確保哈蘭隼全國一致地投入戰爭，否則一切犧牲都是白費。」

「我不懂。」

「死魂令原本握在萊聲和薄曦帷紡手中，我們會把他們的屍體丟在死魂兵營裡，旁邊擺幾個我們從城裡找來的義卓司死人，再把神君的屍體留在宮殿的地牢讓人發現。到時無論是誰來調查，都會認定是義卓司的刺客來暗殺他——我們從義卓司貧民窟裡雇用了不少傭兵，應該足夠取信。我手下的文書官若能熬過今晚，他們就會如此對外供稱。」

希麗含著眼淚心想：**每個人都會認為薄曦帷紡和萊聲是為了報復神君遇刺才派出軍隊，人民也會陷於憤慨，因為他們的君王死了。**

「我也不希望妳牽扯進來，」藍指頭說著，轉身往前方的樓梯走，也示意抓著她的死魂兵跟著走。「要是妳沒有懷孕，我就好辦多了。」

「我沒有懷孕！」她說。

「但百姓認為妳懷孕了。」他嘆道：「我們必須破壞這個政府的運作，讓義卓司人憤怒到想要摧毀哈蘭隼才行。事實上，我比別人更看好你們同胞在這場戰爭中的表現，特別是這一支死魂軍無人領兵也無人指揮。妳的同胞會伏擊它們，那樣一來，不論對哪一方來說，這場仗都一樣地不好打。」

他瞥了她一眼：「但要確保這場戰爭產生效果，義卓司人得先產生戰意，否則他們大可以逃進高原躲起來。不成，勢必要讓雙方互相仇視，各自拉攏更多的盟國，如此才能分散焦點……」

聽到這裡，希麗的心中浮現了恐懼：要點燃義卓司人的怒火，還有什麼辦法比殺了我更好？雙方都認定我腹中的孩子隨著一起死去，也都會視之爲開戰的挑釁。到那時，戰火將不再是爲了爭奪統治權，而是演變成一場以血洗血的仇恨之戰。戰亂恐怕持續數十年之久。

同時也永遠不會有人發現，我們眞正的敵人，也就是挑起這一切災難的元凶，竟是哈蘭隼南境這一個祥和而安分的省分。

56

ivenna hung outside the window, breathing deeply and sweating heavily.

維溫娜攀吊在窗下，呼吸深而緩，但滿身大汗。她剛剛向窗內偷窺，看見丹司和童克法就在屋內。法樹被吊在天花板下，渾身是血，而且體內全無駐氣，但還活著。

我能同時阻止丹司跟童克法嗎？她疑惑地想。她的兩隻手都好瘦，衣袋裡倒是還有幾條不同長度的繩子可供識喚。萬一她沒丟中怎麼辦？丹司使劍的速度快得不像正常人，她唯有出其不意地偷襲，而且絕不能失手，否則就是死。

我在做什麼？她想道：**掛在牆上，想著如何迎戰兩個職業傭兵？**

這段日子的經歷，讓她心頭的恐懼很快就被壓了下去——大不了就是命一條，只是未必死得痛快罷了。她經歷了背叛、知交好友的橫死，一段飽嚐病痛、欺凌和飢餓，不堪已極的流浪生活；她被打入社會最底層，被狠狠打得抬不起頭，被迫承認自己辜負了所有人。仔細想想，這些都熬過了，她其實沒剩下什麼還能讓他們再奪走了。

莫名地，這念頭給了她勇氣。驚訝於此刻湧現的決意，她悄悄地取回了斗篷和綁腿中的全部駐氣，識喚兩條短繩，教它們在拋出時抓取，然後向奧斯太神做了一小段無聲的禱告，隨即翻身爬上窗台，跳進了屋內。

法樹在呻吟。童克法在角落打瞌睡。而丹司拿著一把血淋淋的小刀，在她落地的瞬間抬眼看來——他那完全陷於震驚的表情看了真教人痛快，幾乎令她覺得先前遭受的一切都值得了。維溫娜即時朝他拋出一段短繩，朝童克法拋出另一段，然後衝向法樹。

丹司的反應奇快，小刀一劃，繩索凌空斷成兩截。兩截斷繩仍忠實地執行命令，各自扭捲起來，卻因爲太短而無法纏緊。相對地，她扔向童克法的那一段繩索順利命中目標，立刻纏捲在他的面門和頸子上，使他驚醒並大叫出聲。

維溫娜衝到法樹的身旁停下時，丹司的長劍已然出鞘。她倒吸了一口冷氣，也拔出自己的劍，並且照著法樹教她的方式握牢，便見丹司又是一驚，短暫地怔了一下。

這一怔就足夠。她揮劍——不是砍向丹司，而是去砍吊著法樹的那根繩索。法樹悶哼一聲，摔在地上，丹司也在同時發動攻勢，劍尖劃過她的肩膀。

她向後一跌，劇痛令她無法呼吸。

丹司退回一步。「唷，公主，」他舉劍說道，姿態謹慎小心。「沒想到會在這兒見到妳。」

牆角，童克法還在掙扎，卻遲遲無法扯開頸子上的繩子。她聽見窒息時的嗆咳聲。換作是以前，肩傷造成的疼痛可能會令維溫娜頓時全身無力，但在嚐過街頭惡少的毆打之後，痛楚竟不再陌生。她抬起頭，直視丹司的雙眼。

「妳這算救援行動？」丹司問道，「因爲老實說，我不覺得令人印象深刻呢。」

童克法抽搐著從椅凳上跌落。丹司朝他瞄了一眼，又看回維溫娜——這片刻的沉默之中，只有童克法那漸趨微弱的掙扎聲。終於，丹司咒罵一聲，箭步跳開去救他的朋友。

「妳還好吧？」法樹在她身旁問道。令她吃驚的是，儘管他渾身血跡斑斑，他的聲音聽起來卻十分有精神。

她點點頭。

「他們要派死魂兵去進攻妳的祖國，」法樹又說，「我們完全想錯了。不知道誰是幕後主使，總之他們在宮廷發動鬥爭，可能已經控制了大局。」

這時，丹司總算割斷了童克法頸間的繩索。

「妳得逃走，」法樹邊說邊解開雙手的束縛：「回去找妳的同胞，教他們別和死魂兵對抗；可以從北方通道逃走，躲到山區去。千萬不要開戰，也不要把別的國家引進戰爭之中。」

維溫娜望向角落，見丹司正在摑童克法的臉以讓他清醒。她閉上眼睛。「你的駐氣爲我所有。」她鎮靜地發令，收回袖子流蘇中的駐氣，接著將手掌貼在法樹身上。

「維溫娜……」他說。

「我的生命為你所有，」她說，「我的駐氣歸你所有。」

就在她眼前的世界褪為濁黯之際，一旁的法榭則因那股重新獲得的龐大能量而痙攣。丹司驚跳站起，倏地旋身。

「你去做，法榭，」維溫娜孱弱地說，「你會做得比我更好。」

「頑固的娘兒們。」法榭微微喘氣，但已不再顫抖。他伸出手，彷彿想把駐氣還給她，但在這時，他注意到丹司。

丹司的臉上掛著冷笑，挺劍走來。維溫娜按住肩頭的傷口以止血，一面往窗口退，但如今駐氣全失，她也不知退到窗邊要做什麼。

法榭站了起來，拾起維溫娜的劍，身上僅穿的半丈褲雖然染滿鮮血，他站立的腳步卻是異常沉穩。只見他把剛剛掙脫下來的繩索繞在腰間，彷彿這是他特有的習慣。

他是怎麼辦到的？她想。他的力氣是哪兒來的？

「我應該把你傷得更重一點才對，」丹司說道，「不該慢慢來的。我太沉溺於享受。」

法榭哼了一聲，將繩索結好。丹司竟像在等他，而且顯得興味盎然。

「看我們流血的時候和平凡人沒兩樣，我總是覺得有趣，」丹司說，「我們也許強壯一些，活得久一些，但死掉時都一樣。」

「不一樣，」法榭說著，舉起了維溫娜的劍：「別人死得比我們有尊嚴多了，丹司。」

見丹司淺笑，維溫娜發現他的眼神中有興奮，遂想起他曾經聲稱法榭不可能在公平的決鬥中擊倒那個叫阿斯提爾的人，因此他總想親自跟法樹比劃，要證明法樹不如他。

長劍疾出，鋒芒交錯。然而才過幾招，維溫娜就看出法樹居於下風，丹司則明顯地技高一籌。或許是因爲遍體鱗傷，或是因爲逐漸增長的怒意，令法樹失去了保持冷靜的能力；也或許他的劍技本就不如丹司。總之，在維溫娜看來，她知道法樹會輸。

我做這一切可不是爲了讓你就這麼給人打死！維溫娜一面想，一面起身要幫忙，卻被人一把按在肩頭，壓了回去。

「妳別想了。」童克法說著，在她的上方俯身看著她。「對了，那繩子把戲耍得不錯，有一套。我自己也懂幾招繩子活兒，比方說，繩索可以用來燒掉人的肉呢。」他笑了笑，彎下腰來又說道：「喏，傭兵的笑話。」

他的外衣微微垂下，擦過她的臉頰上。

不會吧？她想。那次逃走時，我想識喚他的外衣卻沒成功，他該不會笨到還繼續穿吧？

她瞥向一旁，看見法樹已退到了對面牆邊，在窗旁和丹司繼續纏鬥。法樹不只大汗涔涔，滿身的傷口還不停地滴血，以致於地上都是血跡。這時，丹司又再度進逼，法樹退一步跳上一張桌子，尋求制高點。

她回頭來看著童克法，他的外衣仍然拂著她的臉頰。「你的駐氣爲我所有。」她說。

駐氣迎面襲來，兀然爆出一陣令人歡欣的能量。

「啊？」童克法說。

「沒事，只是……」她嘴上如此應道，腦中卻驅動起意象，緊接著發令：「『攻擊並纏住丹司』！」

駐氣加上清晰的命令，以及具體的意念，立刻讓童克法的外衣顫動起來。童克法的襯衫被汲走了顏色，他則驚訝地睜大了雙眼，忽地被自己的衣服硬生生拖走。

所以我可以當公主，但你只能做傭兵。她滿意地想著，一面向旁邊翻滾去。

聽見童克法的呼叫聲，丹司立刻回頭，但已閃避不及。身形實碩的龐卡壯漢身不由己地直朝丹司撞去，那件外衣也猛然向他揮打。丹司大吼一聲，被撞得向後倒，不小心跟法榭也撞在一塊兒。一時之間，三個大男人撞成了一團；童克法咕噥，丹司破口大罵。

法榭卻被擠得跌出了窗外。

維溫娜傻住了，這不是她預期的結果。這時，丹司已割掉那件外衣，把童克法推開。

片刻之內，屋裡沒半點聲音。

「快去集合我們的死魂兵隊！」丹司說，「馬上去！」

「你覺得他沒死？」童克法問。

「只是從三樓跌下去就會摔成稀巴爛嗎？」丹司沒好氣地罵道：「他當然不會死！叫小隊到宮殿大門去拖住他！」說完，丹司朝維溫娜一瞥：「公主，妳這個人的價值，遠遠不及妳惹出來的麻煩。」

「最近大家都這樣和我說。」她嘆了一口氣，又伸手去按肩膀，但見手上和身上早已染了大片血跡。除此之外，她覺得好累，累到顧不得自己是否應該感到害怕了。

□

法樹看著那扇窗遠離，自知正朝堅硬的石地墜落，心中不禁懊惱：就差一點！我幾乎要拿下他了！

颼颼勁風中，他長嘯一聲，扯開腰間的繩索，感覺維溫娜的駐氣力量在體內奔騰著。

「抓住東西！」他發令，甩出長繩。滿布血跡的短褲倏地褪成灰色，繩索的另一端也在同時撲向漆黑宮殿的一處牆突，牢牢攀纏上去。長繩綳緊，法樹遂將雙腳蹬在牆上，側身沿著石磚小跑，以減緩落勢。

「你的駐氣爲我所有！」落勢一減緩，他立刻高聲發令。繩索隨之鬆落，他順勢跳到大石階上，緊接著再次發令：「包住我的腿，給予支撐力！」繩索便又扭轉向下，迅速地纏繞在他赤裸的腿和腳掌上。幾乎是在同時之間，他縱身向石階之外躍下，大膽地以單腳著地——圈在那一條腿上的繩索添附了額外的肌力，承受著地時的第一波衝擊。

如此跳躍四次之後，法樹落到草地上。一旁就是宮殿正門，門前的地上有多具屍體，還有一組士兵站在那兒，面露困惑。法樹大步朝那兒直奔。在他取回繩索中的駐氣時，乾涸的灰色血液從他胸前的大小傷口剝落。

他順勢從某個倒地的士兵手中抄起一把劍。很快地，門前的士兵全數轉過身來，手上武器皆已就緒。法榭趕著殺回宮殿裡，此刻也無啥耐性，遂無心再費脣舌，直接揮劍進攻。他的劍法雖略遜於丹司，可也花了極其長久的時間練習，此刻自是手起刀落，精準而有效率地砍倒一個又一個人。

只可惜敵眾我寡，實在不是他隻身一人就能抵擋。法榭暗啐，旋身從重圍中竄出，順勢又撂倒一名擋路的傢伙，然後隨便選一個已經斷氣的士兵，伏身用手掌拍在他的腰際，將那人的上衣和褲子一齊按在掌下，探一指扣在裡層的有色襯衣上。

「爲我戰鬥，彷彿你是我。」法榭發出這一道命令，那人的襯衣完全褪成灰色。接著，他急急回身，及時擋下一劍；又一劍從側面刺來，他勉強閃避，緊接著再一劍來襲時，已是應接不暇。

說時遲那時快，另一劍橫空架來，替法榭擋下了那一擊——被他識喚的那一套衣褲脫離了主人的身體，握著長劍站立起來，彷彿被一個隱形的劍客穿著，熟練地開始格擋和進擊。法榭重新站穩腳步，讓它防守自己後方，並且找了個機會如法炮製，用所有剩餘的駐氣複製出第二個隱形劍客。

他們互成三位一體的攻防，令衛兵忌憚起來，不敢貿然進攻。就在法榭計畫著如何殺出重圍時，卻有一隊約莫五十人的死魂兵從角落衝出，高舉著武器直向他攻來。

他顏色的！法榭想道。他暴喝一聲，揮劍劈倒一人。

他顏色的、他顏色的、他顏色的！

你不該咒罵。有個聲音在他的腦中響起。*夏莎拉告訴我，咒罵是邪惡的。*

法榭驚跳起來，尋找那聲音的來向，便見已關閉的宮殿門扉下，有一絲黑煙正緩緩逸出。

你不謝謝我嗎？宵血說，我來救你了。

某個士兵衝上前，靈巧地斬斷了其中一個隱形劍客的腿，令它兀然倒下。當機立斷的法樹伸手向後，取回另一個隱形劍客的駐氣，接著踏住倒地的衣褲，也取回那上頭的駐氣。士兵們見狀，全都更加警戒地退了開去，樂得讓死魂兵來解決他。

趁這個當兒，法樹衝向宮殿大門，奮力用肩膀頂去。門扉應聲被撞開，他即順勢滑了進去，最先映入眼簾的便是滿地橫倒的死屍。

宵血直挺挺地插在其中一具死屍的胸口，照例是劍柄朝天。就在法樹略微遲疑之際，他聽見身後死魂兵隊進攻的聲音。

他奔向前，抓住宵血的劍柄，將它拔了出來，留下劍鞘在屍首上。

舉手一揚，劍刃在空中揮灑出一片漆黑的液體。未及碰到牆或地面，那液體就消解成煙霧，猶如水化成蒸汽那般。同時間黑煙繚繞，有些循著劍身而上，有的淌流到地面，彷彿是黑色的血水。

毀滅！宵血的聲音在法樹的腦中轟然作響，**邪惡必須毀滅！**

一陣劇痛襲上法樹的手臂，他同時感覺到體內駐氣驟然流失，正被攝入宵血的劍身之中──那就是這把魔劍出鞘時必定付出的駭人代價。但在這一刻，法樹已顧不得這許多，他轉向來襲的死魂兵隊，縱身一躍，咆哮著揮劍劈去。

凡是他的劍鋒所及之處，無論血肉骨髮，一概湮滅如焚。只是輕輕一劃，死魂兵的軀幹就開始解體，最後只在原地留下一團又一團的黑色霧塵，宛如紙張被看不見的火舌憑空吞噬。法樹穿梭在這些黑霧與敵手之間，憑藉著愈發強烈的狂怒而大開殺戒。從劍刃漫出的漆黑煙縷繞著他盤旋擾動，持劍的手因痛楚而筋結暴突，藤蔓也似的黑鬚攀鎖在他的前臂，如同一條條黑色血管探進皮膚，貪婪地汲取他的駐氣。

幾分鐘之內，維溫娜送來的駐氣已經耗減近半，但那五十名死魂兵也被他全數消滅了。活人士兵們完全不敢踏進宮殿一步，只在門外觀戰，看著黑如烏檀的煙霧瀰漫在宮廊間，翻騰上升，蒸發消散，然後徒留法樹一人站立其中。

士兵們如鳥獸逃竄。

又一聲長嘯，法樹舉起宵血，朝向宮廊的內牆劈去。那道石牆瞬間融開，彷如血肉般蒸散成黑霧。他翻過破牆，大步狂奔，接著跳上一張桌子，舉劍便掄向天花板。

伴隨著又一波漆黑的蒸霧，一個將近十呎寬的圓洞在他上方出現；他根本毋須費心找階梯上樓。再次識喚長繩，法樹將繩索往上拋，然後將自己拉了上去。來到二樓，他重施故技，跳上了三樓的樓板。

他一路飛奔，揮劍毀去一道又一道的隔牆，低吼著尋找丹司的蹤影。手臂上的痛楚加劇，他的駐氣已所剩不多，一旦全部耗盡，宵血就會令他死亡。

眼前的景物正逐漸模糊。他劈開另一面牆，發現那就是他方才被囚禁之處。

卻是空無一人。

他放聲大吼，手臂不停顫抖。**毀滅……邪惡……**宵血的聲音仍在他腦中低吟，那語調中的快活和明朗卻已盡悉消失，甚至聽起來也不再熟悉了；像一道命令，滿滿占據了他的心智。宵血，這可怕而非人的魔物，法樹握著它越久，它吞噬駐氣的速度就越快。

大口喘著氣，他無力地跪下，終於將劍拋離了手。宵血向外滑去，在地上蝕出一道煙痕，然後劍柄撞到牆角，在一聲清脆的沉響中靜止下來，但它的劍刃依舊有黑煙升起。

法樹的手臂抽搐，表皮的黑色筋脈逐漸消失。他體內的駐氣所剩不多，勉強達到第一級增化的程度；若是再遲幾秒鐘，宵血會將它們全部吸走。他甩甩頭，想使視線清晰一點。

有樣東西落在他面前的地磚上，那是一把決鬥用的長劍。法樹抬頭看去。

「站起來，」丹司說道，眼神嚴峻：「我們來做個了結。」

57

luefingers led Siri—held by several lifeless—up to the fourth floor of the tower. The top floor.

藍指頭帶著死魂兵，押著希麗走上塔的四樓，也就是頂樓。他們走進一間極其華麗氣派的廳室，即使就哈蘭隼的標準來看，只怕那些色彩都過於濃艷而繁複。那廳室的門口由死魂兵守著，它們都向藍指頭鞠躬，讓他們通過。

這城裡所有的死魂兵都受藍指頭和他手下的文書官控制了，她想。甚至在這之前，文書官在這個王國的官僚體制中就已經握有大權，並承擔極重要的工作。哈蘭隼人未曾料到，讓龐卡人擔任如此低微卻重要的職位，日後竟造成這悲慘的結果。

「我的同胞不會因此而倒下的，」希麗聽見自己這麼說：「他們不會和哈蘭隼對抗，只會從北方通道撤退，到高原區的山谷或逃往鄰國避難。」

這時，死魂兵將她拉到廳室的前端，那兒有塊黑色大石台，形狀就像座祭壇。希麗皺起了眉頭。門口又走進一隊死魂兵，或拖或扛著幾個祭司的屍體。希麗看見崔樂第的遺體也在其中。

什麼？希麗心想。

藍指頭轉過身來對她說：「相信我，公主，我們一定會激怒他們。等這件事辦完，義卓司保證會跟哈蘭隼奮戰到底，直到一方滅亡為止。」

□

他們又抓來一個人，扔進萊聲隔壁的鐵籠裡。萊聲木然地抬眼看去，見那是另一個復歸神。那批人這會兒又逮了誰？

真有趣，竟是神君。他心想。

他再次垂下眼。那又怎樣？他辜負了薄曦帷紡，他辜負了每個人。死魂兵大概已經向義卓司進軍了。哈蘭隼跟義卓司即將開戰，而龐卡人這三百年來的復仇大願終將得償。

□

看著丹司，法樹吃力地站起來，用一隻無力的手握著長劍，渾身仍劇顫不已。空蕩蕩的黑色長廊如今已是一片開闊，因爲周遭的幾面牆都被法榭用宵血給毀掉了，屋頂還沒有塌下來倒是令人稱奇。

地上散落著屍體。那是丹司手下的人馬占領宮殿時所留下的。

「我會讓你死得痛快點，」丹司說道，舉起了他的劍。「只要跟我說實話。你並不是在決鬥中擊敗阿斯提爾的，對嗎？」

法榭舉起了手中的劍。刑求的刀傷、宵血造成的劇痛，加上全身疲憊卻這麼長的時間被迫清醒，在在耗損著他的體力。危急時的爆發力最多就只能撐到這個地步了，即使他擁有一副異於凡人的軀體，也已瀕臨極限。他不答腔。

「那就隨你了。」丹司說完，發動了攻勢。

法榭向後退開，被迫採取守勢。丹司一向善於使劍，法榭則在研究方面見長。然而，精於研究爲他帶來了什麼？幾項引發了眾國大戰的新發現、一支令萬民塗炭的妖魔大軍。

他繼續迎戰。即使此刻如此疲憊，他知道自己應戰得十分出色，只是這並未帶來任何優勢。丹司一劍削過法榭的左肩——那是丹司最喜歡攻擊的部位，可以讓他的對手帶傷繼續應戰，藉此延長享受打鬥的樂趣。

「你絕對沒有打敗阿斯提爾。」丹司低聲說。

□

「你居然要在祭壇上殺死我。」希麗說道。她被死魂兵押著，站在這間怪異的廳室裡，看著別的死魂兵在地上放置祭司們的遺骸。「這不合情理啊，藍指頭。你又不信他們的宗教，爲何要這麼做？」

藍指頭站到她的身旁，手上拿著一把短刀，眼神中彷彿有幾分慚愧。「藍指頭，」她好聲向他勸喚，一面努力使自己的聲調平穩，髮絲也保持黑色。「藍指頭，你不必這麼做。」

直到這時，藍指頭終於直視她的雙眼：「我都已經做到這個地步，再多死一個人，妳以爲我會在乎嗎？」

「你都已經做到這個地步了，再多死一個人，你眞的認爲會有多大影響嗎？」

他向祭壇瞄了一眼。「會，」他說，「妳知道義卓司人背地裡都是怎麼講述諸神宮廷的。妳的同胞仇視哈蘭隼祭司，也不信任他們；你們總說他們會在宮殿深處的黑色祭壇用活人獻祭。所以，等妳死了，我們會讓幾個義卓司傭兵看見這一幕，讓他們認爲邪惡的祭司殺妳獻祭，而我們搶救不及，只來得及殺死這批祭司。」

「義卓司人會在城裡暴動。反正他們的情緒早就緊繃，到時就會一發不可收拾——這都要感謝妳姊姊。等到特提勒城陷於混亂，哈蘭隼人會對義卓司人大開殺戒以維持秩序，也許會演變成眾國大戰以來所罕見的大屠殺。然後，倖存者回到故鄉去說這個故事，讓大家都知道哈蘭隼迎娶王室公主只是爲了將她的性命獻祭給神君。這種說法實在是愚蠢可笑，但有些時候，越是荒誕的故事就越爲人所相信，而義卓司人絕對會接受的。我相信妳很清楚。」

她確實很清楚，因爲她自己從小就聽到許多類似的故事。對她的同胞而言，哈蘭隼是個遙不可及的異邦；駭人且怪誕。希麗更加憂慮，不由得掙扎起來。

這時，藍指頭又看了看她，說道：「我眞的很抱歉。」

□

我一無是處，萊聲想著。爲什麼我救不了她？爲什麼我沒法保護她？

他又痛哭起來。奇怪的是，關在他隔壁的那個男人也在哭喊。那是神君修茲波朗。只見他悲憤地高聲呻吟，猛力搥著籠子的鐵條，卻不說話，也不痛罵囚禁他的那些人。

他怎麼會那樣子呢？萊聲心想。

幾個人走近神君的牢籠。手中拿著武器的龐卡人，一個個表情猙獰。

萊聲卻發現自己不太在乎。

你是神。拉瑞瑪的話仍然在他的腦中迴盪。萊聲看著自己的大祭司躺在牢籠裡，就在他的左手邊，如今緊閉著雙眼，消極地抗拒這一切的恐怖。

至少在我心目中，你是神。

萊聲搖了搖頭。不，我什麼都不是！我不是神，甚至不是個好人！

你是……對我而言，你是……

冷水潑在他的身上。萊聲反射性地甩頭，驚跳起來。雷鳴在他的腦中響起，聲音遙遠，但旁人似乎全沒注意。

四周越來越暗。

怎麼了？

他在一艘船上。在黑暗的海面上，船身被浪頭拋打，劇烈地搖晃。萊聲站在濕滑的甲板上，努力站穩腳步。他一方面知道這是幻覺，自己仍被關在牢籠裡，另一方面卻爲這眞實感而感到震懾。

海浪翻騰，漆黑的天空被閃電劈開，他被甩得跌出去，一頭撞向船艙壁的木牆。掛在桅杆上的油燈忽明忽暗，幾乎就要熄滅。與空中那狂暴的雷光相比，燈火是如此微弱。

萊聲眨了眨眼睛。他的臉壓在一個圖案上。那是隻紅色獵豹，在雨水和油燈的光之下閃閃發亮。

是這艘船的名字。他想起來了。「**紅豹**」。

他不是萊聲。或者也可以說是，只是個頭小一點、矮胖版本的他。一個長年從事記帳工作的男人，經常長時間數錢、核對帳目。

找出短少的金錢，就是他所做的事。人們雇請他來抓帳，檢查合約與償付帳款是否恰當。他的工作是在一本又一本帳簿中尋找蛛絲馬跡，發現最細小的誤計和缺失；也可以說是偵探，卻不是他所想像的那種偵探。

又一波巨浪打在船上。拉瑞瑪在船頭大喊著叫人去幫忙，他看起來比現在年輕好幾歲。船工紛紛向他奔去。這不是拉瑞瑪的船，也不是萊聲的，而是租來的。他們一家人只是租船出海渡假，而航海是拉瑞瑪的嗜好。

暴風雨來得突然。萊聲跌跌撞撞地站好，勉強抓著欄杆，也準備趕到船頭去幫忙。浪頭又凶又猛，水手們努力不使船身翻覆。船帆已經不見蹤影，只留下破爛的碎片。他身旁的每一處甲板都在軋軋作響。就在他的右側，漆黑的海水高高地翻捲起來。

拉瑞瑪高聲向他大喊，要他去固定木桶。萊聲於是先抓了一綑繩索，將一端繫在船舷的吊柱上。又一個浪打來，他滑倒，差一點兒被甩出欄杆外。

他嚇傻了，緊抓著繩子，看著身下的海面，無數瘋狂又深不可測的漩渦。他奮力爬回甲板，將繩索打了個很大的活結，準備去套住木桶；那手勢自然俐落，因爲拉瑞瑪常常帶他出海，早就教會他許多航海知識。

拉瑞瑪又呼叫求助。突然間，一個年輕女子從船艙裡跑了出來，抓著一圈繩索像是要去幫忙。

「塔泰拉！」船艙裡有另一個女人喚道，那聲音裡充滿驚惶。

萊聲抬頭看去。他認識那女孩。他抓著繩結，向她伸出手，大喊著要她回到甲板下，但是雷鳴蓋過了他的聲音。

少女轉過身來看著他。

一個大浪將她拋進了海洋。

拉瑞瑪絕望地哭喊。萊聲看著這一幕，驚愕得無法動彈。那深沉的黑水奪走他的姪女，吞沒了她，宣告著對她的所有權。

暴風雨夜的海洋，如此龐然、駭人的混亂。他感覺到自己的無能。眼睜睜看著一個少女輕易地被風雨掃進洶湧浪濤中，令他的心臟因驚嚇而狂跳。他看見她的金髮在水面短暫地浮現；那一抹淡淡的顏色就從他這一側的船身旁滑過，不一會兒即將消失。

男人們咒罵著，拉瑞瑪發出嚎叫。有個女人在啜泣。萊聲瞪著海面上無數的泡沫，看著它們在黑色的深沉中起伏、翻攪。黑暗，無盡可怕的黑暗。

他的手中仍握著繩索。

沒有多想，他向欄杆外縱身躍去，將自己拋進那片黑暗之中。冰冷的海水吞噬了他，但他伸長了手腳，死命地在暴動的水流中划著。他約略懂得游泳，有個東西掠過他的身旁。

他立刻抓住。那是她的腳。他將繩結套在她的腳踝上。儘管海浪強勁又狂亂，他也不知怎地縛緊了那繩結。才這麼做完，忽然有一股吸力將他扯了開去，又有一股水流將他壓下。他伸手向上，朝著閃電的光亮處，卻見那光點越來越遠。

下沉。沉入深黑。

虛無宣告了一切。

他眨眨眼，海浪和雷聲都退去，他坐在冰涼的鐵籠裡。虛無曾經帶走他，但某個無以名狀的力量把他送了回來。他復歸了。

因爲他見到了戰爭和毀滅。

神君的呼喊聲中多了一份恐懼。看著那些假祭司抓住大叫大嚷的修茲波朗時，萊聲也看見他的嘴巴。*沒有舌頭，*他想。*這是當然，爲了避免他把那麼多生體彩息用掉，合理。*

他轉向另一側，看著薄曦帷紡那滿身血紅的屍體，發現這景象似曾相識——他在清晨的夢境中依稀見過。夢境裡，他記得她滿臉通紅，原以爲那是她的氣色；再看向旁邊，拉瑞瑪閉著雙眼，彷彿睡著一般，而這一幕也曾出現。如今再看，拉瑞瑪並非睡著，是閉著眼睛在啜泣。

牢獄中的神君，萊聲也夢見過。但在這一切之外，他記起自己曾經站在一道明亮而多彩的光波盡頭，俯看著彼端的這個世界。他看見了，看見自己所愛的一切在戰火中破碎、瓦解，看見它席捲這世界——更致命、更具毀滅性，遠超過眾國大戰。

他記起，在那一側，他聽見一個聲音，寧靜而撫慰人心，賜給他機會。

復歸。

祭司們強押著神君跪下時，萊聲站起身，走到了鐵籠邊。

*以色彩之名……*他心想，*我是神。*

萊聲走上前，靠在神君那一側的鐵條上，他看見修茲波朗臉上的痛苦和淚水，莫名地明白它們所爲何來——這個男人的確愛希麗。萊聲也曾在那年輕王妃眼中看到同樣的傷心，當時還納悶，不知她爲何要去關心一個本來該迫害她的人。

「你是我的君王，」萊聲輕聲地說，「也是諸神之主。」

聲。

龐卡人逼神君面朝下，其中一人舉起了一把劍。就在這時，神君掙脫了一隻手，恰巧揮向萊聲。

我見過了虛無，萊聲想道，而我回來了。

下一刻，他即時把自己的手伸長去，抓到了神君的手。一名假祭司驚覺，抬起頭來看。

萊聲與那人對望一眼，然後垂下眼去，笑容滿面地看著神君。「我的生命爲你所有，」萊聲說，「我的駐氣歸你所有。」

□

丹司揮出一劍，劃傷了法榭的腿。

法榭失衡，跌跪在地上。丹司再度攻擊，法榭只能勉強將那一劍格開。

丹司後退半步，搖了搖頭：「你太可悲了，法榭，跪在那兒等死，而你還自認爲比我們其他人都優越。你批判我，說我不該做傭兵，那我要做什麼？去掌理國家？統治幾個王國，然後挑起戰爭，像你那樣嗎？」

見法榭低頭不語，丹司低聲怒吼，衝上前又是一劍。法榭舉劍想擋，卻使不出力氣，手中武器就此飛脫出去。丹司一腳踢中他的肚子，把他踢得撞在牆上，重重地摔落。

沒了武器，法榭伸出手，想去拿一旁士兵屍體腰帶上的匕首，丹司卻走上來踏住他的手。

「你認爲我應該變回以前那樣子？」丹司輕蔑地說：「做那個快活、友善、人見人愛的人？」

「你以前是個好人。」法榭無力地說。

「那個好人目睹了可怕的事，也做了可怕的事情，」丹司說，「我試過，法榭。我試著要回去，可是黑暗……一直在我腦海裡面。我擺脫不了。我的笑聲是有極限的，它化解不了，我也忘不了。」

「我可以幫你，」法榭說，「我知道命令語。」

丹司的神情凝結。

「我保證，」法榭說，「只要你願意，我可以把那些記憶全部移走。」

靴底依舊踩著法榭的手，丹司靜靜地站在那兒，手中劍尖垂下，許久都沒有反應。最後，他才搖頭說道：「不，我不值得。你跟我都不值得。再見，法榭。」

就在丹司再度舉劍時，法榭抬起另一隻手，冷不防地貼觸他的腿。

「我的生命為你所有，我的駐氣歸你所有。」

丹司霎時一愣，倉皇地抽腿，卻見約莫五十道駐氣竄出法榭的身體，一齊湧進了丹司的體內——丹司顯然不想要，當下卻無法不接受它們。五十道駐氣不多，但是足夠。

只要能使他因爲這股遽增的能量而震顫，能使他在剎那間身不由己地癱跪在地，那就足夠。把握這短短一瞬間，法榭爬了起來，反手抽起一旁屍首腰間的短刀，劃過丹司的頸子。

丹司向後仰倒，雙眼大睜，鮮血汩汩從頸間流出。駐氣帶來的快感仍令他顫抖，但他的生命也正在流逝。

「沒人樂見這種結果，」法榭低聲說著，走近他。「駐氣是一個人莫大的財富。但你把它灌注給某個人，然後殺了那人，你損失的卻不只是駐氣，而是更多……多得令大部分人始終無從體會。人們絕不樂見那樣的後果。」

隨著鮮紅血流減弱，丹司抽搐著。他的頭髮驟然染上一片漆黑，接著褪成淺金，繼而是憤怒的紅色。

最後，那些髮絲轉爲恐懼的白，就此沒再變化，他也停止了動作。生命淡逝，新的駐氣和舊的一起消失。

「你想知道我是怎麼殺死阿斯提爾的，」法榭起身，將一口鮮血啐吐向旁。「好，現在你知道了。」

□

藍指頭拿起了短刀，做出了決定。「我唯一能做的，」他說，「就是親手殺了妳，而不是讓死魂兵動手。我保證會讓妳死得痛快，之後才布置成邪教儀式的樣子，這樣可以免除妳死前嚐到太多痛苦。」說完，他向押著她的死魂兵下令：「把她綁上祭壇。」

兩個死魂兵抓住希麗的肩膀，她拚命掙扎，卻是徒勞無功。它們的力氣大得嚇人，這時已將她的雙手反綁在一起。「藍指頭！」她大罵，執意瞪著他的雙眼。「我絕不要被綁在莫名其妙的石頭上，死得像什麼鬼故事裡沒用的小姑娘！你要我死，就讓我死得有尊嚴，讓我站著！」

藍指頭露出了怯意，她口氣裡的威嚴的確令他略顯退縮。便見他舉起了一隻手，阻止死魂兵將她拉上祭壇。

「好吧，」他說，「把她抓牢。」

「你會後悔的。我若死了，你等於錯失一個大好機會；」在他一步步走近之際，希麗說道。「神君的妻子是完美的人質。你要殺我，簡直太愚蠢，而且……」

他不再理會她了。拿起短刀，他將刀尖抵在她的胸前，大概在尋找下刀處。希麗開始感到頭皮發麻。她就要死了，這次是眞的了。

在她死後，一場血戰將會爆發。

「求求你。」她輕聲說。

藍指頭看著她，猶豫起來，然後咬一咬牙，沉著臉抽起短刀。

就在這時，屋子忽然搖晃起來。

他緊張地住手，向一旁的幾個文書官看去。他們都在搖頭，面露不解。

「地震？」其中一人問道。

搖晃仍在持續，地面竟逐漸變成了白色。轉眼之間，白與黑消長如波，近似早晨的第一道陽光向大地灑落之際的光景；無論牆壁、天頂、地板——舉目所及之處，黑色的石面全都褪白了。那些假祭司害怕地避開褪白的石頭，有一人甚至因此跳到一張毯子上去站。

藍指頭不明就裡，但他盯著希麗一會兒，無視於地面的震動，再度舉起短刀。希麗也看著他，見那長年墨漬的十指緊緊握著刀子，而他的眼白竟映射出小小的虹光。

不單是他，而是整個大廳都在這瞬間湧現了耀眼的七彩光輝；白色的石面宛如無數的稜鏡，迸散出帶著虹色的雪白光芒，同時又互相映照、折射。廳門在一聲轟然巨響中炸了開來，大量的彩布如飛箭般倏地射進，而希麗認得那些織錦掛毯、絨氈，還有各種長絲帶，都是日常在宮中裝飾用的，而它們都被識喚了。

彷彿有了生命一般，彩布各自竄向場中的死魂兵和假祭司，將他們纏捲起來扔向空中，令那些祭司大聲呼喊。一條薄而長的紫色布帶驟然搶向藍指頭，緊緊地纏上他的手臂。

繽紛的彩布成海，翻騰起伏，彷如滿室的浪濤洶湧。希麗依稀看見一個人影走在其中——那是個黑髮男子，有著史詩英雄般的身形，蒼白而年輕的臉龐，實際上卻已然飽經歲月。藍指頭掙扎著仍想用刀刺向希麗，卻見神君舉起了一隻手。

「**給我住手！**」那是修茲波朗的聲音。清晰無比。

驚愕地，藍指頭扭頭向神君望去，此時一張絨毯撲上來擄走他，短刀便從他的手中滑落。

希麗怔怔地站在石台上，看著眾多彩布將她的丈夫凌空托起，送到她的身旁來。同時有一對小絲帕飛上前，滑進她手上的繩縫，輕盈地為她鬆綁。

重獲自由，她迫不及待地撲去，讓修茲波朗抱起來擁入懷中，淚水潸然而落。

58

he closet door opened, letting in lantern light. Vivenna looked up, gagged and bound, at Vasher's silhouette.

衣櫃門開了，透進一道光。維溫娜嘴裡被堵住，手腳被縛，抬起頭，認出這逆光的人影就是法樹。法樹一手將宵血拖在身後。那把劍如常地收在銀鞘裡。

他蹲下來拿掉她的口銜，看起來非常疲憊。

「你也該來了。」她挖苦地說。

法樹淒然一笑。「我沒有多餘的駐氣了，」他平靜地說，「很難找到妳。」

「你都用到哪裡去了？」她問。

「宵血吞掉了大部分。」他邊回答，邊爲她解開手上的繩結。

我可不相信，宵血快活地說，我……其實不太記得發生了什麼事，不過我們倒是毀滅了很多邪惡！

「你拔它出鞘？」維溫娜如此問時，法樹已爲她的雙腳鬆綁。他點了點頭。

「丹司呢？」她揉揉手，又問。

「死了。」法樹說，「童克法和那個叫珠兒的不見蹤影，我想他們拿了錢就跑了。」

「所以一切結束了。」

法樹又點頭。他滑坐在地，頹然地把頭靠在牆上：「而我們輸了。」

她皺眉不解，又感覺到肩傷發疼，不由得面露痛苦。「這是什麼意思？」

「丹司的雇主是這宮殿中的幾個龐卡文書官，」法樹說：「那批人想挑起義卓司和哈蘭隼之間的戰爭，搞垮這兩個國家，好讓龐卡獨立。」

「然後呢？丹司現在死了。」

「那批文書官也就此得到了死魂大軍的安全密語。」法樹說：「現在那支部隊已經出動，大約一個多小時前離開了特提勒，正往義卓司前進。」

維溫娜不語。

「所有的這些抗爭，跟丹司有關的一切，都是只是聲東擊西；」法樹憾恨道，不住地用後腦勺敲牆。「他們牽制了我們，讓我沒能及時攔下死魂兵。戰爭開打了，沒法阻止了。」

□

修茲波朗領著希麗往宮殿的下層走，希麗走在他身旁，小心地攙著他的手臂。上百條各種長度的彩布在他們的周圍抽動跳躍。

儘管已經識喚了許多物體，修茲波朗仍有足量駐氣可使身旁的各種東西增色——除了褪色的石頭。從這一路所經之處看來，原本是黑色的宮殿結構體，有將近一半都變成了白色。

不同於正常識喚之後的淺灰色，這些褪色的石面呈現如骨一般的白色。如此地近似純白，使它們因這極致的生體色度而起了反應。增強後的白色映出光芒，光芒之中又散映了各種顏色。就像一個循環。希麗心想，**先有色彩，然後變白，接著再回到彩色。**

修茲波朗帶她進入一處特殊的窖室，便見到他這一路上述說的景象——文官和祭司被他識喚的地毯壓碎了身體；牢籠的鐵條或斷裂或扭曲，石砌的四壁碎裂傾倒。一條彩帶從修茲波朗的肩後飛出，靈巧地將一具屍體翻面，以免她見到那上面的傷口，但她其實沒那麼注意。瓦礫中，她認出兩具較大的屍體，一具是薄曦帷紡，臉朝下，渾身染滿了血；另一具就是萊聲，全身褪成了淺灰色，如同死魂兵的膚色。

萊聲的雙眼輕閉，看起來就像在睡覺，面容十分安詳。他的頭枕在一個中年男人的腿上——那是他的大祭司，坐在地上，輕輕摟著他所侍奉的神。

那祭司抬起頭來，向他們微笑，但希麗看見他的眼中滿是淚水。

「我不明白。」她看著修茲波朗說道。

「萊聲用他的生命使我復元，」神君說，「不知為何，他知道我的舌頭被割掉了。」

「復歸者可以治好一個人的任何傷病，」那大祭司說著，垂眼看著他的主人。「他們的責任就是決定對象和時機。有些人說，諸神回到這世間來就是為了這個目的——為了把自己的生命獻給真正需要它的人。」

「我完全不認識他。」修茲波朗說。

「他是個非常善良的好人。」希麗說。

「我懂。雖然我從沒跟他說過話，但他卻崇高地犧牲了自己的性命，讓我能夠活下來。」

祭司微微一笑。「最了不起的是，」他說，「這是萊聲第二次這麼做。」

他叫我不可以在最後關頭仰仗他，恐怕那也是瞎說的吧。真像他的作風。希麗暗暗想道，不由得微笑，卻也感到酸楚與不捨。

「來，」修茲波朗說，「我們得快點召集我剩下的祭司，設法阻止死魂軍進攻妳的祖國。」

□

「一定有辦法的，法榭。」維溫娜跪在他身旁說道。

法榭試著按捺心頭的憤恨——主要是他對自己的怒意。他來到這城市就是為了阻止戰爭，卻是又一次地為時太晚。

「四萬死魂兵，」他說著，握拳搥向地面。「太多了，就算耗用這城裡每一個人的駐氣，我也不可能用宵血將它們全部消滅。我能不能趕上它們的行軍速度還是個問題，若是打起來，也保不定哪個死魂兵就僥倖地殺了我。」

「非得想個辦法才行。」維溫娜說。

一定得想個辦法。

「我當年就想過了，」法槲用雙手抱住了頭：「我想阻止，可是等我明白事情的嚴重性時已經來不及了，整個都超出我的掌控之外了。」

「你在說什麼東西？」

「眾國大戰。」法槲喃喃道。

一陣靜默。

「你到底是誰？」

他閉眼不答。

他們當時都叫他塔拉辛。宵血說。

「塔拉辛，」維溫娜說：「取自五學者之一。」

不，他就是他們之一。宵血說。

維溫娜覺得好笑，「但他們……」

忽有一陣愕然，令她語句漸失。

「是三百多年前的人啊。」她終於說出了口。

「生體色度可以讓人活很久很久。」法樹嘆道，睜開了眼睛。維溫娜沒搭腔。

他們後來還管他叫過很多別的名字。宵血又說。

「要是你眞的是五學者之一，」維溫娜道，「那你一定知道如何使死魂兵停下來。」

「當然，」法樹的表情淒楚：「用別的死魂兵。」

「就那樣？」

「那是最簡便的方式。不然也可以把它們一個個抓起來綁好，破解死魂令再覆改安全密語，但就算你有第八級增化的能力可以直接覆改識喚命令語，改寫那麼多死魂兵的密語還是要花上幾個星期。」

說到這裡，他搖了搖頭：「我們可以組織軍隊去對抗它們，但那就是活人對抗死魂兵了。哈蘭隼的活人兵員沒有多到足以抗衡死魂兵，更何況也不可能追得上它們的腳程；死魂兵會早好幾天先抵達義卓司，因爲它們不用睡覺，不用吃飯，可以不眠不休地行軍。」

「靈醇呢？」維溫娜問，「總會用完。」

「它跟糧食不一樣，維溫娜。靈醇像血液，只有在流失或腐敗的時候才得塡新的進去。要是長期不保養不更換，大概只有極少數會停止動作，絕大多數都沒特別影響。」

她想了一會兒。「好，那我們識喚一支自己的軍隊去對抗它們。」

法樹忍不住苦笑。他覺得又累又暈，雖然他替自己包紮了傷口較大之處，但短時間內實在已無力進行任何戰鬥了。維溫娜看起來也沒好到哪裡去，特別是肩膀附近多了那一大片血漬。

「識喚一支自己的軍隊？」他反問：「首先，我們上哪兒弄駐氣？我把妳給我的都用光了。就算能找齊我的衣物，那裡面加起來也只有數百道。每做一個死魂僕需要一道駐氣，這數量差距太懸殊。」

「神君。」她說。

「用不了，」法樹道，「那人還小的時候就被割去了舌頭。」

「你沒有個什麼方法可以把他的駐氣弄出來嗎？」

法樹聳肩道：「十級增化可以讓一個人施展心神識喚，那就不用說話，但也得經過幾個月的訓練才做得到——前提是，還得要有人指導。我想他的祭司們一定知道方法，否則沒法使那樣龐大的駐氣一代傳一代，就怕他們還沒來得及教會這一代的神君。不讓神君動用他的駐氣，也是祭司們的職責之一。」

「他仍然是我們的首選。」維溫娜說。

「哦？那妳打算怎麼用他的力量呢？製造死魂兵？妳忘了那還需要四萬具屍體嗎？」

她嘆了一口氣，靠坐在牆邊沒再吭聲。

法樹？宵血在他的腦中喚道，*你不是說你留了一支軍隊在這裡嗎？*

他沒理它，卻見維溫娜睜眼朝他望來。顯然宵血已決定把她納入它的心神感應通話範圍之內。

「它說什麼？」她問。

「沒什麼。」法樹說。

不，才不是沒什麼呢，宵血說，我記得。你告訴那個祭司，教他好好保管你的駐氣，以防你將來會再用到。然後你把你的軍隊也給了他，說是送給這城市的禮物。那支軍隊不會動。你不記得了嗎？只不過是昨天而已啊。

「昨天？」維溫娜問。

就是眾國大戰停火的時候，宵血說，那是幾時啊？

「它沒時間概念，」法樹說，「別理它。」

「不，」維溫娜狐疑起來，打量著他。「它確實知道些什麼。」她想了想，然後瞪大了眼睛：「卡拉德的軍隊！」她邊說邊指著法樹。「他的陰魂！你知道那支軍隊在哪兒！」

法樹悶不作聲，遲了一會兒才不情願地點頭。

「在哪？」

「就在特提勒城裡。」

「我們得去動用它！」

他瞪她一眼：「維溫娜，妳這等於是在叫我送一項武器給哈蘭隼。那是很可怕的武器，比他們現在擁有的都還要糟。」

「他們現在擁有的死魂兵就要去屠殺我的同胞了，難道那樣就比較好嗎？」維溫娜反問：「你所說的這種武器，會比死魂兵更強大？」

「對。」

她不說話了。

「總是試試吧。」她說。

他瞅她一眼。

「拜託你，法榭。」

他再次閉上眼睛，回想自己曾經造成的破壞：過去的那些戰爭，全都肇因於他潛心研究出來的創造成果。「妳寧可讓敵人得到那樣的力量？」

「哈蘭隼不是我的敵人，」她說，「雖然我討厭他們。」

他盯著她看，端詳片刻，然後站起身來：「我們去找神君。要是他還活著，我們再看著辦吧。」

□

「陛下、神君妃，」一名祭司彎著腰，面朝下向他們說道：「我們聽到風聲，說有歹徒要攻擊宮殿，所以才將您二位關起來。我們想要保護您！」

希麗看了看那人，再看看修茲波朗。神君撫著下頷，正在思考。他們都認得面前這名男子，知道他是正牌的神君祭司，而不是頂替的假冒者。截至目前爲止，他們只能確認出一小部分人。

至於其他人，修茲波朗把他們都關了起來，並且召城衛警進宮，著手清理宮殿內的斷垣殘壁。站在宮殿最頂層的天台，微風拂過希麗的頭髮──紅色，顯示著她的不悅。

「找到了，陛下！」一名衛兵喊道，伸手指著某處。

修茲波朗轉身，朝那衛兵所在的天台邊緣走去。他的那些彩布護衛不再跟著主人到處亂跑亂竄，而是靜靜堆疊在屋簷上隨時候傳。希麗跟著走過去，依照衛兵所指的方向望去，看見遠方的一陣煙。

「那就是死魂軍的所在處，」衛兵說，「衛隊的斥候已經證實大軍確實攻向義卓司，幾乎城中的每個市民都看見它們通過城門。」

「那些煙是？」希麗問。

「行軍時揚起的沙塵，殿下。」衛兵恭敬地回答她，「因爲人數眾多。」

她看著修茲波朗，見他愁眉。「我能阻止它們。」他的聲音比她所想的更堅定，更低沉。

「陛下？」衛兵問。

「有這麼多駐氣，」修茲波朗說，「我可以迎戰它們，用這些布把它們綁起來。」

「陛下，」那衛兵顯得憂慮，「死魂軍有四萬人。它們會把布割斷，群起圍攻您的。」

修茲波朗面露決意：「我非得一試。」

「不要。」希麗將一隻手按在他的胸前。她逼自己冷靜，髮色變黑。

「妳的同胞……」

「我們派信差去，」她說，「說明我們的歉意，讓他們提前撤退、設下埋伏。我們也可以派軍隊去幫助他們。」

「我們的軍隊人數不多，」他說，「而且活人的腳程不可能像死魂兵那樣快。妳的同胞眞能逃走嗎？」

不能，但你不用知道。她這麼想著，心中一陣糾結。你是無辜的，而且你天眞得相信他們能逃走。

事實是，他們大致可以逃走，但死傷勢必慘重。話又說回來，讓修茲波朗隻身迎戰那些怪物大概也起不了太大用處，只是白白送死罷了。他雖然擁有驚人的力量，可是以寡擊眾終究有個限度，四萬大軍畢竟不是尋常之譜。

修茲波朗審視著她的神情，令人驚訝的是，他完全看出了她的心思。「妳不認爲他們能逃走，」他直截了當地說了出來，「妳只是想保護我。」

想不到他居然已經這麼了解我。

「陛下！」後方傳來一聲呼喚，他們都轉過身去。

修茲波朗和希麗之所以來到天台，不僅是爲了眺望死魂兵的情況，也因爲他們實在不願再被關在房間裡，只想待在開放的空間中。

天台遠端的樓梯口走上來一個衛兵。那人右手扶著腰際的劍走近，恭敬行禮：「陛下，有個人要求見。」

「我不想見任何人，」修茲波朗說，「來者是誰？」

這又是一個驚奇，希麗又想道。他從沒用過舌頭，現在竟能如此流利地說話。萊聲的駐氣到底做了什麼？它不只復元了他的身體，還讓他擁有了咬字的能力。

「陛下，這位訪客——她有魔髮！」

「什麼？」希麗驚訝地喊了出來。

衛兵轉過身去，果然有一名女子出現在那個樓梯口，正是維溫娜——或者說，希麗認爲那應該是維溫娜。然而那人穿著長褲和開襟衫，腰間繫著一把劍，肩膀附近有大片血漬，看起來好像受了傷；更令人震驚的是，她見到了希麗，隨即滿面微笑，髮色也在瞬間轉爲喜悅的金黃。

維溫娜的頭髮變色？希麗不敢置信地想。不可能是她。

但那的確是她。維溫娜歡欣地笑著飛奔而來，幾個衛兵挺身阻攔，但希麗揮手示意他們放行。她跑過天台，撲向希麗，緊緊抱住了她。

「維溫娜？」

女子苦笑。「對，差不多。」她答時向修茲波朗瞄了一眼。「對不起，我來這城市原想救妳。」她平靜地說。

「妳眞好，」希麗說，「可是我不需要人救。」

維溫娜的愁容更深。

「希麗，這位是？」修茲波朗問道。

「我的大姊。」

「啊，」修茲波朗親切地低下頭去，向維溫娜致意。「維溫娜公主，希麗跟我說過很多妳的事情。只可惜我們是在這種情況下見面。」

維溫娜瞠目結舌地盯著他看。

「其實他不像他們講的那樣壞，」希麗微笑道，「『大致上』。」

「那是諷刺，」修茲波朗插嘴道，「她就是愛諷刺。」

維溫娜回來看著希麗，正色道：「我們的祖國正受到攻擊。」

「我知道，」希麗說，「我們正在想辦法解決。我要派信差去通知父王。」

「我有個更好的方法，」維溫娜說，「但你們必須信任我。」

「當然。」希麗說。

「我有個朋友要晉見神君，」維溫娜說，「他有話要對神君說，不能被任何衛兵聽見。」

希麗遲疑，但她馬上想：**我眞傻。這可是維溫娜，我當然能信任她。**

然而想當初，她也曾以爲藍指頭可以信任。

瞥見希麗的神情，維溫娜顯得好奇。

「如果這麼做有助於解救義卓司，那麼我願意。」修茲波朗說，「這個人是誰？」

□

片刻之後，維溫娜站在哈蘭隼神君宮殿的屋頂，靜靜地看著她的么妹；希麗就在幾步之外，藉著遠方揚起的沙塵觀望死魂兵的進度。她們和修茲波朗都在等衛兵給法榭搜身。法榭站在天台的另一端，舉著雙手，衛兵們面露疑色地檢查他身上是否藏有武器，而他早料到如此，所以已將宵血留在樓下，不帶任何武器上來。現在他甚至連一道駐氣也沒有。

「妳的妹妹是個令人驚奇的女人。」神君說。

維溫娜看了看他。這是她原本要嫁的人，是她本來要獻身屈從的怪物，而她現在竟然和他愉快地談話。她從沒想到會有這麼一天。

她也沒想過自己會喜歡他。

這樣的評判太快也太輕率。儘管她已不再把這件事當成罪過，也學會不再對任何人強加刻板印象；不過，她看到他對希麗的鍾愛，也在那之中看出他的善良。哈蘭隼的恐怖神君怎麼會是這樣的男人呢？

「是啊，」她說，「她的確是。」

「我愛她，」修茲波朗說，「我希望妳知道這點。」

維溫娜點了點頭，同時瞥向希麗。

她變了好多，維溫娜心想。曾幾何時，她的氣質變得如此堂堂莊重，可以威嚴地發號施令，又能始終保持髮色純黑？那還是她的小妹，但她顯然已經不小了，特別是那一身昂貴的禮服，看起來倒是挺合襯的。真怪。

這時，衛兵們將法樹帶到屏風後去更衣，顯然是擔心他身上有任何經過識喚的衣物。幾分鐘之後，他僅僅圍著一條腰巾走出了屏風外，露出了胸前的刀傷和瘀青。看見他竟要被迫接受這種屈辱，維溫娜覺得可恥。

但他忍了下來，並在一名護衛的陪同下走過天台。這個時候，希麗也走回到丈夫和姊姊身旁，雙眼機警地觀察著法樹。維溫娜跟希麗只是簡短地談過一會兒，但她已經發現這個妹妹不再為自己的無足輕重而自鳴得意了。她真的變了很多。

法樹走來了，修茲波朗隨即命令衛兵全部退下。在他的後方，可以看見叢林一路向西延伸，朝著義卓司而去。法樹望向維溫娜，她以為他接著會叫她離開，不過他並沒那麼做。相反地，他看了一會兒才掉轉頭去，好像覺得算了。

「你是誰？」修茲波朗問。

「就是該為了你沒舌頭而負責任的那個人。」法樹說。

修茲波朗抬起了半邊眉。

法樹閉起眼睛。他沒有說話，也沒有動用駐氣或發出命令語，但是突然間，他整個人亮了起來；不是像一盞燈那樣地發亮，也不是像太陽發光，而是有股光暈產生出來，使色彩變得更加鮮明。維溫娜心中一驚，因為她發現法樹的體格也改變了。這時他睜開眼睛，調整腰巾，以配合體型的改變。如今他的胸膛變得更加結實，肌肉壯碩，那一堆亂糟糟的鬍子全退了回去，只留下清爽的臉龐。

在此同時，他的頭髮也變成了金色。那些刀傷仍然留在他身上，這會兒看起來卻是無關緊要。令人訝異的是，他彷彿多了一股神聖的氣質。神君目不轉睛地看著眼前這一個與自己外型十分相仿、顯然是系出同源的神，像是興味盎然。

「我不管你信不信，」法樹開口時，聲音聽起來也更高貴：「但我要告訴你，我很久以前曾在這裡留下東西。那是個龐大的力量，一筆財富，而我承諾將來會取回。我指示後人要妥善保管，也命令它不得動用。依我看來，祭司們的確都牢記在心了。」

出人意料地，一聽完這番話，修茲波朗竟然單膝跪下：「吾王，您之前到哪裡去了？」

「去彌補我的所作所爲，」法樹答道，「或者說，試著去彌補。那不重要，起來。」

這是怎麼回事？維溫娜心想，和希麗互看一眼。她看起來也是同樣困惑。

修茲波朗站了起來，但仍維持著謙恭的姿勢。

「你有一隊凶猛的死魂軍，」法樹又說，「但你沒把它們管好。」

「對不起，吾王。」神君說。

法樹向他打量幾眼，然後望向維溫娜。她點了點頭：「我信任他。」

「不是信任的問題。」法樹說著，又看回修茲波朗。「算了，我要給你一樣東西。」

「是什麼？」

「我的軍隊。」法樹說。

修茲波朗皺眉道：「可是，吾王，我們的死魂兵已經開拔去攻打義卓司了。」

「不，不是那一支。」法樹說：「我說的是我在三百年前留下來的軍隊，人們稱之爲卡拉德的陰魂。我就是用那一支軍隊迫使哈蘭隼停戰。」

「吾王，您說終止眾國大戰？」修茲波朗說，「您是藉由談判和協商促成停戰的。」

法樹哼了一聲：「你對戰爭懂得不多吧？」

神君先是一愣，老實地搖搖頭，然後回答：「是的。」

「那就去學，」法樹說，「因爲我就要把我的軍隊交給你去指揮了。用它來保護人民，不准用來攻擊。只准在緊急時刻動用。」

神君默默地點頭。

法樹向他瞟了一眼，然後嘆氣。「『我的罪孽得以隱蔽』。」

「什麼？」修茲波朗問。

「這是安全密語，」法樹說，「你可以用它去下達新的命令，驅動我留在城中的德尼爾雕像。」

「可是吾王！」修茲波朗驚訝地說，「石頭不能識喚。」

「識喚的不是石頭，」法樹說，「那些雕像裡面有人骨，它們都是死魂偶。」

人骨。維溫娜的脊背發涼。法樹曾經對她說，人骨不適合用來製成死魂偶，因爲它必須在識喚狀態下始終保持人形。可是，若是把骨頭嵌進石頭裡呢？石頭可以固定骨骼的形狀，可以保護它不受損傷，幾乎是刀槍不入。識喚術的受術物通常不會比人類的肌肉還要強壯，如今倘若死魂兵可以用生物的骨骼來製造，讓它穿上堅硬的石甲……

真要命！她想。

「全城的德尼爾雕像大概有一千尊左右，」法樹說，「其中大多數應該都還有作用，功能完全不會衰減。每一尊都是我親手識喚的。」

「可是它們都沒有用靈醇，」維溫娜說，「它們甚至連血管都沒有！」

法樹朝她投來一瞥——果然是他，一樣的眼色，一樣的那副表情。他的形貌雖然和以往不同，但神情卻一模一樣；現在，他看起來不過就是復歸者版本的法樹罷了。這中間究竟是怎麼回事？

「從前的靈醇也不是要有就有的，」法樹說：「它只是讓死魂偶的識喚過程更容易也更便宜罷了，並不是非它不可。況且我確信，在很多人的觀念裡，靈醇早就是可有可無的輔助品。」說到這裡，他又朝神君看了一眼：「你應該有能力去快速覆改新的安全密語，然後命令它們去阻止另一支軍隊。到時你大概就會知道，我的那些陰魂兵……很好用。刀劍對上石頭，幾乎是無用武之地。」

修茲波朗點頭，表示受命。

「它們以後就是你的責任了，」法樹說著，轉身走開。「你要比我更善用它們。」

終章

he next day, an army of a thousand stone soldiers charged from the gates of the city and ran down the highway after the Lifeless that had left the day before.

翌日，一支由千餘石兵組成的軍隊從特提勒城出發。它們衝過城門，全速跑上幹道，準備兼程追擊昨天出發的死魂兵。

維溫娜站在城外，靠在牆上，目送它們離開，心中百感交集。

*我一天到晚經過那些石像，還常常站在那旁邊，卻從來不知道它們會動，只是在靜待再度受命？*大家都說那些石雕是和平王留給人民的贈禮，象徵著他的叮嚀，提醒人們不要走向戰爭，而維溫娜總是覺得這說法很矛盾。要警示戰爭的可怕，怎麼會用上那麼多戰士雕像當作贈禮呢？

然而，它們確實是禮物。一份曾經終結了眾國大戰的禮物。

她轉頭望向法樹。他也同樣懶懶地靠在城牆上，宵血則拎在他的手裡。他的身體已經恢復成凡人的模樣，包括那頭亂髮和邋遢鬍子等等。

「你教我識喚術那時說的第一個前提是什麼？」她問道。

「說我們所知不多嗎？」他反問，「說世上可能還有千百個命令語還沒被人發現？」

「對，」她說著，又轉頭去看那些石雕跑步，卻見它們已經衝得老遠。「我認爲你說的沒錯。」

「妳認爲？」

她微微一笑。「它們眞能阻止那四萬兵嗎？」

「大概吧，」法樹聳肩道：「起碼它們的腳程夠快，追得上——那四萬兵畢竟還是血肉之軀，行軍效率不可能比石頭腳更好。而且我親眼見過那些玩意兒作戰，它們眞的很難被擊倒。」

她點點頭。「所以我的同胞就安全了。」

「除非神君決定用這批雕像去征服他們。」

維溫娜悶哼一聲：「法樹，有沒有人說過你個性很差？」

噢，終於！宵血說，終於有人同意我的看法！

法樹的臉色一沉。「我才不是個性差，」他咕噥道，「只是不太會講話。」

她忍不住又笑。

「好啦，那就這樣，」他拿起了他的布包說道：「後會有期了。」說完，便朝離城的一條小路走去。

維溫娜跟了過去。

「妳幹嘛？」他問。

「跟你一起走。」

「妳是個公主，」他說，「去陪妳小妹治理哈蘭隼，要不然就回義卓司去當救國英雄，隨便哪個都會過幸福快樂的日子。」

「不，」她說，「我不這麼想。我父親確實曾派人來帶我回去，但我不確定自己是否就能從此過得快樂，不管住在豪華宮殿或寧靜小城都一樣。」

「上路個幾天，妳就會改變想法了。這種生活很苦。」

「我知道，可是……」她期期艾艾地說：「好吧，從前的一切——我受過的所有訓練，其實都建立在一個用仇恨包裝的謊言之上。我不想回顧那段過去了。我已經不是從前的我，也不想再做那個我。」

「那妳是誰？」

「我也不知道，」她抬一抬頭，示意地平線的彼端：「但我覺得在外頭會找到答案。」

然後他們一起走了一小段路。

「妳家人會擔心妳的。」法樹最後說道。

「過一陣子就好了。」她答道。

又一陣沉默之後，他聳聳肩：「好吧，我無所謂。」

她笑了笑。**是眞的，我不想回到過去**。身爲公主的維溫娜已經死了，死在特提勒的街頭，做識喚術士的維溫娜一點兒也不想讓她復生。

「所以說，」她再開口時，他們已經走在叢林小路上。「我搞不懂，究竟哪一個是你？發動戰爭的卡拉德，還是結束戰爭的和平王？」

他沒有馬上回答。「說來詭異，」他隔了一會兒才答道：「歷史居然可以把一個人講成這樣。我猜是人們不明白我為什麼突然改變吧，因為我一下子停戰，一下子又帶著陰魂大軍回頭攻打自己的王國，所以他們乾脆認定不是同一個人幹的。發生那麼多事時，只怕當事人自己都會搞糊塗。」

她低哼一聲，算是同意。「不過你還是復歸者。」

「廢話。」他應道。

「你去哪裡弄來駐氣？」她問，「你不是每個星期都要一道才能活命嗎？」

「我有存糧，隨身帶著。其實復歸者並不是一般人所想的那樣，在很多方面都不是。他們並不是一開始就帶著幾千幾百道駐氣回到陽世來的。」

「可是——」

「他們都有第五級彩息增化的水準，」法樹打斷她：「但那代表的是他們擁有的駐氣品質，而不是數量多寡。復歸者有一道很強大的駐氣，單單那一道就能讓他們直接達到五級增化。妳也可以說那是神聖的駐氣。不過，他們的肉體要靠駐氣維生，就像……」

「這把劍。」

法樹點頭：「宵血只有在出鞘時才會需要攝取駐氣。復歸者的身體每週要攝取一道駐氣，你若不額外給他，他就會自動把體內唯一的那道駐氣，也就是最原始的那道給吸收掉；那他就死了。可是相對地，你若是多給了他，他的身體會自動把攝取不完的那道駐氣存起來。」

「所以哈蘭隼諸神也可以把駐氣存到一個數量，」維溫娜說，「當作緩衝，以防供應不及。」

法樹點頭：「倒也是個辦法，免得讓他們那麼依賴教團的照料。」

「你這種說法有挖苦的意味。」

他做了個滿不在乎的動作。

「這麼說，你以後會固定每個禮拜燒掉一道？」她說，「減少我們的庫存？」

他點頭承認：「我以前擁有幾千道駐氣，全被我吃光了。」

「幾千道？那你花多少年……」她說到一半，停了下來，驀地想起法樹已經活了三百多年。假設一年消耗五十道，那麼三百多年確實是超過了一千多道。「你這傢伙養起來好貴啊，」她不客氣地批評。「那你又是怎麼讓自己看起來不像復歸者呢？而且你還可以褪息，卻不會死？」

「那就是我的祕密了，」他說時故意不看她：「但妳應該早就知道，復歸者可以隨意改變自己的外型。」

她露出質疑的表情。

「妳自己就有復歸者的血統，」他說，「王室那一系的。不然妳以為你們讓頭髮變色的本領是怎麼來的？」

「那這意思是，難道我能改變的不只是頭髮？」

「有可能，」他說，「要搞懂得花點時間就是了。到哈蘭隼的諸神宮廷去走幾圈，妳就會發現那些神的外表和他們看待自己的眼光完全符合。資歷年長的看起來就老邁，性格好勇的就強壯；做女神的若認定自己應該是天生尤物，就會妖嬈美艷得不自然；全都和他們對自己的看法相關。」

那麼，法榭，這就是你對自己的看法嗎？懷著好奇，維溫娜在心中暗暗向他問道。**一個蓬頭亂髮、不修邊幅的粗人？**

她沒多說什麼，只是繼續走。她的生命感知力正在感受身旁的這一片叢林。他們後來找回了法榭的衣物，取回那些駐氣，然後大略對分，還足夠讓他們各自達到二級增化的程度。這樣的駐氣量與維溫娜曾經擁有的固然不能相比，總是聊勝於無。

「隨便，都好。那我們現在要往哪去？」

「聽過庫茨跟胡茨嗎？」他問。

「當然聽過，」她說，「它們是你在眾國大戰時的主要勁敵。」

「聽說有個暴君還是什麼的想搞復辟，」他說，「那人好像招攬了我的一個老朋友。」

「又一個老朋友？」她問道。

他顯得無奈。「我們就五個人：我、丹司、夏莎拉、阿斯提爾，還有耶斯提爾。看來是耶斯提爾終於重出江湖了。」

「他跟阿斯提爾是？」維溫娜已猜到幾分。

「兄弟。」

「太棒了。」

「好啦好啦。反正他就是發明靈醇的那個人，我聽到傳聞說他弄出了更強效的新配方。」

「那更棒了。」

他們就沒再交談了。兩人默默地走了好一會兒。

我好無聊。宵血說，瞧瞧我啊，為什麼都沒人跟我講話？

「因為你很討厭。」法樹凶巴巴地說。

那把劍立刻生起悶氣來。

「你的本名叫什麼？」維溫娜開口問道。

「我的本名？」法樹問。

「對，」她說，「大家都管你叫不同的名號——和平王、卡拉德、法樹、塔拉辛。學者的那個是你的本名嗎？塔拉辛？」

他搖頭：「不是。」

「哦，那是什麼？」

「我也不知道，」他老實坦承，「我記不起復歸前的事情。」

「噢。」

停頓一會兒之後，法樹才又開口：「不過，我剛回來的時候確實得到過一個名號，」他說，「復歸教派的人——就是後來創立虹譜信仰的那批人，他們發現了我，用駐氣餵養我。他們給我一個名字，我不大喜歡，總覺得不適合我。」

「噢？」她好奇起來，「什麼名字？」

「詳和王——破戰者。」他遲遲才吐露。

維溫娜挑了挑半邊眉。

「我搞不懂的是，」他又接著說，「我們的名號眞的有預言性嗎？還是說，其實是我在努力不辜負它？」

「這很重要嗎？」她反問道。

他不語。「不，」走了一會兒之後，他才說：「不，大概不重要。我只是想知道復歸者是否有特殊的存在意義罷了。是超自然的神聖性，或者一切只是大千世界中的偶然？」

「也許那不是我們能知道的。」

「也許。」他同意。

一陣沉默。

「應該叫你暴躁王破爛者才對。」她打破沉默道。

「妳這意見還眞成熟啊，」他沒好氣地回應，「做公主的怎麼可以講這種不得體的話？」

她大笑起來。「我才不在乎，」她說，「而且我再也不用在乎了。」

《破戰者》全書完

◆ 破戰者祕典 ◆

Ars Arcanum

彩息增化表

增化等級	所需駐氣近似值	增化能力
第一級	50	識別光氛
第二級	200	精準音高
第三級	600	精準辨色
第四級	1000	精準生命感知
第五級	2000	駐齡
第六級	3500	直覺識喚
第七級	5000	識別受術駐氣
第八級	10000	中斷識喚命令

第九級	20000	強識喚、隔空識喚
第十級	50000	改變顏色、高等召喚、？

關於彩息

一、超越第六級彩息增化的人極為罕見，因此第七級以上的增化能力也只有少數人了解。此方面的研究極少。世上曾到達第八級以上的人，目前所知只有哈蘭隼的歷任神君。

二、復歸者稟賦的駐氣效力，可使他們直達第五級彩息增化。理論上，他們在復歸時所獲得的駐氣並非兩千道，而是僅一道特別強大的駐氣。此單一駐氣即可產生前五級彩息增化的能力。

三、人們對於高等級增化的能力所知有限，因此表中所列的駐氣數僅為估計值。事實上，即使是低等級的彩息增化，所需的駐氣量也未必如表中所列，而是隨駐氣的強弱性質或增或減。

四、無論處於何種增化等級，各種增化能力皆是隨駐氣量而累加。一個人擁有的駐氣量越多，對於疾病和衰老的抵抗力就越強，同時也越容易辨識色彩、學習識喚術，擁有更強的生命感知力。

增化能力

識別光氛：第一級彩息增化可使人直接看見駐氣所造成的光氛。藉此，也可粗略判斷他人擁有的駐氣量，連同其駐氣的健康度。沒有這種能力的人，僅能藉由物體的顏色轉變來判斷光氛的存在與否。除此之外，倘若有一識喚術士額外擁有的駐氣量低於三十道，未達這個增化等級的人也很難用肉眼察覺其人擁有額外駐氣。

精準音高：第二級彩息增化可使人完美地辨別音高。

精準辨色：由於每一道額外擁有的駐氣都可使人更精於欣賞色彩，因此，縱使未達第三級彩息增化，也可能有能力立即且直覺地辨識各種色階和色相諧調。

精準生命感知：在第四級彩息增化的階段，識喚術士的生命感知力會達到極致。

駐齡：當識喚術士達到第五級彩息增化時，抗衰老和禦病的能力會達到巔峰，不僅對絕大多數的毒物免疫，也不會受到酒精或大部分生理症狀如頭痛、流行病和器官失調等影響，形同長生不老。

直覺識喚：凡是到達第六級彩息增化的人，都可本能地了解並使用基本識喚命令語，毋須指導或練習。較困難的命令語也能輕鬆熟習，或是自動領悟。

識別受術駐氣：若物體因識喚而蘊含駐氣，第七級彩息增化可使人看見該物體的光氛，判別是否爲識喚受術物。

中斷識喚命令：識喚術士若達第八級彩息增化以上，可以即時覆蓋他人施加的識喚命令語，此受術物包括死魂僕。施此術時必須專注，而施術後極度疲累。

強識喚：到達第九級彩息增化時，據說可以識喚岩石和金屬，唯需要投入大量駐氣和特殊命令語。這項能力尚無人研究，也未經證實。

隔空識喚：在不接觸物體的情況下，僅用聲音發令來施展識喚術。物體須在人聲傳達的範圍內。

改變顏色：到達第十級彩息增化的識喚術士可以使光線在白色物體周圍的產生折射，形成稜鏡分光譜，從中製造色彩。這項能力不須刻意就能自然施展。

高等召喚：在第十級彩息增化的階段，識喚術士在施術時可從物體汲取出更多色彩，最後會使物體變成白色，而非灰色。

其他：據說第十級彩息增化還賦予其他能力，但都未經證實。已達此等級的人自己也不清楚。

譯名對照

Allmother 奧母
Arsteel 阿斯提爾
Austre 奧斯太神
Bebid 白彼德
Bluefingers 藍指頭
Blushweaver 薄曦帷紡
Brighthue 白亮栩
Brightvision the True 眞實之神白亮偉視
Calmseer 寧視兒
Clod 土塊
Dedelin 戴德林
Denth 丹司
Fafen 伐芬
Fob 佛布
Havarseth 哈瓦瑟斯
Hoid 霍德
Hopefinder the Just 正義之神厚望尋哲
Inhanna 尹漢娜
Jewels 珠兒
Kalad the Usurper 篡亂王卡拉德
Kindwinds the Honest 誠實之神懇德文風
Lemex 樂米克斯
Lifeblesser 籟福樂赦
Lightsong the Brave 英勇之神萊聲
Llarimar 拉瑞瑪
Mercystar 默慈星
Mirthgiver 莫嗔吉法
Nanrovah 南若瓦
Nightblood 宵血
Parlin 帕凜
Paxen 派克森
Ridger 里哲
Raymar 瑞麻爾
Rira 利拉
Siri (Sisirinah) 希麗（希希麗娜）
Stennimar 史丹尼瑪
Stillmark the Noble 尊貴之神靜締符
Strifelover 敕亂樂福
Susebron 修茲波朗
Talaxin 塔拉辛
Tonk Fah 童克法
Treledees 崔樂第
Truthcall 楚實闊
Tax 塔克斯
Thame 泰姆
Vahr 瓦爾
Vasher 法榭
Vivenna 維溫娜
VaraTreledees 瓦拉崔樂第
Weatherlove 偉風爾樂
Yarda 雅爾達
Yesteel 耶斯提爾

國家圖書館出版品預行編目資料

破戰者 下 / 布蘭登・山德森（Brandon Sanderson）著；章澤儀譯
.——二版.——台北市：蓋亞文化，2022.08
冊；公分.——（Fever）
譯自：*Warbreaker*
ISBN 978-986-319-675-4（下冊：平裝）.——

874.57　　111007619

Fever 080

破戰者 WARBREAKER 下

作　　者　布蘭登・山德森（Brandon Sanderson）
譯　　者　章澤儀
裝幀設計　莊謹銘
編　　輯　章芳群
總 編 輯　沈育如
發 行 人　陳常智
出 版 社　蓋亞文化有限公司
　　地址：台北市 103 承德路二段 75 巷 35 號 1 樓
　　電話：02-2558-5438　傳眞：02-2558-5439
　　電子信箱：gaea@gaeabooks.com.tw
　　投稿信箱：editor@gaeabooks.com.tw
　　郵撥帳號 19769541　戶名：蓋亞文化有限公司
法律顧問　宇達經貿法律事務所
總 經 銷　聯合發行股份有限公司
　　地址：新北市新店區寶橋路二三五巷六弄六號二樓
　　電話：02-2917-8022　傳眞：02-2915-6275
港澳地區　一代匯集
　　地址：九龍旺角塘尾道 64 號龍駒企業大廈 10 樓 B&D 室
　　電話：+852-2783-8102　傳眞：+852-2396-0050
二版一刷　2022年08月
定　　價　新台幣 450 元
Published and Printed in Taiwan

GAEA
ISBN／978-986-319-675-4

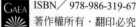